Sylvia Schneider-Schier

PENNY –
Zeit zu sterben

Bibliografische Information der Deutschen Nationalbibliothek: Die Deutsche Nationalbibliothek verzeichnet diese Publikation in der Deutschen Nationalbibliografie; detaillierte bibliografische Daten sind im Internet über dnb.dnb.de abrufbar.

Herstellung und Verlag: BoD – Books on Demand, Norderstedt

ISBN: 9783752833911

Inhalt

Der Anfang vom Ende 13

Darf ich vorstellen? – Penny 15

Lauter Lügen 18

Klaras ungeborenes Kind 22

Was Penny damals nicht wissen konnte 32

Ein neuer Anfang im Elsass..37

Auf Nimmerwiedersehen...39

Schmutzige Bekanntschaften......................................40

Joseph und der tollwütige Hund 42

Suche nach Pasteur 45

Rettung für Joseph?..47

Was Penny damals nicht wissen konnte 52

Mein Studium der Medizin..58

Unsere Fahrt mit der Eisenbahn 64

Vergnügungen in der Roten Windmühle.....................68

Was Penny damals nicht wissen konnte 74

In den Händen eines Taugenichts 80

Die deutsche Einheitszeit 83

Was Penny damals nicht wissen konnte 87

Als die Bilder laufen lernten......................................90

Was Penny damals nicht wissen konnte 95

Mein Leben im Hause Conrad....................................99

Amouröse Abenteuer 102

Der Mord an Sissi 105

Was Penny damals nicht wissen konnte 107

Mein letzter Wille 109

Was Penny damals nicht wissen konnte 114

Das lange Warten 115

Mein Aufenthalt in London 117

Die olympischen Spiele 118

Mata Haris Schleiertanz... 121

Was Penny damals nicht wissen konnte 124

Schönheit muss leiden 125

Was Penny damals nicht wissen konnte 131

Aufregung in Domodossola.................................... 134

Theresas Tagebücher 139

Der geheimnisvolle Patient.................................... 139

Der Flug-Wettstreit 143

Über den Wolken 146

Die letzten Stunden.. 148

Was Penny damals nicht wissen konnte 150

Schlagzeilen.. 153

Der Untergang der Titanic 154

Was Penny damals nicht wissen konnte 158

Ein Attentat und seine Folgen.................................... 161

Gesichter eines Krieges 166

Was Penny damals nicht wissen konnte 170

Im Angesicht des Todes..171

Es war einmal 174

Zehn lange dunkle Jahre 176

Felix, meine Rettung 178

Die Bestie im Glas..183

Fritz Haarmann, der Schlächter von Hannover 185

Was Penny damals nicht wissen konnte 189

Eine Verwechslung und ihre Folgen 195

„Graf" Viktor Lustig, der geniale Hochstapler 198

Was Penny damals nicht wissen konnte 204

Im städtischen Leihhaus 208

Zweiter Weltkrieg und Nachkriegszeit 210

Feldpostbriefe 212

Was Penny damals nicht wissen konnte 222

Ein Krieg und seine Opfer 224

Im Pfarrhaus 227

Die Flutkatastrophe 228

Was Penny damals nicht wissen konnte 237

Meine Konkurrenz – der Kugelschreiber 239

Was Penny damals nicht wissen konnte 241

Alt und einsam..242

Was Penny damals nicht wissen konnte 247

Auf dem Trödelmarkt 251

Grippe aus Hongkong 252

Was Penny damals nicht wissen konnte 256

Hans, mein Glück 258

Der geheimnisvolle Fra Stefano 259

Was Penny damals nicht wissen konnte 268

Aus und vorbei 270

Die Autorin 273

Quellenverzeichnis 275

Bildnachweise 279

Vorwort

Als leidenschaftliche Antikmarktbesucherin liebe ich alte Dinge. Jeder alte Gegenstand hat seine eigene Geschichte. Doch leider können diese Gegenstände uns nichts darüber erzählen und es bleibt alles unserer Fantasie überlassen.

Also habe ich Penny erschaffen und ihr ein eigenes Leben eingehaucht. Auf diese Weise kann sie von ihren spannenden Erlebnissen berichten. Im Laufe ihres langen „Lebens" gelangt Penny in die Hände unterschiedlichster Menschen in verschiedenen Ländern. Naiv und unverdorben schildert sie Ereignisse, die später sogar in die Geschichte eingingen. „Was Penny damals nicht wissen konnte", habe ich durch erläuternde Kapitel ergänzt.

So vermischen sich in diesem Roman Realität und Fiktion, Wahrheit und Fantasie.

In Texten, die aus alten Zeitungen oder Briefen stammen, wurde absichtlich die alte Rechtschreibung beibehalten. Auch auf eine gendergerechte Sprache wird in diesem Roman verzichtet, da Penny zu jener Zeit von solchen Dingen noch keine Ahnung hatte.

Offenburg, im April 2023

Sylvia Schneider-Schier

Der Anfang vom Ende

So soll es nun also enden? Einsam und verlassen in feuchtkalter Finsternis und nicht enden wollender Stille? Wie lange liege ich schon hier? Seit Ewigkeiten an derselben Stelle. Hüllenlos, benutzt, verdreckt und weggeworfen wie Abfall. Längst habe ich aufgehört, die Tage und Nächte zu zählen. Es waren zu viele. Tag und Nacht haben sich, ohne sich an mir zu stören, wie Liebende eng umschlungen, sind gleichsam miteinander verschmolzen und zu einer endlosen Zeitschleife geworden.

Ich kann mich nicht bewegen. Unheilvolles Schweigen liegt bleischwer auf mir und droht mich zu ersticken. Von draußen dringt kein Laut zu mir herein. Ist dies mein Ende? Nach allem, was ich schon durchgemacht habe? Das war's?

Unendlich lange schon habe ich keine menschliche Stimme mehr vernommen. Überlassen sie mich einfach meinem Schicksal? Ich werde hier vollends verrotten und keine Menschenseele wird mich jemals vermissen! Finito, over and out? Merde! Mit jeder Stunde werde ich schwächer. Meine Gedanken fließen zäher und haben zunehmend Mühe, sinnvolle Sätze zu bilden. Ich habe nicht einmal mehr Angst. Das Nichts hat sich still und leise breitgemacht und sämtliche Empfindungen, wenn ich denn je welche hatte, ausgelöscht. Inzwischen ist es mir fast schon egal, ob ich diesen grässlichen Ort jemals wieder verlassen werde. Eine Zukunft wird es für mich nicht mehr geben. Es existiert nur noch die Vergangenheit. Doch auch meine Erinnerungen beginnen langsam zu verblassen. Schemenhafte Bilder ziehen an mir vorbei gleich Nebelschwaden, die im Herbst lautlos über feuchte Wiesen kriechen.

Wie bin ich überhaupt hierhergekommen? Wer hat mir das angetan? „Na mach schon Penny, reiß Dich zusammen! Nicht aufgeben! Noch nicht! Erinnere Dich! Gehe in Gedanken zurück an den Beginn Deiner Geschichte. Und dann – wenn Deine Kraft noch reicht – unternimm eine letzte Reise durch die vergangenen Jahre bis hierher an diesen grässlichen Ort. Erzähle Deine Geschichte und bleib am Leben! Nimm Deine ganze Kraft zusammen und stell Dir vor, es gibt noch jemanden, dem Du wichtig bist. Bevor Du all Deine Erinnerungen mitnimmst an einen Ort, von dem es keine Wiederkehr mehr gibt. Vielleicht gibt es ja doch noch eine allerletzte Chance! Na los, erzähle!"

Darf ich vorstellen? – Penny

Ich bin Penny. Neugierig, klug, weitgereist, klein, von schlanker Gestalt und inzwischen schon über 130 Jahre alt. Ich bin – oder besser gesagt – ich war einmal eine wahre Schönheit. Keine Idealmaße mit 90-60-90, aber dafür etwas ganz Besonderes. Meine Maße liegen eher bei 150-10 und so richtig weibliche Formen suchst Du bei mir vergebens. Ich beherrsche mehrere Sprachen, war in vielen Ländern und habe schon mehr erlebt, als Du Dir in Deinem kurzen Menschenleben überhaupt vorstellen kannst. Und das obwohl ich mich ohne fremde Hilfe nicht einmal bewegen kann.

Im Großen und Ganzen bin ich ganz zufrieden mit mir. Nur eines stört mich seit ich denken kann: Ich stecke in einem falschen Körper! Ich bin absolut kein seelenloses Ding, kein gewöhnlicher Füllfederhalter! Nein, tief in meinem Innern bin ich ein richtiges Weibsbild mit Emotionen, Temperament und Stil. Ohne jeglichen Zweifel: Ich bin eine Frau und kein Mann! Ich bin nicht „ein Füllfederhalter", sondern „eine ganz besondere Füllfederhalterin"! Zwar alles andere als perfekt, aber dafür habe ich ein phänomenales Gedächtnis. Was ich einmal geschrieben oder gehört habe, gerät niemals in Vergessenheit und ich kann es eins zu eins wiedergeben.

Aber erst einmal zurück zu meinen Anfängen: Ich stamme aus dem 19. Jahrhundert. Zu meiner Entstehungszeit galten Schreibgeräte wie ich als Revolutionäre. Füllfederhalter wie ich ersetzten die damals zum Schreiben gebräuchliche, jedoch unpraktische Kombination aus Tintenfass, Tauchfeder, Löschwiege und Löschsand. Ich bin quasi die Bahnbrecherin für moderne Büros, obwohl ich absolut nichts gemeinsam habe mit diesen seltsamen neumodischen Geräten wie Notebooks oder Smartphones, mit denen Du heutzutage kommunizierst. Für Dich bin ich wahrscheinlich nur ein Relikt aus grauer Vorzeit. Doch zu jener Zeit war ich wirklich eine Sensation.

Mein Gehäuse wurde damals noch von Hand aus edlem schwarzem Ebenholz gefertigt und aufwändig mit filigranen Ornamenten verziert. Einst zierte mich sogar ein kleiner funkelnder Diamant. Er war mein ganzer Stolz. Meine Feder ist vergoldet und meine Spitze besteht aus Iridium. Diese Spitze verengt sich zu einem Punkt, damit die Tinte aus meinem Vorratsbehälter in einer dünnen, gleichmäßigen Linie ordentlich zu Papier gebracht werden kann.

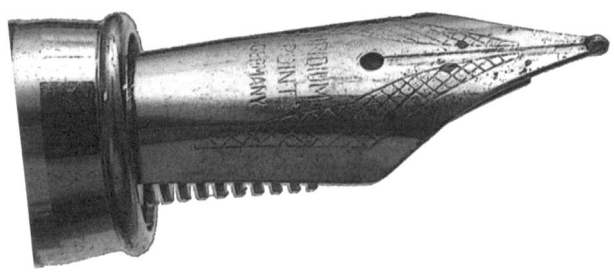

Ohne überheblich zu sein – ich war zu jener Zeit wirklich äußerst bemerkenswert. Mittlerweile jedoch ist mein Glanz verblasst, meine Feder schon reichlich abgenutzt und die Zeit hat viele hässliche Spuren an mir hinterlassen. Man könnte es positiv formulieren und sagen, ich hätte Patina angesetzt. Doch machen wir uns nichts vor – ich bin einfach nur verbraucht, aus der Mode gekommen und meine Zeit ist abgelaufen. Ich bin quasi eine „alte Schachtel" und wurde schon längst gegen etwas Jüngeres und Hübscheres ausgetauscht. Jetzt liege ich hier in der Schublade einer scheußlichen, muffigen Kommode.

Alt, unansehnlich, schmutzig, ein wenig angekaut und von allen vergessen.

Als „junges Ding" war ich ziemlich naiv und voller Neugier auf all die Abenteuer, die im Laufe der Zeit auf mich warten würden. Doch das Schicksal hatte mir einen Streich gespielt. Denn anders als all die anderen Füllfederhalter, hatte ich ja die Seele einer Frau. Sinnliche Gefühle, geheime Wünsche und leidenschaftliche Sehnsüchte. Und ganz selbstverständlich war ich davon ausgegangen, dass ich fortan in der Hand eines hübschen, starken Mannes liegen würde. Ein Mann, der wüsste, wie man eine Frau wie mich berührt; dem ich jeden Wunsch erfüllen würde, was immer er auch schreiben wollte.

Wie ahnungslos und dumm ich damals doch gewesen war! Denn es kam alles ganz anders, als ich es mir vorgestellt hatte. Im Laufe der Zeit war ich im Besitz vieler unterschiedlicher Menschen. Und mein „Leben" sollte – wie Du gleich erfahren wirst – alles andere als alltäglich werden.

Lauter Lügen

Unsere Zeitreise beginnt im Jahre 1884.

Na endlich! Der Deckel meiner Schatulle, in der man mich aufbewahrt hatte, wurde geöffnet. Helles Licht vertrieb das bedrückende Dunkel und ein hübsches, freundliches Gesicht strahlte mich an. Tiefblaue Augen, eine zierliche Nase, ein makelloses Gesicht, eingerahmt von schwarzen samtigen Locken. Doch welch ein Schreck! Eine Frau! Bitte nicht! So hatte ich mir das nicht vorgestellt. Mein Leben sollte ich also – ganz entgegen meinen innigsten Wünschen – nicht mit einem hübschen starken Mann teilen, sondern mit einem weiblichen Wesen. Ich war zutiefst enttäuscht. Vom ersten Augenblick an konnte ich dieses junge Ding nicht leiden. Klara!

Irgendetwas an ihr störte mich gewaltig, obwohl ich nicht erklären konnte, was es war. Wahrscheinlich tat ich ihr Unrecht, denn Klaras Augen leuchteten vor Glück, als sie mich erblickte. Vorsichtig hob sie mich aus meinem samtigen Bett. Fast schon zärtlich strich sie mit ihrem Zeigefinger über die feinen Ornamente meines Ebenholz-Gehäuses. Behutsam berührte sie meine goldene Feder und den kleinen Diamanten. Ganz so, als fürchtete sie, mir weh zu tun. Wie gut hätte sich das angefühlt, wäre Klara ein Mann gewesen. Jeden begehrenden Blick, jede sanfte Berührung hätte ich genossen.

Naiv wie ich war, hielt ich Klara zu jenem Zeitpunkt noch für ein nettes, unschuldiges Mädchen. Doch weit gefehlt. Wie ich bald erkannte, war meine Besitzerin ein ganz durchtriebenes liederliches Ding. Ein richtiges Biest!

Nichts desto trotz war Klara ein Glücksfall für mich. Sie behandelte mich immer gut. Ihre Hand hielt mich beim Schreiben mit lockerem Griff. Mit energischem Schwung führte sie meine Feder über das Papier. Obwohl sie die Schule nur kurz besucht hatte, konnte sie schön und nahezu fehlerfrei schreiben und erstaunlich gewandt mit Worten umgehen. Zuweilen hielt sie beim

Schreiben inne, um sich in irgendwelchen Träumereien zu verlieren oder nach den richtigen Worten zu suchen. Fast jeden Abend, bevor sie zu Bett ging, füllte ich (oder besser gesagt Klara) eine Seite ihres Tagebuches mit all ihren intimen Gedanken. Zu meiner Schande muss ich heute gestehen, dass Klara und ich auch viel gemeinsam hatten. Wie oft schrieb sie genau das in ihr Tagebuch, was ich mir insgeheim so sehr wünschte. Nur hätte ich nie solche Worte dafür gebraucht. Unanständige, schamlose Fantasien, die mir damals noch völlig fremd waren, mich aber zugegebenermaßen in höchstem Maße erregten.

Klara ließ mich ungewollt an ihrem Leben teilhaben. Auf ihrer Spiegelkommode hatte sie mir einen Platz neben ihrer silbernen Puderdose, ihrem Flacon mit Duftwasser und ihren golden glänzenden Haarspangen zugedacht. So wurde ich täglich ungewollt Zeuge dessen, was sich in ihrer Kammer abspielte. Bald kannte ich meine Besitzerin besser als jedes andere Wesen. Möchtest Du wissen, was ich alles sah, wenn Klara sich unbeobachtet fühlte? Da gäbe es tatsächlich viel Aufregendes zu berichten. Aber nein, es geziemt sich nicht, solche Dinge auszuplaudern. Ich überlasse es lieber Deiner Fantasie, Dir vorzustellen, wie sich Klara und ihre Liebhaber hinter geschlossenen Gardinen vergnügten. Nur so viel: Manches Mal wünschte ich mir, nicht Zeuge solcher Schauspiele sein zu müssen, da ich mich zu sehr schämte. Im Nachhinein betrachtet muss ich über solch eigentlich harmlose Vorstellungen aber beinahe lachen. Ich hatte damals ja noch keine Ahnung, was ich in den folgenden Jahren noch alles an Schamlosigkeiten sehen würde.

Klara schien sehr glücklich und ich war zufrieden. Täglich nahm sie mich zur Hand und die Seiten ihres Tagebuches wurden voller. Nach einigen Monaten jedoch schrieb die sonst so mitteilsame Klara immer seltener in ihr Büchlein. Die Sätze wurden ernster und bedrückender. Und immer öfter lag ich tage- oder gar wochenlang nutzlos wieder eingesperrt im Dunkel meiner Schatulle. Das gefiel mir ganz und gar nicht. Zudem entging mir völlig, was sich während dieser Zeit da draußen alles abspielte. So eine Gemeinheit! Meine Neugier und auch mein Missmut wuchsen von Tag zu Tag.

Endlich, nach langer Zeit öffnete Klara wieder den Deckel der Schatulle und nahm mich heraus. Doch irgendetwas stimmte nicht. Klara schien verändert. Statt Fröhlichkeit und Unbeschwertheit sprachen Kummer und Sorge aus ihrem Blick. Ihre sonst so leichte Hand fühlte sich beim Schreiben schwer und unsicher an. Krampfhaft umfassten mich ihre Finger, so dass selbst ich mich seltsam unbehaglich und bedrückt fühlte.

Der Brief, den Klara dann schrieb, machte mich anfangs sehr traurig. Wäre ich damals in der Lage gewesen, wie ein Mensch zu weinen, so hätte ich sicher bittere Tränen vergossen. So aber wurde nur die Tinte, die aus meiner Spitze floss, immer dünner und wässriger. Erstaunlicherweise war ich sogar fähig, meine Gefühle auf meine ganz eigene Art zum Ausdruck zu bringen.

Den Inhalt von Klaras herzzerreißendem Brief werde ich nie vergessen. Erst viel später habe ich begriffen, dass die liebe kleine Klara nicht die ganze Wahrheit über sich geschrieben hatte. Sie stellte sich als ein unschuldiges bemitleidenswerte Geschöpf dar, das völlig unverschuldet ins Unglück gestürzt war. Dem war aber leider nicht so. Im Gegenteil. Wer konnte das besser wissen als ich? Klara war alles andere als naiv und ihr Handeln war stets durchdacht. Nur hatte sie eben in diesem Falle die Rechnung ohne den Wirt gemacht.

Klaras ungeborenes Kind

„Mein geliebtes Kind,
ich schreibe Dir diesen Brief, obwohl ich nicht weiß, ob Du ihn jemals lesen wirst. Aber falls doch, wirst Du mit Sicherheit schon erwachsen sein.

Ich weiß nicht einmal, ob Du kleines Wesen, das gerade in mir heranwächst, ein strammer kleiner Knabe oder ein süßes kleines Mädchen bist. Es macht mich sehr traurig, dass ich niemals erfahren werde, wie Du aussiehst, welchen Namen Du trägst, wo und wie Du aufwachsen wirst und welches Schicksal Deinen Lebensweg leiten wird.

Ich werde Dich niemals lächeln und niemals weinen sehen. Nie werde ich erfahren, was für ein Mensch Du sein wirst. Niemals werde ich Dich in meinen Armen halten und nie werde ich Dir Geborgenheit geben können. Ich werde niemals eine richtige Mutter für Dich sein. Allein diese Gedanken schmerzen so sehr, dass ich es kaum aushalten kann.

Eigentlich dürfte es Dich gar nicht geben, da ich schon fest entschlossen war, Dich nicht zur Welt zu bringen. So viel Schlechtes habe ich erlebt, was ich Dir mein Kind gerne ersparen wollte. Ein Leben ohne Zukunft, in Schande und Armut. Auch die Vorstellung, Dich zu einer Engelmacherin zu bringen, ist mir unerträglich."

Das also war der Grund für Klaras verändertes Aussehen. Die ungewohnt schweren Brüste und der dicke Bauch, den sie unter einem weiten Kleid zu verbergen suchte, das runde rosige Gesicht und ihr schwerfälliger Gang. Sie erwartete ein Kind. Aber warum klang dieser Brief so traurig? Sollte sie nicht überglücklich sein? Ich verstand das damals alles nicht und war gespannt, wie Klaras Brief weiterging.

„Vielleicht wird man Dir eines Tages sagen, dass die Person, die all die Jahre für Dich gesorgt hat, nicht Deine leibliche Mutter ist. Und wahrscheinlich werden Dir schändliche Dinge über meine Person, die Frau, die Dich zur Welt gebracht hat, zugetragen werden. Lügen und teils auch unschöne Wahrheiten. Aus diesem Grund schreibe ich Dir heute diese Zeilen, damit Du selbst ein Urteil über mich fällen kannst. Was Du in diesem Brief liest, soll beileibe keine Entschuldigung dafür sein, dass ich Dich als Mutter im Stich gelassen habe. Aber es ist mir wichtig, dass Du verstehst, wie es dazu gekommen ist.

Wie soll ich beginnen? Dir die Wahrheit über mich zu sagen, fällt mir schwer, da ich weiß, wie sehr sie Dich verletzen wird. Du wirst Dich meiner sicher schämen und vielleicht wirst Du mich sogar verabscheuen. Trotz allem werde ich Dir nichts verheimlichen und Dinge aussprechen, über welche die ach so feine Gesellschaft gerne schweigt. Aber ich trage die leise Hoffnung in mir, dass Du mir eines Tages verzeihen wirst.

So schlimm die Wahrheit auch sein mag – das Schändlichste zuerst: Du, mein liebes Kind, Du bist das Kind einer Prostituierten, das Kind einer Hure!"

So also nannte man Mädchen wie Klara. Prostituierte! Hure! Dass sie nicht war wie andere Frauen, hatte ich mir schon gedacht. Wie sie ihre Tage und Nächte verbrachte, war schon höchst seltsam. Was aber genau Huren waren, sollte ich später noch genauer erfahren.

„Ich kann mir vorstellen, dass dies ein furchtbarer Schock für Dich sein muss. Es tut mir so leid, Dir das anzutun. Doch wenn Du trotz allem noch immer wissen möchtest, wer Du wirklich bist und von wem Du abstammst, dann lese hier, wer ich bin und wie alles kam. Wenn ich in meinen Schilderungen zuweilen etwas ausschweife, dann nur, damit Du mich besser verstehst.

Zu Deiner Beruhigung noch eine Sache vorneweg: Ich bin keine dieser gewöhnlichen liederlichen, faulen und dummen Straßendirnen. Ich habe – obwohl ich aus einer einfachen Familie stamme – eine gute Schulbildung genossen und im Großen und Ganzen habe ich anständig gelebt. Und vor allem weiß ich – trotz meines für Dich unvorstellbaren Lebenswandels – mit absoluter Sicherheit, wer Dein Vater ist. Aber ich habe bei Gott geschworen, dass der Name dieses Mannes niemals mehr über meine Lippen kommen wird. Ich kann Dir aber versichern, dass er ein wohlhabender und angesehener Bürger dieser Stadt ist. Und hätte uns das Leben auf eine andere Art und zu einer anderen Zeit zusammengeführt, so wäre ich heute vielleicht die getreue Ehefrau an seiner Seite und wir wären eine glückliche kleine Familie. Doch das Schicksal hat mir, und damit leider auch Dir, einen anderen Weg bestimmt."

Da war sie schon, Klaras erste große Lüge. Woher wollte sie denn „mit absoluter Sicherheit" wissen, wer der Vater dieses Kindes war? Meiner Ansicht nach kämen da viele in Frage. Und ich rede nur von denen, die ich in ihrer Kammer gesehen habe. Wer weiß, was Klara sonst noch so getrieben hatte. Und von wegen wohlhabender und angesehener Bürger dieser Stadt. Dass ich nicht lache! Meinte sie etwa einen dieser vielen Taugenichtse, mit denen sie ihre Nächte verbracht hatte? Derbe, ungebildete und oft volltrunkene Kerle, die sich nicht zu benehmen wussten.

„Es ist noch keine drei Jahre her, dass ich zusammen mit meinen zwei älteren Brüdern bei meinen Eltern auf dem Lande lebte. Mein Vater betreibt dort einen kleinen Schusterladen und meine Mutter hilft, so oft es geht, bei Nachbarn in der Landwirtschaft. Meine Eltern, also Deine Großeltern, sind rechtschaffene Leute, die uns Kinder immer gut behandelt haben. Meine beiden Brüder verdienen schon längst ihren eigenen Lebensunterhalt. Trotzdem

reichte das Geld bei uns zu Hause vorn und hinten nicht aus.

Meine Eltern jammerten immer häufiger, dass sie, wenn ich ein-mal heiraten wollte, nicht in der Lage wären, mich mit einer an-gemessenen Mitgift auszustatten. Sie hatten aber gehört, dass man in der Stadt gutes Geld verdienen könne. Also verlangten sie eines Tages von mir, dass ich mir in der Stadt Arbeit suche, damit ich selbst für meinen Lebensunterhalt aufkommen könnte. Unser Herr Pfarrer, der Beziehungen zu guten Kreisen in der Stadt pflegte, vermittelte mir alsbald eine Stelle als Dienstmädchen in einem angesehenen Haushalt. Meine Mutter war darüber sehr erfreut, da sie dachte, ich sei bei diesen besseren und wohlhaben-deren Leuten gut untergebracht. Zudem sollte ich dort auch rich-tig Hauswirtschaften lernen, was wichtig wäre für eine zukünf-tige gute Haus- und Ehefrau."

Und schon wieder gelogen! Mehr als einmal hatte Klara vor ih-ren Liebhabern damit geprahlt, davongelaufen zu sein. Da ihre Eltern sehr arm waren, sollte sie auf einem Bauernhof im Nach-barort als Magd dienen, um – wie ihre Mutter wörtlich sagte – „ein Maul weniger stopfen zu müssen". Bei Nacht und Nebel hatte Klara sich dann heimlich davongemacht, um in der Stadt ihr Glück zu suchen. Ein Leben auf einem Bauernhof war nichts für sie. In aller Herrgottsfrühe aufstehen, Schweine füttern, Kühe melken und Ställe ausmisten. Alles, nur das nicht! Klara war faul. Sie wollte sich die Hände keinesfalls schmutzig machen und in nach Stallmist stinkenden Kleidern herumlaufen. Doch ohne Ar-beit kein Geld! Klara hatte Glück und in der Stadt nach kurzer Zeit in einem recht wohlhabenden Haus eine Anstellung gefun-den.

„Doch anders als versprochen, verdiente ich dann in der Stadt bei diesen sogenannten guten Herrschaften fast kein Geld. Mein Lohn war Essen und eine kostenlose Unterkunft. Ich hatte keine

geregelte Arbeitszeit und fast nie einen freien Tag. Früh morgens musste ich schon als Erste aufstehen, machte im ganzen Haus Feuer in den Öfen, schleppte Wasser zum Waschen für die feinen Herrschaften herbei, servierte das Frühstück sowie alle anderen Mahlzeiten. Ich spülte, putzte und ging einkaufen. Zu Bett gehen durfte ich erst, wenn alle Arbeiten im Haus erledigt waren. Eigentlich musste ich rund um die Uhr zur Verfügung stehen. Ich hatte nicht einmal eine eigene Kammer, sondern teilte mir meine winzige Unterkunft mit der dicken Köchin Elsa. Zudem musste ich ständig auf der Hut sein, den Herrn des Hauses nicht alleine anzutreffen, da er den Dienstweibern hinterher war wie der Teufel hinter der armen Seele. Kein Dienstmädchen war vor dem alten Bock sicher. Zu gerne griff er ihnen bei jeder Gelegenheit unter den Rock. Ganz zu schweigen von den abscheulichen Dingen, die er sonst noch forderte, wenn sein strenges Eheweib nicht im Hause war.

Ich hatte eine wirklich harte Arbeit. Nur alle vierzehn Tage hatte ich am Sonntag ein paar Stunden frei. Trotz allem beschwerte ich mich nie, sondern war froh, meinen Eltern nicht mehr auf der Tasche zu liegen."

Oh je, wie schrecklich verlogen Klara doch war! So ein kleines Miststück! Ich kannte ja ihre Vergangenheit aus den vielen Einträgen in ihrem Tagebuch. In Wahrheit war Klara durchtrieben und hatte überhaupt keine Lust auf harte Arbeit. So schien es ihr vorteilhafter, dem Herrn des Hauses hinter dem Rücken seiner Ehefrau schöne Augen zu machen und ihn zu verführen. Sie genoss alle Vorzüge, die er ihr gewährte, wenn sie ihm nur in jeglicher Hinsicht recht zu Diensten war.

Ich muss hier wohl nicht erklären, was das heißt. Natürlich war dies der Dame des Hauses nicht entgangen, die Klara dann kurzerhand mit lautem Gezeter und einem Tritt in den Hintern zurück auf die Straße befördern ließ. Geschah Klara ganz recht!

„Eines Tages traf ich beim sonntäglichen Ausgang auf der Straße einen netten, jungen, gutaussehenden Mann, der mich dann einige Male an meinen freien Tagen in ein Tanzlokal einlud und mir eine besser bezahlte Arbeit versprach. Ich sollte mich in diesem Lokal um die Getränke kümmern. Was ich damals nicht ahnte, war, dass dieser nette Kerl jemand war, der Animiermädchen vermittelte. Als ich jedoch die Sache endlich durchschaut hatte, war es bereits zu spät. Meine Anstellung als Dienstmädchen hatte ich schon gekündigt. Ohne Geld konnte ich auch nicht zurück zu meinen Eltern. Also blieb mir nichts Anderes übrig, als zunächst einmal mein Geld in diesem Tanzlokal zu verdienen und mich so bald als möglich nach einer anderen Arbeit umzusehen.

Meine neue Aufgabe bestand darin, das meist männliche Publikum zu unterhalten und sie dazu zu bringen, möglichst viel zu trinken. Manchmal sang ich auch auf der Bühne. Je mehr die Gäste tranken, desto mehr Geld verdiente ich. Das heißt, je netter und aufreizender ich bei der Kundschaft war, desto besser wurde meine Arbeit bezahlt."

Ja, das ist die Klara, die kenne. Mit Männern trinken und Spaß haben. Ich konnte mir so richtig vorstellen, wie sie die Kerle um den Finger wickelte, um ihnen das Geld (und mehr) aus der Tasche zu ziehen. Sie träumte von einem Leben in Reichtum, einer teuren Villa, schicken Kleidern und glitzerndem Schmuck. Tee trinken, spazieren gehen, abends mit reichen Männern Walzer tanzen. Dafür hätte sie alles getan. Oft genug hatte sie darüber in ihrem Tagebuch geschrieben.

„Trotzdem reichte das im Tanzlokal verdiente Geld nicht aus. Ich musste ja nun auch für mein eigenes Zimmer in einer kleinen Pension aufkommen.

Auch die Kleider, die ich abends im Tanzlokal tragen musste, kosteten so einiges. Oft reichte mein Lohn nicht einmal bis zum Monatsende, obwohl ich bereits am Essen sparte. Etwas Geld auf die hohe Kante zu legen und für meine Zukunft zu sorgen, war völlig unmöglich. Und so kam es, dass ich in meiner Not gelegentlich meinen Verdienst etwas aufbesserte, indem ich den Männern spezielle Wünsche erfüllte. So machten es all die anderen Animiermädchen des Tanzlokals ja auch. Erst widerte mich das alles an, doch bald merkte ich, dass man sehr viel mehr Geld verdienen konnte, wenn man nur einigen ausgesuchten Männern ganz spezielle Wünsche erfüllte. – Ach, ich schäme mich so, Dir das zu sagen. Aber Du sollst die ganze ungeschönte Wahrheit wissen."

Von wegen Wahrheit. Der ganze Brief war ein einziges Lügenmärchen. Klara schrieb weiter, wie sie dann in diesem Tanzlokal angeblich einen höchst angesehenen Herrn kennenlernte, der sie wie eine Königin behandelte, ihr teure Geschenke machte und ihren Lebensunterhalt bezahlte. Als sie dann von ihm schwanger wurde und auf eine Heirat hoffte, offenbarte er ihr, er habe zu Hause bereits eine hübsche ehrbare Ehefrau und zwei süße kleine Kinder und er denke ja nicht im Traum daran, den Bastard eines so verkommenen Weibsbildes, wie sie eines sei, aufwachsen zu sehen. Er drohte ihr mit schlimmen Folgen, sollte sie irgendjemandem erzählen, dass sie ein Kind von ihm erwarte.

Alles, was sie schrieb, war erstunken und gelogen! Diesen einen feinen Herrn, den angeblichen Vater ihres Kindes, hat es nie gegeben. Klara hatte einfach nur Pech und bei einem ihrer vielen Liebschaften nicht aufgepasst.

Aber ich konnte es ihr nicht einmal verdenken, dass sie so eine Geschichte erfand. Sollte sie ihrem Kind wirklich erzählen, dass es nur deshalb auf der Welt war, weil irgend so ein widerlicher

Kerl Geld dafür bezahlt hatte, dass er seinen Spaß hatte?

„Der Himmel brach über mir zusammen und meine Welt stürzte ein, weil dieser „feine Herr" plötzlich nichts mehr von mir wissen wollte. Ich wollte es nicht glauben. Ich war nichts Anderes für ihn gewesen als eine bezahlte Hure, die man nach Belieben einfach benutzen konnte. Keine Spur mehr von Gefühlen für mich. Wie ich die nächsten Tage überstand, weiß ich nicht mehr. Ich kann mich nur noch erinnern, dass ich mein weniges Hab und Gut zusammensuchte und außerhalb der Stadt bei einer guten Freundin Unterschlupf fand. Ich war verzweifelt und versteckte ich mich vor dem Rest der Welt. Während Du in mir heranwuchst, hatte ich viel Zeit, über mein Leben nachzudenken.

Mein liebes Kind, ich bitte Dich, glaube nicht alles, was man Dir über Prostituierte erzählt. Nicht alle Frauen, die in diesem Gewerbe tätig sind, sind lasterhaft, verlogen, arbeitsscheu oder dumm. Viele von ihnen sind genau wie ich einfach durch unglückliche Umstände Opfer der Gesellschaft geworden."

Dass ich nicht lache! Klara war doch kein Opfer der Gesellschaft, sondern das Opfer ihrer Faulheit, ihrem Hang zur Lasterhaftigkeit und Verschwendung. Und vielleicht sogar das Opfer ihrer Unehrlichkeit. Ganz nebenbei bemerkt: Irgendwann hatte ich erfahren, dass sie bei einem tête-à-tête auch mich einem ihrer „Gäste" gestohlen hatte.

„Ich kenne sogar einige sogenannte „ehrbare" Frauen, die als Gelegenheitsprostituierte das spärliche Einkommen ihrer Familie aufbessern müssen. Tagsüber sind sie biedere Ehefrauen und Mütter, die aber, sobald die Straßenlaternen angezündet werden, ihre Reize vorteilhaft zur Geltung bringen und zahlkräftigen Männern zu Diensten stehen. Manche tun dies sogar mit dem Segen ihrer Ehegatten.

Man sagt oft, Prostituierte seien der „Abschaum der Gesell-
schaft". Doch ich frage Dich: Wer lässt sich alles zu diesem an-
geblichen „Abschaum" herab? Es sind Soldaten, Seeleute, Ar-
beiter, Studenten, alleinstehende und auch verheiratete Männer,
die Prostituierte aufsuchen. Ich hatte das große Glück, meist nur
mit anständigen Männern zu tun zu haben. Die Besucher unseres
Tanzlokals waren fast nur Männer aus der Oberschicht. Dein Va-
ter ist übrigens einer der angesehensten Männer dieser Stadt und
im Großen und Ganzen kein unanständiger Mensch."

Nun, lassen wir das einmal dahingestellt sein. Was und welche
Männer ich in all der Zeit in Klaras Kammer gesehen habe,
spricht eine andere Sprache. Jedenfalls keine Männer aus der
Oberschicht. Und was dieses Tanzlokal betrifft – es war in Wahrheit eine verkommene Absteige für allerlei Gesindel und Herumtreiber. Oft genug hatte sich Klara in ihrem Tagebuch darüber be-
schwert. Ich mag mir gar nicht vorstellen, mit welchem Abschaum von Männern sich Klara manchmal abgegeben hatte.

„Mein liebes noch ungeborenes Kind, ich hoffe, dass Du, wenn
Du erwachsen bist, ein guter Mensch wirst. Es ist es jetzt nicht
mehr lange bis zu Deiner Geburt und ich muss mich nun langsam
an den Gedanken gewöhnen, Abschied von Dir zu nehmen. Man
hat mir versichert, dass Du in eine gute Familie kommen wirst
und dass die Frau, die Dich an Ihre Brust nehmen wird, Dich
lieben wird wie ihr eigenes Kind, da sie selbst keine Kinder be-
kommen kann. Sie wird Dir sicher eine gute Mutter sein.

Mein Schmerz ist so groß, dass es mir fast das Herz zerreißt.
Aber ich weiß, dass ich das einzig Richtige tue. Ich tue es für
Dich. Du sollst nicht als armer Bastard einer Hure aufwachsen.
Als Außenseiter der Gesellschaft. Das wenigstens möchte ich Dir
ersparen! Vielleicht wirst Du mir eines Tages sogar dankbar da-
für sein, dass ich Dich weggegeben habe. Denn niemand außer

mir und Deinen zukünftigen Pflegeeltern werden von dieser Schande, das Kind einer Hure zu sein, wissen. Nicht einmal meinen Eltern werde ich von Dir erzählen.

So wünsche ich Dir, dass Du ein gutes Leben haben wirst und dass das Glück immer an Deiner Seite sein wird. Versuche bitte niemals, mich oder Deinen Vater ausfindig zu machen. Es ist besser für Dich, wenn wir uns niemals kennenlernen! Deinen Vater habe ich für immer aus meinem Leben gestrichen, da er mich so schändlich behandelt und im Stich gelassen hat. Ich selbst werde nach Deiner Geburt alle meine Spuren hinter mir verwischen und mir irgendwo weit weg ein neues Leben aufbauen.

In innigster Liebe

Deine Mutter

Verzeih mir!"

Dies waren wohl die einzigen wahren Aussagen in Klaras Brief. Dass sie nur das Beste für ihr Kind wollte, glaubte ich ihr aufs Wort. Und wie sehr es sie schmerzte, ihr eigenes Kind abzugeben, mag ich mir gar nicht vorstellen. Meine Gedanken schwankten zwischen Mitleid und Abscheu. Doch bei allem Mitgefühl – was mich wirklich beschäftigte, war einzig und allein die Frage: "Was würde nun aus mir werden?"

Was Penny damals nicht wissen konnte

Die Entscheidung einer unverheirateten Mutter, ihr Kind wegzugeben, ist für die damaligen Verhältnisse durchaus nachvollziehbar und war klug gehandelt. Denn früher hatten Hurenkinder – auch Bastarde oder Bankerts genannt – keinerlei Chancen, gesellschaftlich anerkannt zu werden. Sie waren mit dem Zeitpunkt ihrer Geburt unwiderruflich mit einem Makel behaftet und eine Schande. Bis ins 19. Jahrhundert waren uneheliche Kinder deshalb auch von vielen Handwerksberufen ausgeschlossen. Denn es musste eine eheliche Geburt durch entsprechende Urkunden oder Zeugnisse nachgewiesen werden, um als Lehrling angenommen zu werden.

Viele sogenannte Fündel- oder Hurenkinder verwahrlosten damals bettelnd auf den Straßen oder wurden in Waisenhäusern oder kirchlichen Rettungshäusern untergebracht. Nicht selten wurden unehelich geborene Kinder sogar gleich nach der Geburt von ihren Müttern getötet.

In einer Berliner Gerichtszeitung aus der zweiten Hälfte des 19. Jahrhunderts sind zum Beispiel hierzu Schilderungen von Gerichtsverhandlungen zu finden:

„Sitzung vom 30. Juli:
Die unverehelichte Wilhelmine Louise Caroline Bartels ist der Beiseiteschaffung des Leichnams eines Kindes in Gemäßheit des § 186 des Neuen Strafgesetzbuches angeklagt (§ 186 lautet: Wer ohne Vorwissen der Behörde einen Leichnam beerdigt, oder bei Seite schafft, wird mit Geldbuße bis zu zweihundert Thalern oder mit Gefängnis bis zu sechs Monaten bestraft. Die Strafe ist Gefängnis bis zu zwei Jahren, wenn eine Mutter den Leichnam ihres unehelich neugeborenen Kindes ohne Vorwissen der Behörde beerdigt oder bei Seite schafft.)

In der Nacht vom 22. zum 23. Mai d. J. fand der Arbeitsmann Dimbe auf dem Hofe eines Hauses der Mauerstraße beim Reinigen der Mistkule in derselben den Leichnam eines ausgetragenen Kindes. Er klingelte hierauf beim Wirth, ließ denselben wecken und zeigte ihm den Vorfall an. Zuvor war ein junges Frauenzimmer, welches augenscheinlich ihn beim Reinigen der Mistkule beobachtet hatte, an ihn herangetreten und hatte ihn aufgefordert, kein Aufsehen zu machen und die Anzeige über seinen Fund zu unterlassen. Da er hierauf nicht einging, war das Frauenzimmer nach der Straße gelaufen, wo sie auf seinen Zuruf vom Schutzmann Senftleben verhaftet wurde.

Die Verhaftete, welche den Schutzmann dringend gebeten hatte, sie laufen zu lassen, war die Angeklagte, welche in diesem Hause bei einem Schneidermeister im Dienst stand. Nach dem Obductionsbericht des Geheimen Obermedicinalraths Dr. Gaßner war der bereits in Fäulnis übergegangene Leichnam der Körper eines völlig ausgetragenen und lebensfähig zur Welt gekommenen Kindes, das etwa 14 Tage vorher geboren war.

Die Angeklagte leugnete in der Voruntersuchung nicht allein die Beiseiteschaffung des Kindes, sondern auch ihre Schwangerschaft. Dass sie aber schwanger gewesen und geboren, ist durch das Gutachten des Geheimen Obermedicinalraths Dr. Gaßner festgestellt, auch ist bei der Angeklagten schon im April d. J. eine auffallende Korpulenz von mehreren Zeugen wahrgenommen worden.

Die Untersuchung wurde zunächst auf Kindsmord gerichtet. Da aber der Beweis dafür, dass das Kind lebend in die Mistkule geworfen war, nicht erbracht werden konnte, so ist angenommen worden, dass dasselbe schon todt bei Seite geschafft worden und die Anklage auf Grund des § 186 erhoben. Im Audienztermin räumte die Angeklagte ein, am 12. Mai d. J. geboren zu haben,

33

behauptete aber, dass das Kind erst 3 bis 4 Monate alt gewesen, noch gar keine bestimmte menschliche Gestalt gehabt und völlig leblos zur Welt gekommen sei. Sie bestritt zugleich, dass der in der Mistkule gefundene Leichnam mit der von ihr geborenen Leibesfrucht identisch sei. Diese Einwendungen erachtete der Gerichtshof aber als durch die Beweisaufnahme für vollständig widerlegt, erklärte die Angeklagte für schuldig und verurteilte sie zu 6 Monaten Gefängnis."

Eine ganz ähnliche Anklage ist gegen die unverheiratete Selma Schill erhoben worden. „*Die Schill diente im Januar d. J. bei dem Webermeister Friedländer in der Landsbergerstraße und gebar daselbst in der Nacht vom 16. zum 17. Januar, am Ofen stehend, ein Kind, welches ihrer Angabe nach, ohne dass sie dies habe hindern können, auf die Erde fiel und als sie es gleich darauf aufhob, todt war. Sie räumte zwar ein, dass es in dem Augenblicke, als es zur Welt gekommen, geschrien, behauptet aber, dass es jedenfalls todt gewesen, als sie es aufgehoben, und vermutlich in Folge des Falles gestorben sei, obwohl sie zugibt, dass sie nicht genau untersucht habe, ob das Kind nach dem Falle noch Leben gehabt; demnächst hat sie es geständlich in den Abtritt geworfen.*

Nach dem Obductionsbericht ist das Kind gleich nach der Geburt gestorben und zwar durch einen Blutschlagguss, der muthmaßlich die Folge eines Falles gewesen ist. Demgemäß wurde die Angeklagte des im § 186 des Neuen Strafgesetzbuches vorgesehenen Vergehens für schuldig erklärt und zu 3 Monaten Gefängnis verurteilt."

Nicht alle unehelich geborene Kinder wurden von ihren Müttern „entsorgt". Viele wurden auch zur **„Engelmacherin"** gebracht. Als Engelmacherin bezeichnete man Kinderpflegerinnen, die Kinder in Kost nahmen und „zu Engeln machten", d. h. bald sterben ließen. Zum Beispiel, indem sie die Kinder in Schweiß (also zum übermäßigen Schwitzen) brachten und dann der Zugluft aussetzten. Das schändliche Gewerbe der Engelmacherinnen blühte früher vor allem in Großstädten, als uneheliche Mütter des sozialen Schutzes entbehrten. Es kam diesen strafrechtlich kaum zu fassenden Frauen nur auf die Einnahme einer größeren Abfindung für das Aufnehmen des Kindes an. Beim Zahlen eines monatlichen Pflegegeldes wären sie am Gedeihen der Kinder materiell interessiert gewesen.

Die Engelmacherin

Hier, mein Kind, hier, mein Kind,
Eh deine Mutter kommt, geschwind!
Zuckersüßen Branntewein
Bald lädt dich der Herrgott ein.
Schmeckt es, mein Liebchen?
So zieht man euch groß.
Eia, popeia,
Dann sind wir dich los.

Ei so geht's, ei so geht's
Zu meinem hübschen Vorteil stets.
Kinder gibt es immer frisch,
Goldne Vögel auf den Tisch.

Ein paar Tage, nachdem Klara diesen Brief geschrieben hatte, gebar sie unter größten Schmerzen einen gesunden Knaben. Ohne das Kind auch nur ein einziges Mal an ihre Brust gedrückt zu haben, übergab sie es wortlos und mit versteinerter Miene der alten Hebamme, die den Kleinen sofort wegbrachte.

Ein neuer Anfang im Elsass

Schon wenige Tage später packte Klara zwei kleine Köfferchen und machte sich auf den Weg. Mich hatte sie achtlos zurück in meine Schatulle geworfen und zusammen mit all ihren anderen Habseligkeiten zum übrigen Gepäck gesteckt. Was hatte ich auch erwartet? Klara hatte für mich eine andere Bedeutung als ich für sie. Ich fühlte und „lebte" mit ihr mit, seitdem ich sie kannte. Für sie hingegen war ich einfach nur ein lebloser Gegenstand.

Ich kann heute nicht mehr sagen, wie viele Tage oder gar Wochen wir unterwegs waren. Die Koffer wurden auf dieser Reise mehrmals aus- und wieder eingepackt. Mich jedoch würdigte Klara keines Blickes mehr. Daran musste ich mich erst einmal gewöhnen.

Irgendwann waren wir in einem kleinen Ort nahe der französischen Grenze gelandet. Unsere Reise schien vorerst beendet. Klara bewohnte nun eine kleine Stube über einer Bäckerei, wo sie an den Vormittagen in der Backstube und im Laden aushalf. An den Nachmittagen passte sie auf die Kinder der Bäckersfamilie auf. Ich erkannte sie nicht wieder. Sie arbeitete viel, lachte selten. Und stets schien sie ein Hauch von Traurigkeit zu begleiten. Männerbesuche wie früher empfing Klara keine mehr.

Wie gewohnt hatte ich wieder meinen Platz auf einer kleinen Kommode. Meist jedoch lag ich unbeachtet und nutzlos auf dem grob gezimmerten Holz und dämmerte vor mich hin. Ich hatte nichts zu tun und es gab absolut nichts Interessantes mehr zu beobachten. So langweilig hatte ich mir meine Zukunft wirklich nicht vorgestellt. Sollte das etwa schon alles gewesen sein? Wo waren all die Abenteuer, die ich mir erhofft hatte? Das hatte ich nun davon, dass ich bei dieser Frau gelandet war und nicht bei einem Mann, wie ich es mir immer erträumt hatte. Mit einem

Mann, so einem richtigen Kerl, hätte ich sicherlich mehr erlebt.

Klara nutzte meine Schatulle zwischenzeitlich auch zur Aufbewahrung von allerlei Krimskrams und einigen Geldmünzen. Ich spielte keine Rolle mehr. Zuweilen nahm sie mich zur Hand, betrachtete mich traurig und legte mich wieder zurück, ohne auch nur ein einziges Wort mit mir geschrieben zu haben. Sie schrieb überhaupt nicht mehr. Kein Tagebuch, keine Briefe. Eines Tages aber packte Klara mich völlig unerwartet und warf mich – eh ich mich versah – mit einem zornigen Schrei auf den Fußboden. War sie denn vollkommen verrückt geworden? Was fiel ihr denn ein, mich so respektlos zu behandeln? Mich, Penny, die ihr so lange treue Dienste geleistet hatte.

Glücklicherweise war ich auf dem Läufer gelandet und hatte, soweit ich das sehen konnte, keinen Schaden genommen. Ich wusste gar nicht, wie mir geschah. Was hatte Klara sich nur dabei gedacht? So hatte ich sie noch nie erlebt. So schnell wie sie mich geworfen hatte, so schnell hob mich wieder auf und legte mich wortlos zurück auf meinen Platz. Warum nur hasste sie mich plötzlich so sehr? Ich hatte keinerlei Erklärung für ihr Verhalten. Auf jeden Fall hatte sich Klara sehr verändert. Aus dem einst so frechen, unmoralischen Wesen war eine nachdenkliche, arbeitssame Frau geworden.

So verging die Zeit, jeder Tag glich dem anderen. Es war furchtbar öde. Kein einziges Mal mehr nahm Klara mich zur Hand und schrieb mit mir. Hätten sich zu jener Zeit nicht ab und zu heimlich die Kinder des Bäckermeisters in Klaras Kammer geschlichen und gelegentlich ein wenig ungeschickt mit mir herumgekritzelt, wäre meine Tinte wohl vollkommen eingetrocknet.

Auf Nimmerwiedersehen

Eines Tages spürte ich, dass Veränderung in der Luft lag. Klara war sehr aufgeregt. All ihre Sachen lagen wohl geordnet und gefaltet auf dem einzigen Stuhl. Ein Koffer und eine Reisetasche standen vor ihrem Bett. Der Wandschrank war vollkommen leergeräumt.

Ein winziger Hoffnungsschimmer keimte in mir auf. Endlich würden wir wieder auf Reisen gehen. Und vielleicht würde ja alles wieder so werden wie damals, als Klara allabendlich in ihr Tagebuch schrieb. Vielleicht schon morgen? Würde ich mein altes Leben wieder zurückerhalten? Besser das als dieses ewig langweilige Dahindämmern.

Die darauffolgende Nacht schien endlos lang. Lange beobachtete ich durch die trüben Fensterscheiben die glitzernden Sterne am klaren Nachthimmel. Der helle Mond warf Schatten der sich leise im Wind wiegenden alten Eiche an die Wand. Die bizarren Schatten zeichneten immer neue Figuren, die mich allmählich sanft in eine Traumwelt begleiteten. Ich war eingeschlafen und träumte von seltsamen Gegenständen, die genauso lebendig waren wie ich und mir ihre Geschichten erzählten.

Als es dann endlich zu dämmern begann und das erste Morgenlicht durchs Fenster fiel, erwachte ich und die bittere Wahrheit holte mich ein. Die Stube war leer, alle Sachen waren weg und Klara war fort. Nur ich lag noch einsam und verlassen auf der Kommode. Klara, meine Besitzerin, hatte sich still und leise in der Dunkelheit fortgeschlichen und mich einfach zurückgelassen. Ich hatte es nicht einmal bemerkt.

Klara war also wieder einmal davongelaufen. Feige und unanständig. Genau das sah ihr ähnlich. Was sollte denn nun aus mir werden? Den ganzen Tag über hoffte ich, sie käme zurück, um mich zu holen. Doch vergebens. Klara war auf und davon.

So ein gemeines Aas! Das konnte sie mir doch nicht antun! Enttäuschung, Trauer, Wut. All das konnte ich fühlen. Nicht körperlich wie ein Mensch. Aber es waren Regungen, wie sie nur schwer für mich in Worte zu fassen sind. Selbst meine Tinte schien sich zu erhitzen, so aufgebracht war ich. Ganz so, als hätte ich Fieber.

Schmutzige Bekanntschaften

Am späten Nachmittag nach Klaras Verschwinden betrat die Frau des Bäckermeisters die Stube. Ich hatte sie schon öfters gesehen und mochte sie ganz gerne. Eine quirlige kleine Person, immer in Bewegung und ein strenger Blick, dem nichts entging. Doch weder ihre derbe Kleidung noch die schwieligen Hände und die kleinen Fältchen um ihre grauen Augen konnten darüber hinwegtäuschen, welch feinfühliges Wesen hinter dieser rauen Fassade steckte. Geschäftig fegte sie den Fußboden, legte hurtig frische Wäsche auf das Bett, rückte Tisch und Stuhl zurecht und wischte in Windeseile den Staub von den Möbeln. Als sie mich auf der Kommode liegen sah, runzelte sie zuerst die Stirn, schüttelte verwundert den Kopf und ließ mich dann mit einem gleichgültigen Achselzucken in der Tasche ihrer Küchenschürze verschwinden.

Oh, das war gar nicht gut! Denn dort drinnen machte ich sogleich die unliebsame Bekanntschaft mit einem extrem schmutzigen und übelriechenden alten Lappen sowie einer kratzigen Bürste, in deren unangenehmer Gesellschaft ich auch noch die folgende Nacht verbringen musste. Igitt! Welch unwürdige Stätte für ein so erlesenes Utensil wie mich. Wir drei, dieser stinkende

Drecklappen, die schnöde Kratzbürste und Penny, eine edle Füllfederhalterdame, hatten so gar nichts gemeinsam. Mit solchen Schmutzfinken wollte ich nichts zu tun haben. Doch was sollte ich tun? Die Frau des Bäckermeisters hatte die Schürze am Abend nach getaner Arbeit an einen Nagel gehängt und mich einfach darin vergessen. Ich hatte schon befürchtet, dieser Schmutzfetzen und das alte Borstending würden versuchen, mich in ein Gespräch zu verwickeln. Doch nichts dergleichen geschah. Waren sie etwa stumm, oder einfach nur dumm? Damals wusste ich noch nicht, dass es außer mir wohl keinen anderen Gegenstand gab, der wie ich Verstand und Gefühle hatte.

Tags drauf befreite die Bäckersfrau mich endlich von diesem fürchterlichen Ort und gab mich in die Hände ihres Mannes. Der Bäckermeister Joseph Antoine Meister nahm mich prüfend in Augenschein, befand mich wohl als nützliches Ding und legte mich ohne großes Interesse auf den Tisch, gleich neben sein Tintenfass und seine alte Schreibfeder, die schon reichlich abgestumpft aussah. Auch diese Feder machte einen ziemlich einfältigen Eindruck, so dass ich nicht einmal versuchte mit ihr in Kontakt zu kommen.

Wochenlang beachtete Meister mich gar nicht. Meist griff er lieber zu seiner alten Feder, die er beim Schreiben immer wieder ins Tintenfass tauchen musste. Dieser dumme Mann hatte wahrlich keine Ahnung, dass diese alten Schreibfedern schon längst aus der Mode gekommen waren. Ab und zu kam auch ich zum Einsatz. Und so nach und nach lernte er endlich auch meine Vorzüge zu schätzen. Bald schrieb er seine Notizen nur noch mit meiner Hilfe in sein großes Buch. Endlich hatte ich wieder zu tun.

Trotz ihres niederträchtigen Verrats an mir vermisste ich Klara. Nicht, dass es mir nun schlecht erging. Es war nur so – der Bäckermeister hatte nicht gerade viel Übung im Schreiben. Kein Vergleich zu Klaras Art, mich zu halten und dann so mühelos Gedanken zu Papier zu bringen. Seine Ausdrucksweise wirkte holprig und kantig. Der Griff Meisters – dieses Tölpels, wie ich ihn insgeheim nannte – war grob und verkrampft. Himmel hilf, wenn er mit seiner Frau genauso grob umging wie mit mir! Seine kraftvollen Arme waren es eher gewohnt, Teig zu kneten und zu formen. Eine mühsame und anstrengende Arbeit, die ihm besser von der Hand ging als das Schreiben mit so einem edlen Schreibutensil wie ich es war.

Beim Bäckermeister hatte ich nicht viel zu tun. Die meisten seiner Notizen waren wenig aufregend und langweilten mich über die Maßen. Bis auf eine einzige dramatische Begebenheit, die sich im Juli des Jahres 1885 ereignete. Diese hat mich sehr berührt. Ganz entgegen seiner sonstigen Gewohnheit schrieb Joseph Antoine Meister hierüber alles haarklein in ein großes Buch – zwar etwas plump und unbeholfen in seiner Art des Ausdrucks, dafür aber umso ausführlicher:

Joseph und der tollwütige Hund

„4. Juli 1885
Heute ist etwas Schreckliches passiert. Alles hat damit angefangen, dass ich zum Backen frische flüssige Hefe aus der Brauerei gebraucht habe. Die hat mein Bub, der Joseph, gleich nach der Schule für mich dort abholen sollen, weil es so dringend war. Doch der Bub kam und kam nicht bei. Ich habe gewartet und gewartet. Aber der Joseph ist erst spät am Nachmittag endlich nach

42

Haus gekommen. Mein Gott, wie der ausgesehen hat. Mit blutigen und verrissenen Kleidern. Und vor Schmerzen geheult hat der Joseph. Er hat sich kaum noch auf den Beinen halten können. Er sagt, er hat nach der Schule auf dem Heimweg allein einen kleinen Seitenweg genommen. Dort hat sich ein großer, böser Jagdhund auf ihn gestürzt und ihn in die rechte Hand gebissen. Deshalb ist der Joseph hingefallen und der Hund hat ihn dann zu allem Übel auch noch ein paarmal in seine Beine gebissen.

Der Joseph konnte sich gegen den großen wild gewordenen Hund alleine nicht wehren. Er hat dann nur versucht, wenigstens sein Gesicht mit den Händen zu schützen. Der Bub hat jetzt ganz viele Bisswunden und große Schmerzen. Der Maurer Meier hat alles aus der Ferne gesehen und ist dem Joseph schnell zu Hilfe geeilt. Den großen bösen Hund hat er mit einer dicken Eisenstange geschlagen und verjagt. Das war der Hund vom Théodore Vonné, dem Kolonialwarenhändler von Meißengott. Der Vonné hat seinen Hund dann eingefangen und ihn zur Strafe in einen Schuppen gesperrt. Aber der Hund hat dann auch noch den Vonné, seinen eigenen Herrn, angefallen. So ein bösartiges Mistvieh!

Der Maurer Meier hat unseren Josef dann zurück ins Dorf gebracht. Am Dorfbrunnen haben sie dem Buben geholfen, die blutenden Wunden auszuwaschen. Die Töchter vom Vonné haben die Jacke und die verrissene Hose vom Joseph leidlich wieder zusammengeflickt. Der Vonné hat dem Joseph dann eine Mark als Wiedergutmachung für die Hundebisse gegeben und ihn heimgeschickt. Aber der Bub war richtig schwer verletzt und er hat trotz der Schmerzen ganz allein nach Haus laufen müssen. Der Joseph hat gesagt, dass er sich immer wieder hat hinsetzen müssen, weil ihm wegen der schlimmen Schmerzen so schwindelig war. Wir waren mit dem Joseph dann am Abend noch beim Doktor

Weber in Weiler. Der hat die Wunden mit Karbolsäure ausgespült und fest verbunden. Das hat dem Joseph höllisch wehgetan. Aber er war ganz tapfer und hat nicht laut geheult, nur leise gewimmert.

Vorhin ist noch der Vonné zu uns gekommen und hat sich wegen seinem Hund entschuldigt. Er hat gesagt, dass der Hund jetzt tot ist. Der hat die Tollwut gehabt. Das weiß er deswegen, weil er den Hund zum Tierarzt nach Schlettstadt hat bringen wollen. Unterwegs hat der Hund dann aber sogar noch andere Leute beißen wollen und deswegen hat ihn ein Gendarm einfach erschossen.

Der Vonné hat seinen toten Hund dann trotzdem noch zum Tierdoktor gebracht. Der hat ihm den Bauch aufgeschnitten und dort Stroh und Heu und Holzsplitter gefunden. Der Doktor hat dem Vonné gesagt, dass das ein ganz sicheres Zeichen für die Tollwut ist. Er hat ihm erklärt, dass diese Tollwut eine ganz schlimme Krankheit ist, an der man sterben muss. Erst kriegt man Fieber und Kopfschmerzen. Alle Glieder tun einem weh und es ist einem schlecht. Dann kriegt man Krämpfe und aus dem Mund kommt ekelhafter Schaum. Wenn man die Tollwut kriegt, dann wird man bösartig mit Wutanfällen und Schreikrämpfen. Danach wird man immer schwächer, bis man im Koma liegt und dann verreckt man. Das alles dauert so ungefähr sieben Tage.

Meine Frau, die Marie, ist jetzt ganz verzweifelt. Sie heult schon die ganze Zeit, weil sie große Angst um den Joseph hat. Es geht dem Joseph gar nicht gut. Er ist schon ganz heiß vom Fieber. Ich mache mir auch große Sorgen. Aber ich muss jetzt stark sein. Ich bin ja schließlich der Mann im Haus.

Der Vonné hat gemeint, dass der Joseph jetzt vielleicht auch diese Tollwut kriegt, weil sein kranker Hund ihn gebissen hat. Wir sollen den Buben lieber ganz schnell nach Paris bringen. Er hat gesagt, dass ihm die Leute in Schlettstadt erzählt haben, dass

sie in der Zeitung von einem Wissenschaftler in Paris gelesen ha-
ben, der anscheinend eine Arznei gegen diese Tollwut kennt. Der
Mann heißt Pasteur. Der Vonné fährt morgen nach Paris und wir
sollen mit ihm kommen. Der Vonné hat auch große Angst vor die-
ser Krankheit, weil auch er von seinem Hund gebissen worden
ist.

Marie ist schon am Packen und wir fahren gleich morgen früh
mit dem Vonné und dem Joseph zu diesem Pasteur nach Paris,
damit der ihm hilft. Der Joseph soll nicht wegen der Tollwut ster-
ben. Er ist doch erst 9 Jahre und noch so klein."

Mein Gott, der arme Joseph. Das war der kleine süße Junge, der
manchmal heimlich in Klaras Stube gekommen war und mit mir
herumgekritzelt hatte. Ihm hatte ich es zu verdanken, dass meine
Tinte nicht völlig eingetrocknet war. Ich mochte mir gar nicht
vorstellen, wie sich der kleine Joseph vor dem Hund gefürchtet
hatte und welche qualvollen Schmerzen er nun litt. Ich hoffte so,
dass der Joseph nun nicht auch diese Tollwut bekäme. Und dass
Hunde so gefährliche Tiere waren, hatte ich bis zu diesem Tage
auch nicht gewusst. Gott sei Dank war ich noch nie einem begegnet.

Suche nach Pasteur

„5. Juli
Heute ganz in der Früh haben wir uns auf den Weg nach Paris
gemacht. Erst sind wir über die Grenze nach Frankreich. In
Saint-Dié haben wir dann einen Zug nach Nancy genommen. Von
dort sind wir in einen anderen Zug umgestiegen und bis nach
Paris gefahren.

Paris ist eine wirklich große Stadt und wir haben uns dort erst einmal eine Unterkunft suchen müssen. Das war gar nicht so einfach, wenn man sich in der Fremde nicht auskennt. Wenn man bei uns durch das Dorf geht, dann kennst Du alle Leute und jeder kann Dir helfen, wenn Du etwas suchst. In Paris kannst Du gehen und gehen. Die Straßen nehmen einfach kein Ende. Und überall sind richtig viele Leute, die sich dort aber anscheinend selbst nicht auskennen.

Der Joseph ist ganz traurig und immerzu fragt er, ob er jetzt sterben muss und ob das Sterben sehr weh tut. Und dann hat er noch gefragt, wie er denn da hinauf in den Himmel zu den Engeln kommen soll, wenn er stirbt, wo er doch gar keine Flügel hat. Ich weiß nicht, was ich ihm sagen soll. Ich habe auch gar nicht gemerkt, wie der Joseph gehört hat, was der Vonné von der Tollwut erzählt hat.

Wir haben uns dann in Paris auf die Suche nach diesem Pasteur gemacht. Wir sind in ganz vielen Krankenhäusern gewesen, aber niemand hat uns sagen können, wo wir diesen Mann finden können. Das ist sehr schlimm, denn dem Joseph geht es immer schlechter. Der Vonné selber merkt noch nix von der Krankheit.

Den ganzen Tag sind wir in der großen Stadt umhergelaufen und keiner hat uns geholfen. Meine Marie ist deswegen schon ganz verzweifelt. In dem einen Krankenhaus ist sie dann richtig böse geworden. Sie hat schrecklich geheult und rumgeschrien. Erst dann hat uns eine freundliche Schwester verraten, dass der Pasteur in der École normale supérieure in der Rue d'Ulm arbeitet.

Jetzt ist es aber schon spät und wir sind alle erschöpft und hungrig. Unten in der Gaststube werden wir gleich noch Abendbrot essen. Der Vonné sagt, dass wir alle eingeladen sind. Der Joseph kann sowie nix essen, dem ist es die ganze Zeit schlecht und er hat hohes Fieber.

Morgen werden wir sofort diesen Doktor Pasteur aufsuchen und ihn um Hilfe bitten. Hoffentlich ist er da und hört uns an."

Welch ein Glück, dass der Bäckermeister mich mit auf die Reise genommen hatte, um alles aufzuschreiben. Sonst hätte ich ja gar nicht gewusst, wie es dem Joseph geht. Von Paris hatte ich schon einmal gehört, als einer von Klaras Gästen davon erzählte. Damals hatte ich mir gewünscht, Paris auch einmal sehen zu dürfen. Aber dies war nun wirklich kein guter Anlass, dort zu sein. Ich wünschte inständig, dass dieser Doktor Pasteur dem kleinen Joseph helfen würde.

Rettung für Joseph?

„6. Juli
Endlich haben wir den Doktor Pasteur gefunden. Erst wollten sie uns nicht zu ihm lassen. Aber als sie den armen Joseph mit seinen fieberglänzenden Augen und den verbundenen Armen und Beinen gesehen haben, hat uns der Doktor Pasteur dann doch rufen lassen. Ein ernster und streng dreinblickender Mann. Aber zu uns ist er sehr freundlich.
Erst hat der Doktor Pasteur den Vonné untersucht. Aber weil der Hundebiss nicht durch sein Hemd durchgegangen ist und er keine blutende Wunde gehabt hat, hat der Pasteur ihm gesagt, dass der Hund ihn ganz sicher nicht mit der Tollwut angesteckt hat. Deshalb hat er den Vonné gleich wieder heimgeschickt.
Dann hat der Pasteur sich unseren Joseph genau angeschaut. Da war er ganz still und nachdenklich, als er die vielen verkrusteten blutigen Wunden gesehen hat. Vierzehnmal ist unser Joseph

von diesem gemeinen Hundevieh gebissen worden. Schon ganz elend schaut der Bub aus. Besonders die Wunden an den Händen vom Joseph sind richtig schlimm.

Der Doktor Pasteur sagt, dass er ja eigentlich gar nicht genau sagen kann, ob der Hund wirklich die Tollwut gehabt hat, weil er ihn nicht selbst gesehen hat. Aber er glaubt das, was der Tierdoktor gesagt hat. Also kann es gut sein, dass der Joseph jetzt auch die Tollwut kriegt.

Dann hat der Pasteur gemeint, der Joseph wird wahrscheinlich an der Tollwut sterben müssen, wenn er ihn jetzt nicht gleich behandelt. Da sind wir ganz schön erschrocken und die Marie hat gar nicht mehr aufgehört zu heulen.

Der Pasteur hat sogar noch zwei andere Doktoren gefragt, den Vulpian und den Grancher. Alle beide haben auch gesagt, dass der Joseph ganz schnell eine Spritze mit Impfstoff bekommen muss. Und weil der Pasteur selbst gar kein so richtiger Arzt ist, sondern nur Wissenschaftler, irgend so ein Chemiker, hat der Grancher dem Joseph die Spritze mit dem Impfstoff gegeben. Erst hat der Joseph geweint, weil er gedacht hat, dass er nun operiert werden muss. Aber der Bub hat sich dann schnell getröstet, als er gemerkt hat, dass es nur ein einziger leichter Stich war.

Weil der Joseph ab heute noch 10 Tage lang Spritzen kriegen muss, muss er hier in der Klinik in Paris bleiben. Die Marie will ihn nicht alleine lassen, aber ich muss zurück nach Hause zur Bäckerei. Ich muss arbeiten und Geld verdienen. Wer weiß, was das alles noch kostet. Das Gesparte wird bestimmt nicht reichen, aber der Joseph darf auf keinen Fall sterben.

Die Marie und der Joseph dürfen im Laborgebäude im Collège Rollin bleiben. Dort hat der freundliche Doktor Pasteur ihnen ein Zimmer herrichten lassen.

Ich werde jeden Tag zu unserem Herrgott beten, dass er den Joseph wieder gesundmacht."

Ja, der Bäckermeister hatte wirklich seine ganz eigene Art, von den Geschehnissen zu berichten. Es war nicht ganz mein Stil zu schreiben, aber er war halt eine einfache Haut. Und was blieb mir auch anderes übrig? Ich musste mich meinem Besitzer fügen und schreiben, was und wie er wollte. Aber so blieb ich wenigstens auf dem Laufenden, was mit dem kleinen Joseph passierte. So ein tapferer kleiner Junge! Sein Wohl lag mir sehr am Herzen. Ich litt sogar richtig mit ihm mit. Heute glaube ich, ich hatte damals so etwas wie Muttergefühle.

„12. Juli

Ich bin schon seit ein paar Tagen wieder zu Hause und warte ungeduldig auf Nachricht aus Paris. Endlich ist ein Brief von der Marie gekommen. Sie schreibt, dass der Joseph jeden Tag Spritzen bekommt und er sich gut erholt. Es gefällt ihm ganz gut, dass er nicht in die Schule gehen muss. Und in dem Laborgebäude gibt es viel Abwechslung für ihn. Er darf dort mit den Versuchstieren spielen. Die Hennen, Kaninchen und Meerschweinchen hat er schon ganz zahm gemacht. Die ganz kleinen Meerschweinchen und die kleinen weißen Mäuse in den Glasgefäßen beschützt er wohl ganz besonders.

Die Marie schreibt, der Joseph hat beim Pasteur für die Tiere das Begnadigungsrecht erbeten und er hat das für die ganz jungen Tiere sogar ohne weiteres von ihm erhalten. Die Marie meint, der Joseph ist für die Tiere dort eine Art kleiner Heiland, der den Lauf ihres Schicksals abwenden konnte. Ich bin richtig stolz auf meinen Buben.

16. Juli

Eine neue Nachricht von Marie aus Paris. Dem Joseph geht es schon richtig gut. Er hat jetzt die letzte Spritze gekriegt. Marie hat gesagt, dass in den Spritzen das getrocknete Rückenmark von einem tollwütigen Kaninchen ist und dass das den Joseph wieder gesund macht. Ich kann mir das nicht vorstellen, aber Hauptsache es hilft. Die Bisswunden an seinen Händen und Beinen sind auch schon gut verheilt.

Der Joseph lacht anscheinend schon wieder wie früher. Gott sei gedankt! Der Dr. Grancher muss den Buben aber noch weiter beobachten, ob die Spritzen helfen.

Die Marie macht sich große Sorgen, ob wir hier in der Bäckerei und im Haus ohne sie zurechtkommen. Aber unsere Mädchen sind fleißig und helfen alle mit. Wir schaffen das, bis die Marie mit dem Buben wieder heimkommt.

24. Juli

Der Vonné war heute in Paris. Er hat die Marie und den Joseph besucht. Er hat gesagt, ich muss mir keine Sorgen machen. Der Joseph ist bei dem Doktor Pasteur bestens aufgehoben. Es geht ihnen dort gut. Marie und der Bub dürfen schon bald heimkommen.

27. Juli

Endlich ist die Marie mit meinem Buben wieder daheim. Der Joseph ist ein bisschen dünn geworden, aber er hat alles gut überstanden. Alle im Dorf sind neugierig und wollen wissen, wie es dem Joseph in Paris ergangen ist. Auch der Vonné will heute noch vorbeikommen und dem Joseph ein Geschenk bringen.

Der Pasteur hat gesagt, dass unser Doktor Weber auch noch ein paar Wochen lang nach dem Joseph schauen muss, ob der nicht vielleicht doch noch irgendwann die Tollwut kriegt."

Jeden Tag hatte ich den neuen Notizen des Bäckermeisters schon entgegengefiebert. Ich konnte es gar nicht abwarten, bis er mich abends endlich zur Hand nahm, um alles über diesen schrecklichen Vorfall aufzuschreiben. Je länger der kleine Joseph fort war, desto mehr drehten sich meine Gedanken nur noch um den armen Buben. Wie sich das wohl anfühlen musste, jeden Tag mit Nadeln in den Körper gestochen zu werden? Und das, nachdem ihn doch der tollwütige Hund schon so übel zugerichtet hatte. Ich muss zugeben, dass mich die ganze Geschichte sehr mitgenommen hat. Aber glücklicherweise war ja alles gut gegangen.

Was Penny damals nicht wissen konnte

Der kleine Junge, **Joseph Jean Baptiste Meister**, so sein vollständiger Name, erkrankte auch in den Folgejahren nicht an der Tollwut. Die Impfung hatte gewirkt. Lange Zeit noch blieb Louis Pasteur mit Joseph in Briefkontakt und unterstützte die Familie Meister bei Schwierigkeiten auch finanziell.

Joseph Meister im Jahre 1885

Als 14-Jähriger verließ Joseph sein Elternhaus und trat in Paris in den Dienst von Louis Pasteur. Er litt jedoch schrecklich unter Heimweh und kehrte ins Elsass zurück, um dann dort, wie schon sein Vater, das Bäckerhandwerk zu erlernen.

Im Jahre 1912 ging Joseph abermals nach Paris und trat im Institut Pasteur nun eine Stelle als Hausmeister an. Zwei seiner Töchter – Joseph wurde stolzer Vater von insgesamt sieben Kindern – arbeiteten später ebenfalls am Institut Pasteur. Am 24. Juni 1940, nachdem deutsche Truppen im Zweiten Weltkrieg Paris besetzt hatten, nahm sich Joseph Meister im Alter von 64 Jahren das Leben.

Die **Tollwut** ist eine Viruserkrankung des zentralen Nervensystems, die durch den Biss von Säugetieren (meist Hunde oder Füchse) auf den Menschen übertragen werden kann. Durch eine Impfung nach dem Biss kann verhindert werden, dass der Tollwuterreger ins Gehirn wandert. Ohne Impfung dauert die Zeit von der Ansteckung bis zum Ausbruch der Krankheit drei bis acht Wochen. Ist die Krankheit erst einmal ausgebrochen, verläuft sie tödlich. Laut Angaben des Robert-Koch-Instituts gilt Deutschland nach den Kriterien der Weltorganisation für Tiergesundheit seit Ende September 2008 als frei von klassischer Tollwut, da seit dem letzten Nachweis des Tollwutvirus im Februar 2006 bei einem Fuchs im Kreis Mainz-Bingen kein Wildtier mehr in Deutschland mit dem Virus identifiziert wurde.

Die Tollwut war in früheren Zeiten weit verbreitet. Die Menschen hatten große Angst vor Ansteckung. Man nahm damals an, dass allein die Berührung oder selbst der Atem eines an Tollwut erkrankten Tieres oder Menschen genüge, um die Krankheit, die in jedem Fall zum Tode führte, zu übertragen. Alle an Tollwut erkrankten Menschen zeigten die gleichen Anfangs-Symptome: Unruhe, Krämpfe, Schreckhaftigkeit, Auffahren beim geringsten

Luftzug, heftige Zuckungen, brennenden Durst und zugleich Unfähigkeit, auch nur einen Tropfen Wasser zu schlucken. Letztlich erstickten die Kranken nach stundenlangen Todeskämpfen mit Krampfanfällen und Lähmungen an ihrem eigenen Schleim.

Eine Zeitung aus der damaligen Zeit berichtete folgendermaßen über eine Tollwuterkrankung:

„Die hiesige Tollwuthschutzstation hat am Sonntag ihren ersten Patienten erhalten, bei dem die Wuthkrankheit in ihren ersten Anfängen bereits in die Erscheinung getreten ist. Es ist der Hilfsweichensteller Herrmann Damme aus Klein-Bauchlitz in Sachsen. Der Mann wurde am 10. März d. J. auf der Strecke von einem tollen Hunde gebissen. In seiner Einzelbaracke halten fortwährend ein Ober- oder Unterarzt mit einem Gehilfen Wache. Die Anschwellung des Armes ging vom Daumen aus, in dem der Biß saß – Unruhe, Athembeschwerden und Uebelkeit waren die ersten Zeichen der Krankheit. Deren Charakter erkannte man, als die Frau des Kranken diesem gegen die Uebelkeit ein Glas Wasser bringen wollte und nur das Wort Wasser aussprach. Die Uebelkeits- und Unruheanfälle, zum Theil verbunden mit Schüttelfrost, haben sich auch auf der Station noch wiederholt."

Die Angst vor der Tollwut und die damals angewandten furchtbaren sogenannten Heilungsversuche waren so schlimm, dass die französische Regierung bereits im Jahre 1852 dem Entdecker eines Heilmittels gegen die Tollwut eine Belohnung versprach. Daraufhin intensivierten sich die Tollwutforschungen zahlreicher Mediziner und Gelehrter. Etliche Experimente wurden angestellt.

Louis Pasteur, geb. am 27. Dezember 1822 in Dole in Frankreich, war ein Chemiker, der Pionierarbeit auf zahlreichen Gebieten wie der Mikrobiologie, Bakteriologie und Biochemie leistete. Unter anderem erforschte Pasteur die alkoholische Gärung und erfand die „Pasteurisierung". Er hatte entdeckt, dass man Mikroorganismen, die für das Verderben von Lebensmitteln verantwortlich sind, durch kurzzeitiges Erhitzen auf eine Temperatur von über 60 Grad Celsius abtöten kann. Für die Lebensmittelindustrie heutzutage eine unverzichtbare Technik! So werden Milchprodukte heute pasteurisiert, indem die Milch für etwa 15 Sekunden auf eine Temperatur von rund 80 Grad Celsius erhitzt und dann sofort auf unter 10 Grad Celsius abgekühlt wird.

Lange Jahre forschte Louis Pasteur auch an einem Heilmittel gegen die Tollwut. Im Zuge seiner Forschungen studierte er alte Berichte über Unglücksfälle mit tollwütigen Hunden und den Umgang mit den Kranken. Auch beschäftigte er sich intensiv mit den vielen Versuchen der Ärzte und Heiler, der Tollwut Herr zu werden. Bei seinen Forschungen stieß er auf seltsame phantastische Heilmethoden, wie etwa die Leber eines tollwütigen Hundes zu essen, ein Bad im Mittelmeer oder Ozean zu nehmen, das Verschlucken von Krebsaugen, das Verspeisen von Eierkuchen mit zerstoßenen Austernschalen, die Berührung der Wunden durch einen heiligen Schutzpatron oder gar das Ausbrennen der Wunden mit glühenden Eisen. Natürlich war keine dieser fragwürdigen Methoden jemals heilsam.

Im Laufe der Zeit verlor sich der Glaube an diese nutzlosen Wundermittel und man ging dazu über, an der Tollwut erkrankte oder der Tollwut verdächtige Personen einfach umzubringen. Aus Angst erschoss man sie mit Gewehren, vergiftete, erdrosselte oder erstickte sie.

In einem Buch aus dem Jahre 1802 „Medizin fürs Haus" las Pasteur von der früheren barbarischen und verbrecherischen Praxis, „die erkrankten Personen, sobald die Tollwut ausgebrochen war, ihrem traurigen Schicksal zu überlassen, oder ihnen an allen vier Gliedmaßen die Adern zu öffnen, oder sie zwischen zwei

Matratzen, Federbetten oder ähnlichem zu ersticken." Endlich, im Jahre 1885, gelang es Louis Pasteur im Zuge seiner Forschungen, ein wirksames Serum gegen die Tollwut zu finden. Louis Pasteur verstarb 1895 im Alter von 72 Jahren.

Louis Pasteur

Es war inzwischen Winter geworden. Der kleine Joseph schien wieder vollkommen gesund. Die Arbeiten in der Bäckerei und im Haus gingen ihren gewohnten Gang. Der Bäckermeister hatte viel zu tun und zum Schreiben blieb ihm kaum Zeit. Ab und zu benutzte er mich noch, um kurze Briefe an seinen Onkel zu schreiben. Deren Inhalte scheinen mir aber nicht sonderlich erwähnenswert. An den Wochenenden führte er penibel Listen mit seinen Einnahmen und Ausgaben, was aber ebenfalls nicht besonders aufregend für mich war. Zu meiner Schande muss ich gestehen, dass ich mir damals wünschte, es möge doch wieder irgendein Unglück geschehen. Irgendetwas Spektakuläres, etwas Aufregendes! Schämen sollte ich mich dafür!

Eines Abends – wir schrieben das Jahr 1886 – schien sich mein Wunsch nach Abwechslung endlich zu erfüllen. Der alte Bäckermeister nahm mich zur Hand und polierte mich von oben bis unten ganz blank. Mein Ebenholz glänzte im Schein der Kerzen und meine goldene Spitze funkelte mit dem Diamanten um die Wette. Oh, welche Wonne! Endlich fühlte ich mich wieder als Frau, beachtet, hübsch zurecht gemacht und begehrenswert!

Doch halt – was hatte das zu bedeuten? Er wollte gar nicht mit mir schreiben. Stattdessen wickelte er mich in ein leinenes weißes Taschentuch und steckte mich in seine Jackentasche. Also sollte es wohl auf Reisen gehen? Auch gut. Ich war gespannt, wohin der Weg mich dieses Mal führen sollte.

Mein Studium der Medizin

Nun, die Reise war dann überraschend kurz und schon bald wurde ich wieder ausgepackt. In meiner ganzen Schönheit lag ich plötzlich nackt ohne Tuch und Schatulle auf einem kalten Tisch. Wie unangenehm! Wo genau ich gelandet war, habe ich erst im Laufe der Zeit herausgefunden. Jedenfalls war dies ein überaus seltsamer Ort, so ganz anders als Klaras gemütliche Stube oder das Zimmer des Bäckermeisters. Der ganze Raum war grell beleuchtet, weiß und strahlend sauber. Keine Kissen, keine Tischdecken, keine Kerzen. Dafür aber äußerst seltsam anmutende Gegenstände und metallisch glänzende kalte Gerätschaften im Raum, die mir – so muss ich zugeben – doch ein wenig Angst einflößten. Was hatte man mit mir vor? Ich war ja völlig wehrlos. Die Luft in diesem Raum war erfüllt von einem merkwürdig stechenden Geruch. Sollte dieser unheimliche Ort etwa mein neues Zuhause werden? Mir war gar nicht wohl bei dieser Vorstellung.

Meine Ahnung sollte sich bewahrheiten. Mein neuer Besitzer war der Arzt Dr. Weber. Der Arzt, der die Bisswunden des kleinen Joseph versorgt hatte und ihn nach seinem Aufenthalt bei Pasteur weiter betreute. Die regelmäßigen Arztbesuche waren mit der Zeit für die Bäckerfamilie Meister zu teuer geworden. Sie hatten die Rechnungen kaum noch mit Geld begleichen können. Viele Wertgegenstände besaßen sie auch nicht. Einzig ich erschien ihnen mit meiner goldenen Spitze und dem Diamanten als wertvoll. So musste nun unter anderem auch ich anstatt Geldes zur Begleichung ihrer Schulden herhalten.

Ein Glücksfall für mich, wie sich bald herausstellte! Ich hatte endlich wieder zu tun. An Langeweile war nun überhaupt nicht mehr zu denken. Wenn ich nicht mit Schreiben beschäftigt war, dann beobachtete ich gespannt das geschäftige Treiben des Doktors. Entweder steckte ich in der Brusttasche seines weißen Kittels oder ich lag auf seinem Tisch, umgeben von all den seltsamen Gegenständen, die mir anfangs solche Angst eingeflößt hatten. Wie sich jedoch bald herausstellte, waren dies alles nur hilfreiche, diagnostische Instrumente des Doktors: ein Hörrohr, verschiedene Untersuchungsspiegel, Messer, Pinzetten, Kanülen und Verbandszeug. Wie lächerlich, dass ich mich anfangs davor gefürchtet hatte.

Zweimal pro Woche herrschte tagsüber reges Treiben im Behandlungszimmer des Doktors. Junge und alte, arme und reiche, leidende und verletzte Patienten, aber auch eingebildete Kranke suchten den Rat und die Hilfe des Doktors. Unzählige Rezepte für Tinkturen, Säfte und Salben musste ich aufschreiben – mit komplizierten Worten, die ich nie zuvor gehört, geschweige denn geschrieben hatte.

An den übrigen Wochentagen waren der Doktor und ich meist unterwegs, um Hausbesuche in der Umgebung zu machen. Egal, ob es draußen regnete, stürmte oder schneite, der Doktor musste hinaus und oft weite Wege zu den Patienten zurücklegen. Mit seinem Fahrrad auf holprigen unbefestigten Straßen oder bei weit außerhalb des Ortes wohnenden Patienten mit der Pferdekutsche.

Manchmal wurde der Doktor gar mitten in der Nacht gerufen. Nicht ein einziges Mal habe ich ihn deshalb ungehalten gesehen. Stets packte er mit stoischer Ruhe und Sorgfalt sein Arztköfferchen mit den nötigen Utensilien und machte sich dann ohne übertriebene Eile auf den Weg zu unseren Patienten. Täglich lernte ich Neues hinzu und fühlte mich bald genauso wichtig wie der Doktor selbst. Genauso hatte ich mir das vorgestellt. Ich in den Händen eines angesehenen, attraktiven Mannes. Ich wurde gebraucht und geschätzt, lernte und staunte und freute mich auf jede neue Zeile, die ich schreiben durfte.

Mein Doktor war Helfer in allen Notlagen. Er kümmerte sich um alltägliche Wehwehchen wie Verdauungsbeschwerden, Erkältungen oder schmerzende Körperteile. Er versorgte blutende Verletzungen, legte Verbände an, nähte klaffende Wunden, schiente Brüche und renkte Gelenke wieder ein. Man rief ihn, wenn es Komplikationen bei Geburten gab oder wenn Patienten schon schwer im Fieber lagen. Sogar eitrige Zähne konnte er ziehen. Ich war mächtig stolz auf ihn. Beinahe so wie eine Ehefrau auf ihren erfolgreichen Ehemann.

Einmal war ich sogar dabei, als der Doktor einem jungen Mann nach einem Unfall im Steinbruch drei Zehen amputieren musste. Und das alles ohne Narkose, wie man sie heutzutage kennt, und nur mit Hilfe einer Säge. Das war ein Spektakel! Ich weiß nicht, wie „Schmerzen" sich anfühlen, aber es muss etwas Schreckliches sein. Denn der junge Mann hat während der Operation ganz fürchterlich geschrien. Zeter und Mordio! Seine Schreie wurden nur abgemildert durch das Stück Holz, das man ihm zwischen die Zähne geklemmt hatte. Schließlich fiel er vor lauter Schmerzen in Ohnmacht, was dem Doktor aber ziemlich recht war. Denn so konnte er seine Arbeit besser zu Ende führen. Und getan werden musste es ohnehin. Also dann lieber ohne lästiges Geschrei.

Manchmal war der Doktor aber auch sehr erzürnt und hat mit Patienten geschimpft, weil sie seinen Rat nicht befolgt, seine Arznei nicht genommen oder trotz Krankheit auf dem Felde gearbeitet hatten. Viele Leute glaubten damals nämlich noch mehr als dem Arzt an die Heilungsmethoden von Badern, Wahrsagern, Priestern oder Beschwörern, die keinerlei medizinische Ausbildung genossen hatten. Oftmals mit fatalen Folgen für ihre Gesundheit.

Doktor Weber war ein sehr gebildeter und allseits beliebter

Mann. Die Patienten schätzten nicht nur seine medizinischen Kenntnisse. Selbst in der Erziehung der Kinder hatte er ein entscheidendes Wort mitzureden. Er gab Ratschläge zur richtigen Ernährung der Kinder, welche Spiele sich für welches Alter eigneten, wann der richtige Zeitpunkt für die Einschulung sei. Er riet, ob ein Kind ein Instrument spielen lernen sollte und wusste, wie die „Unsitte des Onanierens" bekämpft werden könne (… wobei ich bis heute nicht herausfinden konnte, was mit Letzterem gemeint war.).

Oft las der Doktor noch bis tief in die Nacht in Fachjournalen und Büchern. Dabei hielt er mich immer in seiner Hand und schrieb seine Gedanken in ein dickes, in Leder eingebundenes Buch. So machte er sich einmal Notizen über eine chronische Nervenkrankheit, die ein Chirurg und Paläontologe namens James Parkinson entdeckt hatte. Er nannte diese Krankheit die Schüttellähmung. Ein andermal schrieb der Doktor über eine Schilddrüsenkrankheit mit hervortretenden Augen und Kropf, die Basedow- oder Graves-Krankheit genannt wird.

Das alles war für mich natürlich überaus interessant. Wohl kaum eine andere Frau hatte zu jener Zeit wie ich die Gelegenheit, Einzelheiten über solche Dinge zu erfahren.

Sehr eingehend beschäftigte sich der Doktor in solchen Nächten mit der Schwindsucht, auch weißer Tod genannt. Zu jener Zeit starben an dieser Krankheit unzählige Menschen. Besonders in den Arbeitervierteln der Städte breitete sich die Schwindsucht damals rasend schnell aus. Mangelhafte hygienische Verhältnisse sowie unzureichende und einseitige Ernährung wurden als Ursachen der Krankheit angesehen. Selbst Berühmtheiten wie der Komponist Frédéric Chopin und der Dichter Friedrich Schiller waren dieser Krankheit schon zum Opfer gefallen. Heutzutage nennt man diese Krankheit, soweit ich weiß, Tuberkulose.

Ich kann mich noch gut erinnern, dass sich der Doktor mit extrem viel Aufmerksamkeit mit einer weiteren, äußerst seltsamen Krankheit beschäftigte, von der ausschließlich das weibliche Geschlecht befallen wurde. Das interessierte mich natürlich ganz besonders. Es hätte ja durchaus sein können, dass auch mich einmal eine solche Krankheit heimsuchen würde. Diese Frauenkrankheit hieß „Hysterie". Für mein Empfinden interessierte sich der Doktor auffallend brennend für diese Krankheit. Er las alles darüber, was er nur finden konnte, und schrieb in sein schlaues Buch: *„Für die Anfälle der Frauen sind keine organischen Ursachen zu finden. Ihre hysterischen Anfälle äußern sich in ekstatischen Körperverrenkungen, Halluzinationen oder wildem Umsichschlagen. Wahrscheinlich handelt es sich um Übertreibung oder Simulation, da Frauen ohnehin zu Wankelmütigkeit und Unglaubwürdigkeit neigen. Die Hysterikerinnen sind in ein Krankenhaus oder in eine Nervenheilanstalt einzuweisen."*

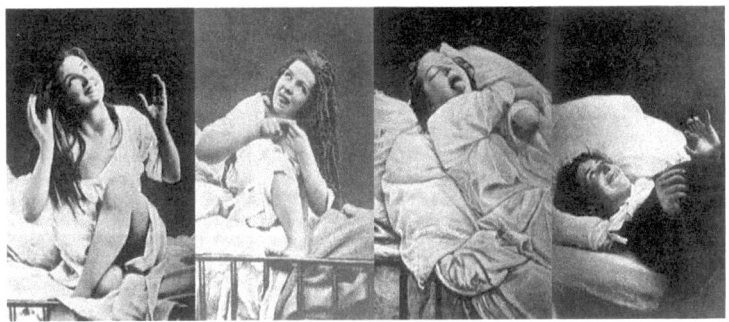

An der Hysterie erkrankte Frauen

Einige Ärzte glaubten damals, dass das seltsam hysterische Verhalten der Frauen von der Gebärmutter ausgehe. Die ärztliche Behandlung bestand deshalb darin, die Klitoris der Patientinnen – leider weiß ich nicht, was das sein soll – zunächst mit geölten Fingern und später mit allerlei Hilfsmitteln zu bearbeiten, mit dem Ziel, einen sogenannten Orgasmus zu provozieren.

Ein amerikanischer Arzt namens Georg Taylor hatte zu diesem Zweck sogar einen eigenen Apparat erfunden, den sogenannten „Manipulator". Die Patientinnen mussten sich bei der Behandlung mit dem Gesicht nach unten auf einen Behandlungstisch legen. Ihr Intimbereich musste auf eine dafür vorgesehene Öffnung gepresst werden, damit er von unten stimuliert werden konnte. Zu diesem Zweck massierte ein pedal- oder dampfbetriebener Stab ihr Geschlecht.

Trotz intensivster Bemühungen konnte ich mir solch ein Gerät gar nicht vorstellen. Doch war der Doktor von dieser Methode so fasziniert, dass er jedes Wort aufschrieb, was zu diesem Thema veröffentlicht wurde. Er zog sogar in Erwägung, einen solch nützlichen Apparat für sein Behandlungszimmer zu erwerben. Doch zu seinem großen Bedauern konnte er nirgends einen auftreiben. Auf jeden Fall aber wollte er schnellstens die Behandlung der Hysterie mit dem Wasserstrahl erlernen, um diesen armen geplagten Frauen zu helfen. Dies schien ihm ohnehin die schnellere und wirksamere Methode zur Heilung zu sein. Na ja, er musste es ja wissen.

Ich war ganz froh, dass ich nicht an dieser seltsamen Frauenkrankheit litt. Diese Heilungsmethoden schienen mir etwas merkwürdig. Ob eine der von Doktor Weber selbst hergestellten Tinkturen wohl bei diesem Leiden nicht besser geholfen hätte? Wozu diese umständlichen Prozeduren mit merkwürdigen Apparaturen?

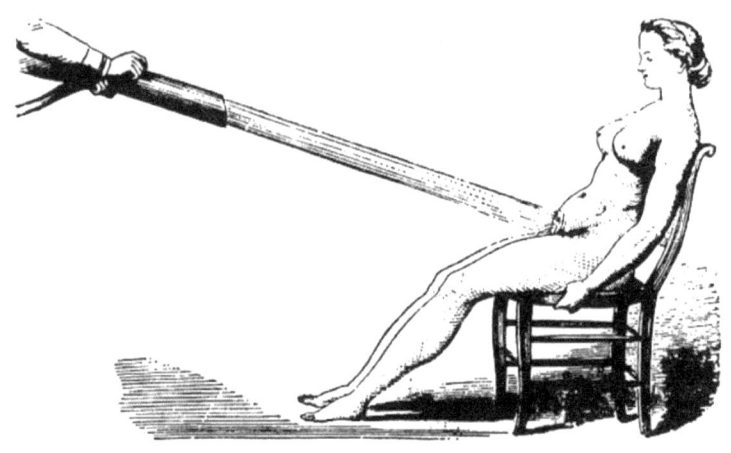

Wassermassagen als eine Behandlung für die Hysterie
(ca. 1860)

Jeden Tag lernte ich Neues hinzu. Ich genoss es, im Besitze eines so gebildeten und angesehenen Menschen zu sein. Die Zeit mit Doktor Weber verging wie im Fluge und ich wünschte, es würde ewig so weitergehen.

Unsere Fahrt mit der Eisenbahn

An einem sonnigen Sonntag im Mai 1890 nahm mein Doktor seinen schwarzen Arztkoffer und steckte mich wie gewohnt in seine Anzugstasche. Ich nahm an, man hätte ihn wieder zu einem Notfall gerufen. Wie immer war ich bereit, ihm zur hilfreich zur Seite zu stehen. Doch der Weg führte uns nicht wie erwartet zu einem

Patienten, sondern direkt zum kleinen Bahnhof des Nachbarortes. Nach kurzem Warten fuhr dort stampfend und dampfend die Eisenbahn ein und der Doktor nahm im Abteil neben einer netten alten Dame Platz. Schon bald waren wir am Bahnhof in Straßburg angekommen und stiegen rasch um in die nächste Eisenbahn Richtung Paris. Nanu? Ich hatte nicht die leiseste Ahnung, wo es hingehen sollte. Doch bestimmt würde es wieder lehrreich für mich werden. Ich war gespannt.

Die Fahrt dauerte nun schon recht lange. Herrschaftszeiten! Das musste aber ein sehr wichtiger Patient sein, wenn der Doktor dafür so eine anstrengende Anfahrt in Kauf nahm. Glücklicherweise hatte er ein leeres Abteil für sich allein gefunden und nutzte die Zeit für seine Studien. Von Zeit zu Zeit machte er wieder wie gewohnt Notizen. Wenn ich gerade nicht dafür gebraucht wurde, lag ich auf dem kleinen Klapptisch direkt am Fenster. Ich staunte nicht schlecht. Bunte, ins Sonnenlicht getauchte Landschaften zogen am Fenster vorbei. Grüne Wiesen und Wälder, kleine Dörfer und hie und da ein paar weiße Wattewolken am blauen Himmel, der unendlich schien. So weit war ich noch nie mit der Eisenbahn gereist. Und noch nie hatte ich dergleichen Schönes gesehen. Ich wünschte, die Fahrt würde noch ewig dauern.

Urplötzlich jedoch wurde ich aus meinen Träumereien gerissen. Ein heftiger Ruck, die Waggons erbebten und die Eisenbahn rutschte zitternd mit ohrenbetäubendem Quietschen auf den Schienen dahin, bis sie endlich ganz zum Stillstand kam. Es schien, als hätte eine Riesenhand dem stählernen Ungetüm auf seiner friedlichen Fahrt jäh sofortigen Einhalt geboten. Durch den plötzlichen Ruck war ich recht unsanft zu Boden gefallen. Ich kullerte unter eine Sitzbank, wo ich im Schmutz liegen blieb. Männer fluchten, Frauen kreischten und Kinder weinten laut. Der Doktor war sogleich auf den Gang hinausgelaufen um zu sehen, was passiert war. Ein Schaffner rief „Notbremsung" und etwas wie „ ... schreckliches Unglück". Alle Reisenden sollten auf der Stelle den Zug verlassen.

Rundum herrschten helle Aufregung und ein heilloses Durcheinander im Zug. Die Menschen drängten rücksichtslos auf die Gänge und wollten so schnell wie möglich nach draußen. Keiner nahm mehr Rücksicht auf den Anderen. Auch der Doktor ergriff eilends seinen Mantel, sein Notizbuch, sein Köfferchen und verließ fluchtartig das Abteil. Er hatte nicht einmal bemerkt, dass ich heruntergefallen war. Das war gar nicht gut! Sofort beschlich mich ein unruhiges Gefühl, Panik erfasste mich: „Halt! Du kannst mich doch nicht hier zurücklassen! Ich liege hier unten! Bitte nimm mich mit!" Wie sollte ich mich nur bemerkbar machen?

Alles war so schnell gegangen! Eben noch verträumt und staunend am Fenster liegend und nun vergessen und hilflos im Schmutz. Der Doktor war weg. Und wie schon einmal, damals als Klara mich verlassen hatte, keimte in mir der Hoffnungsschimmer auf, dass man mich doch bald vermissen würde. Der Doktor würde bestimmt bald zurückkommen und nach mir suchen. Ich war ihm doch immer eine verlässliche Gefährtin gewesen und zwischenzeitlich unentbehrlich für ihn geworden. Lange Minuten, ja Stunden vergingen. Warten, Ungewissheit, Hoffen. Das Kreischen und Schreien von vorhin hatte zwischenzeitlich einer fast unheimlichen Stille Platz gemacht, die nur hin und wieder von tiefen Männerstimmen und Kinderlärm durchbrochen wurde. Ich wusste noch immer nicht, was eigentlich passiert war. Endlich regte sich auf den Gängen wieder etwas. Gott sei Dank! Die Reisenden kamen zurück in ihre Abteile. Gleich würde auch mein Doktor wieder seinen alten Platz einnehmen und mich finden. So jedenfalls dachte ich.

Von dort, wo ich nun lag, konnte ich Schuhe und Beine der rückkehrenden Leute erkennen. Doch irgendetwas lief hier gründlich schief. Vier Paar Schuhe betraten das Abteil. Zwei Paar schicke Damenschuhe und zwei Paar Herrenschuhe. Doch das waren nicht die feinen Schuhe meines Doktors. Das hatte nichts Gutes zu bedeuten. Wo blieb nur mein Besitzer? Hatte er sich in ein anderes Abteil gesetzt? Oder hatte er gar die Abfahrt des Zuges verpasst?

Die Eisenbahn hatte sich schon längst wieder in Bewegung gesetzt. Und endlich – welch eine Erleichterung – kam endlich mein Doktor zurück. Völlig außer Atem ließ er sich auf den letzten freien Sitz fallen, stellte seinen schwarzen Koffer neben sich und saß erst einmal ein paar Minuten schwer atmend auf seinem Platz. Schließlich öffnete er seinen Koffer, nahm sein Notizbuch heraus und … bemerkte plötzlich, dass ich nicht in seiner Tasche steckte. Hektisch begann er nach mir zu suchen. Als er sich endlich bückte, entdeckte er mich. Mir fiel ein Stein vom Herzen. Ich hatte schon das Schlimmste befürchtet. Als ob nichts geschehen wäre, begannen wir zu schreiben. Dem Himmel sei Dank. Ich war gerettet.

Nach diesem ganzen Schrecken war es mir nun auch völlig egal, wohin unsere Reise gehen würde. Aufregung hatte ich für die nächste Zeit genug gehabt. Hauptsache mein Doktor und ich waren wieder vereint.

Der Rest der Reise verlief ruhig und endlich waren wir am Ziel. Endstation Paris. Alle Reisenden verließen den Zug. Wir durchquerten eine imposante Halle, in der es recht hektisch zuging und stiegen in eine Pferdekutsche, die uns auf einer holprigen Fahrt quer durch die Stadt führte. Auf dem Boulevard de Clichy endete zunächst unsere Fahrt. Der Doktor bezahlte den Kutscher und wir betraten ein kleines Hotel.

Zu meiner Überraschung wartete aber dort kein Patient auf uns. Der Doktor wurde im Hotel begrüßt wie ein alter Freund und man quartierte uns in einem gemütlichen, hellen Zimmer ein. Der Blick aus dem Fenster war sensationell. Vor dem Hotel ein großer Platz, gesäumt von Bäumen, unter denen Pferdekutschen sowie seltsame motorisierte Fahrzeuge standen und sich viele Menschen tummelten. Auf der gegenüberliegenden Straßenseite eine Reihe mehrstöckiger Gebäude.

Neben einem besonders prächtigen Bau mit Türmchen, der einem Schloss glich, stand eine leuchtend rote Mühle, deren ebenfalls rote Windräder sich langsam drehten. In großen Buchstaben prangten die Wörter „Moulin Rouge" über dem Eingang. Am erstaunlichsten jedoch war die riesige Elefantenfigur, die zwischen diesen beiden Gebäuden stand. Man sah von unserem Fenster aus nur ein gewaltiges Elefantenhinterteil und auf dessen Rücken einen turmartigen Bau. Was für ein seltsamer Anblick. Ich war so neugierig und hoffte, bald mehr zu sehen.

Vergnügungen in der Roten Windmühle

Mir wurde schnell klar, dass der Doktor Weber nicht so weit gereist war, um in seiner Eigenschaft als Arzt Patienten zu helfen. Ich war ja nicht dumm. Diese Reise diente ausschließlich seinem Vergnügen. Bisher war mir diese Seite von ihm verborgen geblieben und ich war gespannt, was ich noch mit ihm erleben würde. Würde er vielleicht auch so zweifelhafte Etablissements besuchen, wie jene, in denen Klara gearbeitet hatte? Wundern würde mich gar nichts mehr.

Lange musste ich dann auch nicht warten. Schon gleich am nächsten Abend spazierten wir den langen Boulevard entlang, der von Cafés, Künstlerlokalen und Kabaretts gesäumt war. An der Place Pigalle blieben wir lange stehen und beobachteten dort das bunte Treiben. Unzählige, zum Teil recht aufreizend gekleidete Damen mit tiefen Halsausschnitten, so etwa um die 20 Jahre alt, hielten sich dort auf. Ich war ja zwischenzeitlich kein unschuldiges naives Ding mehr und wusste sofort, was sich da abspielte. Das ganze Spektakel glich einer Fleischbeschau. Die meisten Damen boten den Herren recht unverhohlen ihre Dienste an. Rasch erkannte ich aber, dass es sich hier nicht nur um Prostituierte handelte. Einige besonders hübsche Damen suchten die Nähe der zahlreichen Künstler, von denen es auffallend viele hier gab. Sie hofften, sich als Malermodelle ein wenig dazuverdienen zu können.

Bald schon hatte sich der Doktor an dem ganzen Rummel satt gesehen und wir spazierten in Richtung der weithin sichtbaren roten Mühle. Ich jubelte innerlich. Endlich würde meine Neugier gestillt. Nachdem wir die „Moulin Rouge" betreten hatten, gelangten wir durch eine Seitentür in einen großen Garten. Mitten in diesem Garten, der von unzähligen bunten Lampions beleuchtet war, stand die riesige Elefantenfigur, deren Hinterteil ich ja schon bewundert hatte. So etwas Beeindruckendes hatte ich noch nie gesehen. Beim Anblick seines langen Rüssels und der gewaltigen Stoßzähne wurde mir Angst und bang. Und irgendetwas Unheimliches schien im Bauch dieses Ungetüms vor sich zu gehen. Ich sah viele Männer mit gesenktem Blick durch eines der Elefantenbeine verschwinden und nach einiger Zeit mit breitem Grinsen wieder herauskommen. Sehr merkwürdig! Vielleicht würde ich ja bald noch mehr darüber erfahren.

Im Garten standen aneinandergereiht Tische und Bänke, an denen Männer und Frauen in bester Stimmung beieinander saßen. Auch mein Doktor machte es sich an einem der Tische gemütlich und ließ sich ein Getränk bringen, das ich auch auf den anderen Tischen schon gesehen hatte. Mit sichtlichem Wohlbehagen schlürfte er den Inhalt seines Glases leer und bestellte gleich noch ein weiteres Gläschen dieses köstlichen Likörs, der Absinth hieß. Selbst die schick gekleideten dort anwesenden Damenrunden genossen zu ihrem Tässchen Kaffee dieses Getränk, das einige scherzhaft „grüne Fee" nannten. Was immer das auch heißen mochte?

Dieser Absinth musste ja ein wunderliches Getränk sein. Mit jedem Schluck wurde mein Doktor entspannter, fröhlicher und ein fast schon dümmlicher Gesichtsausdruck bemächtigte sich seiner. Er schien förmlich der Wirklichkeit entrückt. Es war mir langsam unheimlich und ich wünschte mich schnellstens in unser Hotel zurück. Doch gerade in dem Moment, als der Doktor sich auf den Heimweg machen wollte, wurde er überschwänglich von einem hässlichen kleinen Männlein begrüßt.

Der Herr, den der Doktor Monsieur Toulouse-Lautrec nannte, war nur knapp 1,5 Meter groß. Sein Oberkörper war der eines ausgewachsenen Mannes, doch seine Beine waren proportional viel zu kurz. Nur mit Hilfe eines Stocks konnte er überhaupt aufrecht gehen. Sein Alter konnte ich schlecht schätzen, aber er musste so um die 30 Jahre alt sein. Er war auffallend gut gekleidet, trug eine Brille und sein Bart verdeckte wenigstens zum Teil sein unschönes Gesicht. Sein schwarzer Hut, der keck auf seinem unverhältnismäßig großen Kopf saß, ließ ihn ein paar Zentimeter größer erscheinen. In seinem Mantel, der ihm bis zu den Knien reichte, sah er dennoch aus wie ein unförmiger Zwerg. Trotz seiner außergewöhnlichen Erscheinung strahlte der Mann einen solchen Optimismus aus, dass er mir vom ersten Augenblick an äußerst sympathisch war.

Der Doktor schien den kleinen Mann schon länger zu kennen, denn die Freude des Wiedersehens war auf beiden Seiten groß. Nach noch ein paar Gläschen Absinth und bester Laune verließen die beiden den gemütlichen Garten. Über rote Teppiche durch eine große Tür, die ich zuvor nicht bemerkt hatte, betraten wir einen großen Saal, in dem ausgelassene Menschen vor Begeisterung schrien.

Fast wäre ich vor Schreck noch tiefer in den Anzug meines Doktors gerutscht. Doch glücklicherweise konnte ich mich beherrschen, sonst wäre mir einiges entgangen. Ohrenbetäubende rhythmische Musik und frenetisches Gekreische füllten den Saal, als eine Gruppe Tänzerinnen die Bühne stürmte. Bei ihrem hemmungslosen und wilden Tanz rissen die Damen ihre langen wohlgeformten Beine so hoch in die Luft, dass ihre schwarzen Strumpfbänder und sogar ein wenig nackte Haut sichtbar wurden. Mit unglaublichen Verrenkungen hoben sie ihre Röcke und Unterröcke, um ihre ausgestellten Rüschenunterhosen zu zeigen und mit dem Hintern zu wackeln. Am Ende des wilden Tanzes landeten sie mit jauchzendem Sprung in einer kerzengeraden Grätsche. Ein unbeschreiblicher Jubel erfüllte das Tanztheater. Oh là. Der Tanz, den alle Cancan nannten, wirkte wirklich anstößig und obszön. Normalerweise hätte ich darüber empört sein müssen, wie die Damen sich da aufführten. Doch ich war, ebenso wie meine beiden Herren und der Rest des Publikums, von so viel Ausgelassenheit und guter Laune völlig hingerissen.

Für diesen Abend hatte ich erst einmal genug gesehen. Und auch an meinen „neuen" Doktor, den ich noch nie so erlebt hatte, musste ich mich erst noch gewöhnen. Es zeigte sich, dass ich von Männern eigentlich keine Ahnung hatte. Nie hätte ich gedacht, dass auch mein Dr. Weber neben seiner sonst so seriösen Art noch eine andere hemmungslose Seite hatte, von der in seinem Heimatdorf sicher niemand wusste.

Nun war ich ja mit dem kleinen Joseph und seiner Familie schon einmal in Paris gewesen. Damals, als wir auf der Suche nach dem Doktor Pasteur waren und der Joseph die vielen Spritzen wegen der Tollwut bekommen hatte. Aber solch lasterhafte Orte in Paris hatte ich zu jener Zeit nicht kennen gelernt.

Am nächsten Abend traf sich Dr. Weber wieder mit diesem Toulouse-Lautrec im Garten des Moulin Rouge. Gott sei Dank hatte er auch dieses Mal nicht vergessen, mich einzustecken. Wieder gönnte man sich ein paar Gläschen Absinth und eh ich mich versah, traten wir durch die Tür im Fuß des riesigen Elefanten. Eine steile Wendeltreppe führte im schummrigen Licht nach oben. Wenn ich mich nicht täuschte, führte diese Treppe in den turmartigen Raum auf dem Rücken des Elefanten, den ich von unserem Hotel aus gesehen hatte. Was es dort zu sehen gab, war noch unglaublicher als der wilde Tanz am Abend zuvor. Die Cancan-Tänzerinnen waren gegen die fast nackten Damen, die dort oben die Herren mit Bauchtanz unterhielten, noch anständig gewesen. Ich möchte hier nicht beschreiben, wie die anwesende Gesellschaft sich dort vergnügte. Das sollte eine junge Dame wie ich eigentlich gar nicht sehen. Und von meinem Doktor war ich bitter enttäuscht. Ich hatte ihn für einen anständigeren Herrn gehalten. Aber im Grunde war er auch nicht besser als die Herren, die Klara besucht hatten.

Auf das Schauspiel, das dann noch folgte, hätte ich gerne verzichtet. Einfach skandalös und widerlich. Ein Mann, der sich Le Pétomane nannte, betrat den Raum. Er war mit einer Art Badeanzug bekleidet, der eine Klappe im Rücken trug. Gespannt wartete ich, was nun passieren würde. Der Mann bückte sich, und indem er Luft aus seinem Hinterteil ausstieß, machte er alle möglichen Geräusche. Von Musikinstrumenten und von Tieren in verschiedenen Tönen bis hin zu einem Lied, das alle mitsangen. Das ausschließlich männliche Publikum war begeistert, bog sich vor Lachen und feuerte den Mann zu immer neuen Tönen an. Mir jedoch war schlecht. So genau verstand ich zwar nicht, was hier vorging. Doch war mir das Ganze sehr unangenehm. Das war sicher nichts, was eine Dame wie ich hätte sehen und hören sollen. Dieses Paris war schon ein höchst seltsamer Ort. Ob hier wohl Frauen auch solche Vorstellungen dem weiblichen Publikum darboten?

Inzwischen wusste ich ja, dass dieser Absinth eine recht wundersame Wirkung hatte. Doch noch seltsamer verhielten sich der Doktor und sein Begleiter, nachdem sie es sich in dem angrenzenden prunkvoll ausgestatteten Raum auf einem Diwan gemütlich gemacht hatten. Sie nahmen ein paar Züge aus einer Pfeife und bliesen den Rauch, den sie Opium nannten und ungewöhnlich lange bei sich behielten, langsam und mit Genuss wieder aus. Die Männer verdrehten die Augen und wirkten wie entrückt. Es war auffallend still in dem Raum. Nur hin und wieder hörte man leises Gemurmel und verhaltenes Lachen. Nach einer Weile schliefen die Männer schließlich ein. Ich wusste gar nicht, was ich davon halten sollte. Der Doktor benahm sich wirklich merkwürdig. So mochte ich ihn gar nicht. Mein sehnlichster Wunsch war, diese Vergnügungsreise würde bald ein Ende finden. Von Paris hatte ich vorläufig die Nase voll.

Was Penny damals nicht wissen konnte

Das Vergnügungslokal **Moulin Rouge** wurde am 6. Oktober 1889 im Pariser Rotlichtviertel Pigalle, das an das ehemalige Künstlerviertel Montmartre angrenzt, eröffnet. Legendär sind die Tänzerinnen, die dort bis heute den Cancan aufführen.

Um 1900 galt das Moulin Rouge als frivole und unschickliche Lasterhöhle, in der sich die Pariser Bohème traf. In der Anfangszeit wurde im Moulin Rouge nur getanzt. Später wurden dort auch Operetten, Shows und Revuen aufgeführt. Das Moulin Rouge ist bis heute eines der berühmtesten Wahrzeichen von Paris. Es hat zwei Weltkriege, eine Brandkatastrophe und diverse wirtschaftliche Krisen überlebt. Jährlich wird dieses Varieté von fast 600.000 Personen besucht.

Moulin Rouge um 1900 –
Zwischen dem schlossähnlichen Gebäude links und der Mühle
ist das Hinterteil des großen Elefanten zu erkennen

Der **Elefant im Garten des Moulin Rouge** (damals bekannt als Jardin de Paris Elephant) war 12 Meter hoch und bestand aus einem Holzrahmen, der mit einer Elefantenhaut aus Stuck bezogen war. Die Besitzer des Moulin Rouge (Charles Zidler und Joseph Oller) hatten den Elefanten gekauft, nachdem sie ihn 1989 auf der Pariser Weltausstellung gesehen hatten. Der Elefant diente damals tatsächlich als luxuriöse Opiumhöhle, in der auch Bauchtänze aufgeführt wurden. Zutritt hatten ausschließlich männliche Besucher. Vor der Renovierung des Kabarettsaals des Moulin Rouge im Jahre 1906 wurde der Elefant abgerissen und nicht wieder aufgebaut.

Der heute weltbekannte französische Maler **Toulouse-Lautrec** (geb. 1864) kam mit einem Gendefekt zur Welt. Er maß im Erwachsenenalter gerade einmal 1,52 cm und litt vermutlich an der Knochenkrankheit Pyknodysostose. Bekannt wurde Toulouse-Lautrec u. a. durch seine Gemälde und Werbeplakate, auf denen Pariser Tänzerinnen und Prostituierte abgebildet sind.

Seine Motive waren Menschen aus dem Zirkus, aus Vergnügungslokalen und Situationen aus dem Milieu der Pariser Halbwelt. Während er tagsüber an den Gemälden oder Graphiken und Plakaten arbeitete, tauchte er nachts in die zwielichtige Amüsiermeile ein und verfiel dem Alkohol. Zeitweise lebte er sogar im Bordell. Nach einem Schlaganfall halbseitig gelähmt, starb Henri de Toulouse-Lautrec am 9. September 1901 im Alter von 36 Jahren.

Foto von Henri de Toulouse-Lautrec von Paul Sescau um 1894

Den Kunstpupser **Le Pétomane** (mit bürgerlichem Namen Joseph Pujol) gab es tatsächlich. Er war im Paris der 1890er Jahre der bestbezahlte Entertainer der Welt. Sein Talent bestand darin, mit seinem Anus alle möglichen Geräusche zu erzeugen bis hin zum Spielen seiner Version der französischen Nationalhymne.

Le Pétomane

Mein Wunsch, diese Vergnügungsreise würde bald ein Ende finden, wurde unerwartet schnell erfüllt. Jedoch ganz und gar nicht so, wie ich es mir vorgestellt hatte. Am nächsten Tag vergaß der Doktor, mich bei der Vorbereitung auf seine abendlichen Vergnügungen in seinen Anzug zu stecken, was mich aber weiter nicht störte. Wer weiß, welch zweifelhafte Vergnügungen mir an diesem Abend erspart blieben. Endlich konnte ich mich ausruhen. Ich hatte in den vergangenen Tagen zwar nicht geschrieben, aber all die neuen Eindrücke hatten mich doch ein wenig ermüdet. So war ich ganz froh, den Abend alleine und ungestört auf dem Schreibtisch im Hotelzimmer verbringen zu dürfen. Von draußen drang das inzwischen schon vertraute Stimmengewirr herüber.

Plötzlich geschah etwas Seltsames. Mit einem kaum vernehmbaren Knarren öffnete sich langsam die Tür. Zunächst nur ein winziger Spalt. Dann wurde der Lichtschein von draußen etwas heller und eine schlanke männliche Gestalt huschte nahezu lautlos durch die nur wenig geöffnete Tür. Leise und behutsam wurde die Türe wieder geschlossen. Ich wunderte mich zwar, doch dachte ich mir zunächst nichts Böses dabei. Der Mond warf sein fades Licht durch die Fenstergardinen. Im schummrigen Halbdunkel sah ich, wie ein Mann suchend durchs Zimmer schlich. Seine Bewegungen wirkten geschmeidig und geschickt. Vorsichtig und fast lautlos öffnete er die Schranktüren und mit flinken Händen durchsuchte er systematisch alle Fächer. Plötzlich hielt er inne. Irgendetwas Interessantes musste er entdeckt haben. Was es war, konnte ich nicht erkennen, denn rasch hatte er es in den Innentaschen seiner Jacke verschwinden lassen.

Jäh realisierte ich, was da gerade geschah. So ein Lump! Ich war entsetzt. Ein Dieb! Instinktiv wollte ich schreien, aber wie denn? Ich war zu keinem Laut und zu keiner Bewegung fähig. Was sollte ich tun? Wie mich bemerkbar machen? Ich kam nicht einmal mehr dazu, weiter darüber nachzudenken. Eh ich mich versah, stand die dunkle Gestalt vor dem Schreibtisch und durchwühlte auch hier alles. Oh nein, er hatte es doch wohl nicht auf das Notizbuch meines Doktors abgesehen? Gottlob, das Buch interessierte ihn nicht im Geringsten. Vielmehr reizte ihn die goldene Kette mit der Uhr, die der Doktor am Nachmittag auf dem Schreibtisch abgelegt hatte. Auch sie verschwand mit flinkem, geübtem Griff in seiner Jacke. Ich war empört und schockiert. Wie würde wohl der Doktor reagieren, wenn er entdeckte, was passiert war?

Schließlich schien der Mann seinen Raubzug beendet zu haben. Er schaute sich noch einmal nach allen Seiten im Zimmer um und ging langsam in Richtung Tür. Endlich würde dieser gemeine Dieb verschwinden. Doch dann, völlig unerwartet und blitzschnell machte er noch einmal auf dem Absatz kehrt, ergriff mich und unversehens war auch ich in seiner Tasche verschwunden. Ich begriff sofort: Meinen Doktor würde ich nie wiedersehen!

So also hatte meine schöne Zeit mit dem Doktor ein jähes Ende gefunden. Auf so schändliche Art und Weise. Was würde mich wohl erwarten bei einem Dieb, einem Ganoven, einem so unehrlichen Menschen? Ich bedachte ihn – zugegebenermaßen nicht sehr damenhaft – mit sämtlichen Schimpfworten, die ich bis dahin gehört hatte: Erzdieb! Abtrittfeger! Bastard! Diebsgesell! Gauner! Haderlump! und noch viele andere Worte, für die ich mich heute schäme. Es war das erste Mal, dass ich so richtig wie ein Mann fluchte.

Wie würde meine Zukunft aussehen? Mit welchem Gesindel würde ich fortan meine Zeit verbringen müssen und wie würde dieser Taugenichts mich behandeln? Denn nur ein solcher konnte dieses kriminelle Individuum sein.

Leider durfte ich nie erfahren, wie es dem Doktor danach ergangen war. Wie und wann er den Diebstahl bemerkte und ob er mich überhaupt vermisste. Ich habe nie wieder etwas von ihm gehört.

In den Händen eines Taugenichts

Nun hatte ich also wieder einmal einen neuen Besitzer und war – wie auch immer das passiert war – in Berlin gelandet. Ganz entgegen meiner Befürchtungen war dieser gemeine Dieb, wie ich bald feststellte, trotz seiner kriminellen Züge eigentlich kein so schlechter Mensch. Sein Name war Paul.

Seinen Lebensunterhalt verdiente sich Paul tagsüber ganz gesittet als Berichterstatter für eine Berliner Zeitung. Doch sobald es Nacht wurde, verwandelte sich dieser nach außen hin steif, langweilig und bieder wirkende Mann in einen charmanten, schmucken und vornehmen Kavalier. Geschniegelt und gebügelt, gekleidet in feinste Anzüge und eingehüllt in eine Wolke teuersten Herrenduftes war er dann oft bis zum Morgengrauen verschwunden.

Lange Zeit wusste ich nicht, was genau Paul in all diesen Nächten trieb. Bis er mich eines Abends zusammen mit einem silbernen Zigarettenetui in seinen teuren Zwirn steckte. Fröhlich pfeifend verließ er mit Stock, Hut und Mantel das Haus und bestieg eine Pferdedroschke, die schon auf ihn gewartet hatte. Die holprige Fahrt führte über Kopfsteinpflaster quer durch Berlin. Vor einer hell und einladend beleuchteten prächtigen Villa ließ Paul anhalten, bezahlte den Kutscher großzügig und eilte federnden Schrittes die Treppen hinauf.

Drinnen wurde er schon erwartet. Man führte ihn in einen prunkvollen Salon, wo Leute rund um große Tische saßen und Karten spielten. Andere waren vor einem seltsam anmutenden, mit verschiedenen Zahlen versehenen Tisch versammelt, an dessen Ende sich eine Scheibe drehte und eine Kugel im Kreise rollte. Überall in der Luft waberte dichter Zigarettenrauch. Auf den Tischen lagen Geldscheine, manchmal ganze Bündel. Die wenigen Damen, die anwesend waren, waren auffallend aufgeputzt und mit golden glänzendem Schmuck behangen. Paul blieb bis tief in die Nacht, wechselte öfters die Tische und spielte mal hier und mal da. Manchmal legte er nur sein Geld auf den Tisch, ein anderes Mal wiederum durfte er sämtliche Geldscheine vom Tisch an sich nehmen. Langsam begriff ich die Regeln dieses Spiels, das sie Roulette nannten. Und nun wusste ich auch, wie Paul seine Nächte verbrachte und wie er sich trotz seiner bescheidenen Einkünfte als Zeitungs-Berichterstatter sein kostspieliges Leben leisten konnte. Paul, mein Besitzer, war dem Glücksspiel verfallen! Und wahrscheinlich besserte er seine Einkünfte auch weiter mit gelegentlichen Diebstählen auf, wie ich ja selbst erlebt hatte.

So verbrachte ich fortan unzählige Abende und Nächte in solchen und auch weit weniger attraktiven Etablissements Berlins. Zuweilen besuchte Paul nämlich auch ziemlich suspekte Pokerrunden, die sich in schmuddeligen Hinterzimmern von Gebäuden in dunklen Seitengassen trafen. Auch lernte ich in dieser Zeit, wie man unter Einsatz von Geld wettete, welches Pferd bei einem Rennen wohl Sieger würde. Wie soll ich es ausdrücken? Ich war unfreiwillig in die Berliner Halbwelt eingetaucht. Leben, feiern und frei sein war das Motto der Menschen, die sich dort trafen. Und was soll ich sagen? Cabarets, Revuetheater und Casinos waren bald auch mein zweites Zuhause.

Doch keines dieser Vergnügungstheater hier war mit dem Moulin Rouge zu vergleichen. Auch hier wurde gefeiert und getanzt. Aber so ausgelassen und fröhlich hatte ich es nur in Paris erlebt. Tja, ich war eben eine Dame von Welt und hatte schon viel gesehen. Viele interessante Dinge, aber auch solche, die ich lieber nie erblickt hätte.

Zuweilen beneidete ich die Damen, mit denen Paul die Abende

verbrachte. Mit Sanduhrfiguren, schmalen Taillen, wunderschönen langen, zu einer Rolle hochgesteckten Haaren und funkelndem Schmuck. Ich dagegen mit meinem immer gleichbleibenden Äußeren fühlte mich plötzlich langweilig, fade und gar nicht mehr so schön und besonders. Gegen diese feinen Damen war ich ein unscheinbares Mauerblümchen. Auch wenn ich schon so viel von der Welt gesehen hatte. Wem hätte ich es erzählen können? Im Großen und Ganzen fand ich die Zeit in Berlin gar nicht so schlecht, wäre Paul ein ehrlicher Mensch gewesen. Doch dem war leider nicht so! Und das störte mich sehr.

Immer wieder musste ich Zeuge werden von Pauls Gaunereien und Betrügereien. Er war ein Schwindler und Falschspieler. Jedes Mal befürchtete ich, dass man ihm auf die Schliche käme und er vielleicht Prügel beziehen würde oder, schlimmer noch, er vielleicht ins Gefängnis müsse. Was wäre dann aus mir geworden? Manchmal teilte Paul beim Pokern die Karten von der Unterseite des Kartenstapels aus, spielte mit gezinkten Karten, tauschte Karten aus oder benutzte Spiegelringe. Zuweilen ließ er auch Dinge, die ihm nicht gehörten, ganz zufällig in seine Taschen wandern. Er war eben ein Gauner und gemeiner Dieb!

Tagsüber musste Paul noch seiner regulären Arbeit nachgehen. Als Berichterstatter bei seiner Zeitung gehörte er eher nicht zu den Menschen, die man als fleißig bezeichnen würde. Er wandte nie viel Mühe beim Schreiben auf. Das war ihm viel zu anstrengend. Oft war er nicht ausgeschlafen und litt unter den Nachwirkungen seines allabendlichen Alkoholkonsums. Seine Artikel, die er für die Zeitung verfasste, waren eher mittelmäßig, die Vorkommnisse, über die er schrieb, eher uninteressant.

Aus jener Zeit sind mir lediglich zwei bedeutende Ereignisse, über die er in der Zeitung berichten durfte, in Erinnerung geblieben:

Die deutsche Einheitszeit

Am 1. April 1893 wurde für ganz Deutschland eine einheitliche Uhrzeit eingeführt. Ganz entgegen seiner sonstigen Gewohnheit hatte sich Paul dieses Mal wirklich angestrengt und wir hatten zusammen folgenden Text für die Zeitung geschrieben:

„Vom 1. April 1893 an werden wir im deutschen Reichsgebiete uns einer einheitlichen Zeitbestimmung zu erfreuen haben.

Wilhelm, von Gottes Gnaden Deutscher Kaiser, König von Preußen, verordnete am 12. März 1893 im Namen des Reiches, nach erfolgter Zustimmung des Bundesraths und des Reichstags, dass die gesetzliche Zeit in Deutschland fortan die mittlere Sonnenzeit des fünfzehnten Längengrades östlich von Greenwich ist. Dieses Gesetz tritt mit dem Zeitpunkt in Kraft, in welchem nach der im vorhergehenden Absatz festgesetzten Zeitbestimmung der 1. April 1893 beginnt.

Man hat diesen Meridian, der ungefähr eine Zeitstunde östlich von Greenwich liegt, aus dem Grunde als den Ausgang für die deutsche Einheitszeitbestimmung gewählt, weil er Deutschland nahezu in der geographischen Mitte schneidet. Er zieht 6 Zeitminuten östlich von Berlin, annähernd über Stargard, Soreu, Görlitz, so dass diese und manche andere in derselben Meridianlinie liegenden Ortschaften fast gar nicht von der neuen Zeitbestimmung betroffen werden. Der Mittag bleibt auf der genannten Linie auch nach der neuen Zeitbestimmung derselbe, das heißt die richtig gehenden Uhren brauchen nicht umgestellt zu werden. Von diesem Ausgangs-Meridian ist die äußerste Ostgrenze des Reiches um 31, die äußerste Westgrenze um 36 Minuten entfernt.

Solange sich der menschliche Verkehr in engen Grenzen hielt und nur langsam sich fortbewegte, genügten für die einzelnen

Ortschaften die Zeitangaben, welche für ihre eigene geographische Lage ursprünglich nach dem jeweiligen, seit Anfang dieses Jahrhunderts nach dem mittleren Stande der Sonne festgestellt worden waren, nämlich die sogenannten Ortszeiten. Erst als die modernen Verkehrsanstalten, Eisenbahnen, Telegraphie und Fernsprecher, ihre ungeahnte Entwicklung erlangt hatten, weit voneinander entfernte Orte nahegerückt wurden, hat sich die Notwendigkeit einer einheitlichen Zeitbestimmung für größere Landgebiete sichtbar gemacht. In der Telegraphie ist solch eine einheitliche Zeitbestimmung längst durchgeführt; so galt für Deutschland bis zum 1. April die Berliner Zeit. Bei den Eisenbahnen zeigte sich sofort die Unmöglichkeit, einen regelmäßigen Betrieb nach den von Station zu Station verschiedenen Ortszeiten einzuhalten. Man entschloss sich daher, Einheitszeiten für größere Bahnstrecken einzuführen.

Vor etwa drei Jahren ging man dazu über, das sogenannte Stundenzonensystem für den inneren Dienst anzunehmen. Man teilte die ganze Erdoberfläche in der Richtung von Westen nach Osten in 24 Abschnitte, die mit Bezug auf die Zeitbestimmung unter sich um je eine Stunde abwichen. Nun dachte man sich die Erde in 24 Zonen von je 15 Grad Längenausdehnung geteilt und nahm als Abstandspunkt der Einteilung den Meridian von Greenwich, welcher mit Ausnahme von Frankreich für fast alle Kulturstaaten als Grundmeridian gilt. Innerhalb jeder Stundenzone gilt die Zeit des Mittelmeridians für die ganze Zone. Hiernach zerfällt Europa in drei Zonen. Die eine umfasst nach dem Mittelmeridian von Greenwich die Länder England, Frankreich, Belgien, Holland, Spanien und Portugal als Länder mit westeuropäischer Zeit. Die zweite Zone: 15 Grad vom Greenwicher Mittelmeridian umfasst Deutschland, Österreich-Ungarn, Norwegen, Schweiz, Dänemark und Italien als Länder mit mitteleuropäischer Zeit (MEZ).

Die dritte Zone: 30 Grad östlich vom Greenwicher Mittelmeridian umfasst Russland und die Balkanhalbinsel als Länder mit osteuropäischer Zeit.

Alle Fachmänner stimmen in dieser Hinsicht mit der öffentlichen Meinung überein, dass im Interesse der Pünktlichkeit und Sicherheit des Eisenbahnbetriebs wie der Bequemlichkeit des reisenden Publikums die Einführung dieser Mitteleuropäischen Zeit auch für den äußeren Eisenbahnverkehr ein dringendes Erfordernis sei. Aber auch von militärischer Seite wurde im Interesse der Landesverteidigung die baldige Einführung solch einer Einheitszeit verlangt.

Wir werden also mit dem 1. April 1893 in Deutschland eine gewisse Zeitverrückung vorzunehmen haben. Von jenem Meridian an, der Deutschland auf der Linie Starkat – Görlitz schneidet, ostwärts gerechnet, werden die Uhren zurückgestellt werden müssen, und zwar wird diese Zurückstellung im äußersten Osten ziemlich genau 31 Minuten betragen. Umgekehrt wird der westwärts liegende Teil Deutschlands genötigt sein, alle Uhren vorzurücken, und zwar bis zu 36 Minuten. Dies wird in Trier, Metz, Straßburg der Fall sein.

Für Berlin wird die Differenz etwa 5 Minuten betragen. Alsdann werden wir innerhalb der deutschen Reichsgrenzen von Ost nach West, von Nord nach Süd die Annehmlichkeit haben, überall zeiteinheitlich gehende Uhren zu besitzen. Nur werden beim Überschreiten der Ost- und Westgrenzen sich naturgemäß größere Unterschiede zwischen den Zeitangaben unserer Uhren und denen in den betreffenden Ländern herausstellen müssen. Weiterhin ist zu beachten, dass wir in Deutschland, weil wir eben in der Zone der mitteleuropäischen Zeit, das heißt, wie wir oben angegeben, 15 Grad östlich vom Mittelmeridian von Greenwich, die Zeitmessung beginnen, genau um eine Stunde England voraus sind. Es ist ferner zu beachten, dass wir fortan in Deutschland keine Ortszeiten mehr haben. Hiernach werden sich unsere späteren Kalenderangaben richten müssen. Welche anderen Folgen diese Zeitverschiebung für den Beginn der Betriebe in Fabriken und Werkstätten, für den Beginn des Unterrichts in den öffentlichen Unterrichtsanstalten haben wird, das muss erst die Erfahrung lehren."

Mir war diese Zeiteinteilung ehrlich gesagt völlig gleichgültig. Was scherte es mich, welche genaue Uhrzeit wir gerade hatten. Für mich zählte nur, ob ich zum Schreiben gebraucht wurde oder nicht. Meine Zeit teilte sich ein in Tun und Nichtstun, in Arbeit und Langeweile. Aber Hauptsache, Paul hatte wieder etwas Vernünftiges zustande gebracht.

Was Penny damals nicht wissen konnte

Geräte zur Zeitmessung gab es schon in der Antike. Mit diesen konnte man aber nur messen, wie die Zeit verstrich, aber eben nur relativ zu einem vom Menschen bestimmten Zeitpunkt. Wollte man hingegen wissen, wie spät es objektiv an einem Ort war, musste man sich nach dem Sonnenstand richten. Über Jahrhunderte hinweg war es 12 Uhr Mittag genau dann, wenn die Sonne ihren höchsten Stand erreichte. An all jenen Orten, die auf einem gemein-samen geographischen Längengrad liegen, geschieht dies zur selben Zeit.

Nach Osten und Westen jedoch, also auf verschiedenen Breitengraden, verschiebt sich die Mittagsstunde pro Kilometer um ein paar Sekunden. Somit hatte jeder Ort seine eigene Zeit. Meist gaben die Kirchturmuhren die Zeit vor.

Der Tag der Zeitumstellung in Deutschland im Jahre 1893 fiel auf einen Karfreitag.

Die Bevölkerung Deutschlands nahm die Einführung der Einheitszeit ohne große Proteste hin. Nur einige Personen sorgten sich, ob alle Schüler nach Ostern rechtzeitig zum Unterricht kämen oder ob die Gastwirte nachts beizeiten die Sperrstunde einhielten.

Bekanntmachung.

Zufolge des Reichsgesetzes vom 12. d. M. ist vom 1. April d. J. ab die **gesetzliche** Zeit in Deutschland die mittlere Sonnenzeit des fünfzehnten Längegrades östlich von Greewich.

Für U e t e r s e n wird danach von dem Zeitpunkte ab gegenüber der jetzt gebräuchlichen Zeitbestimmung **die Uhrzeit um etwa 21 Minuten vorzurücken sein.**

Die neue Uhrzeit ist dann auf allen Eisenbahnstationen und Telegraphenanstalten zuverlässig zu ersehen.

Wegen der eintretenden Veränderung in den öffentlichen und Verkehrsverhältnissen ersuche ich die Einwohnerschaft und insbesondere die industriellen Unternehmer ihre Uhren richtig zu stellen, indem ich bemerke, daß ich den Klostervorstand ersucht habe, mit dem 1. April d. Js. die Kirchenuhr nach der neuen Zeitbestimmung zu richten.

Auch für den Schulbeginn wird die neue Zeit durchaus maßgebend sein.

Uetersen, den 27. März 1893.

Der Bürgermeister.
E. H. Meßtorff.

Zeitungsanzeige für die Umstellung der Sonnenzeit

Wenn Paul seine Abende nicht mit dem Glücksspiel verbrachte, dann besuchte er – meist in wechselnder weiblicher Begleitung – Berlins Theater oder Konzerthäuser. Man kannte ihn als Stammgast im Goethe-Theater, im Theater unter den Linden, im Wintergarten, in Kaufmanns Varieté und im Feen-Palast. Wenn er wieder einmal Glück beim Spiel gehabt und Geld gewonnen hatte, gab er es in diesen Häusern sogleich mit vollen Händen wieder aus. Und er merkte gar nicht, wie ihm seine Begleiterinnen das Geld aus der Tasche zogen. Dieser Dummkopf! Je hübscher seine Begleitung, desto spendabler wurde er. Eine dieser Damen war besonders raffiniert. Elisabetha, rothaarig, vollbusig, temperamentvoll. Ein dummes, aber ab-geschlagenes Weibsbild! Ich hasste sie. Ein verführerischer Augenaufschlag, ein kokettes Lächeln und schon war Paul Wachs in ihren Händen. Wie dumm er doch war! Ich hatte es aufgegeben, mich darüber aufzuregen. Was hätte ich auch tun können? Klecksen? Vielleicht war ich damals doch auch ein wenig eifersüchtig?

Leider blieb es mit den Jahren nicht nur beim Glücksspiel. Immer mehr zeigte Paul sich nun auch dem Laster des exzessiven Alkoholkonsums zugeneigt. Er wurde noch nachlässiger, launischer und unzuverlässiger. So kam es immer öfter vor, dass er seine Berichte nicht rechtzeitig vor Redaktionsschluss einreichte oder dass seine Wortwahl einfach unpassend für die Öffentlichkeit war.

Für mich waren es zwar aufregende Jahre, doch wurde ich immer seltener zum Schreiben benutzt, was ja eigentlich meine Bestimmung war. Vielmehr diente ich – dank meines edlen Aussehens – Paul meist als ergänzendes Beiwerk zu seiner Garderobe. Die Nächte in Pauls Gesellschaft war ich bald leid. Sie missfielen mir zunehmend. Erstaunlicherweise empfand ich bald so etwas wie Scham. Es war mir peinlich, dass ich im Besitze eines solchen Taugenichts war.

Immer öfter dachte ich mit Wehmut an meine vorigen Besitzer: Klara fehlte mir, der Bäckermeister und sein Sohn Joseph und ganz besonders Doktor Weber.

Als die Bilder laufen lernten

Machen wir einen Sprung in das Jahr 1895. In der Zwischenzeit war nichts wirklich Erwähnenswertes geschehen. Nur Woche für Woche das gleiche Spiel. Endlich bekam Paul wieder einen interessanten Auftrag. Er sollte über ein Spektakel, das am 1. November im „Wintergarten", Berlins bekanntestem Varietétheater, stattfinden sollte, einen Bericht für seine Zeitung zu verfassen. Für den Abend war ein abwechslungsreiches Programm angekündigt:

Noch bevor wir an diesem Abend im Wintergarten eintrafen, hatte Paul am Nachmittag schon in seinem Lieblingslokal ein paar Runden Poker gespielt und etliche Gläser Rotwein konsumiert. So ein Dummkopf! Warum war er nicht ein einziges Mal in der Lage, seine Arbeit ernst zu nehmen und das Trinken sein zu lassen? Ich hatte es kommen sehen: Redselig und großspurig verfolgte und kommentierte er dann am Abend die wirklich großartigen Vorstellungen im Wintergarten. Ich steckte wieder in der Brusttasche seines Hemdes und durfte alles mitverfolgen. Noch nie zuvor hatte ich so etwas gesehen. Die Zuschauer im Varieté waren hingerissen von den Vorführungen und klatschten begeistert Beifall. Die Darbietungen waren sensationell: Künstler, die in luftiger Höhe auf einem Hochturm ihre Künste vorführten, dressierte Elefanten, Schuhplattler und eine äußerst begabte Sängerin.

Die erstaunlichste Darbietung jedoch war das Bioskop eines Mannes namens Skladanowsky. Das Bioskop war ein riesiges Gerät, das mit minutiöser Genauigkeit die Bewegungen tanzender, turnender und ringender Menschen wiedergab. Ich sah an der Wand, wenn auch etwas wackelig, fortlaufende Bilder, die einen italienischen Bauerntanz, einen Jongleur, ein boxendes Känguru,

Reckturner und einen Ringkampf zeigten. Wie von Zauberhand bewegten sich die Bilder und man glaubte, echte Menschen dort zu sehen. Einfach unfassbar! Für mich war das die reinste Zauberei. So etwas hatte es noch nie zuvor gegeben. Bewegte Bilder waren bis zu diesem Tage einfach unvorstellbar. Also eine echte Premiere. Und ich durfte dabei sein. Herrlich!

Paul (und natürlich ich) schrieben noch in derselben Nacht – Paul inzwischen sturzbetrunken – den Bericht, der eigentlich am nächsten Tag in der Zeitung erscheinen sollte:

2. November 1895

„Gestern Abend durften an die 1500 Zuschauer im Berliner Varieté ‚Wintergarten‘ Zeugen eines höchst amüsanten Spektakels werden. Angekündigt war eine Weltsensation, die erste öffentliche Welt-Uraufführung photographisch erzeugter Positivfilme. Vorbei die Zeiten von Nebelbildern, der Projektion von leblosen Photographien. Bewegliche Bilder in Lebensgröße sollen die Zukunft sein. Die Bilder werden fortan ‚laufen‘ können. Möglich wird dies durch einen von Max Skladanowsky entwickelten Laufbildapparat.

Aber wer zum Teufel braucht denn schon so was? Ist doch eh alles nur Hokuspokus und Schwindelei! Wer ist denn dieser feine Herr Max Skladanowsky überhaupt? Schon wieder so ein Wichtigtuer, ein Spinner, der denkt, er könne die Welt verändern? Davon haben wir weiß Gott schon genug.

Der Laufbildapparat ist anscheinend nicht seine erste Erfindung. Man staune – ebenfalls eine Erfindung dieses feinen Max Skladanowsky, dessen Name der Öffentlichkeit bisher noch nie zu Ohren kam – sind die ‚lebenden Büchlein‘. Kleine Heftchen, die aus kurz nacheinander aufgenommenen Photos bestehen. Beim sehr raschen Durchblättern rufen diese den Eindruck eines bewegten Bildes hervor.

Skladanowsky – in meinen Augen ein verrückte Bastelfritze – hat die Kunst des Photographierens bei seinem Vater erlernt und ist hauptsächlich als Glasmaler tätig. Nach zahlreichen Experimenten und Konstruktionsversuchen baute er einen Aufnahmeapparat, die sogenannte Kurbelkiste, und einen Projektionsapparat, wie ihn die Welt noch nie zuvor gesehen hatte.

Schon seit Mai dieses Jahres hat Max Skladanowsky zusammen mit seinem Bruder Emil verschiedene Probeaufnahmen in einem Atelier in der Schönhauser Allee sowie im Garten eines alten Gastwirts in Pankow aufgenommen. Gestern Abend nun durfte die Vorführung derselben mit dem Titel „Ein volles Varietéprogramm in 15 Minuten" bestaunt werden. Die Demonstration im Varietétheater Wintergarten wurde zwischen eine Elefantennummer, eine singende Schulreiterin und das Auftreten eines sonderbaren Zwillingspaares geschoben.

Nicht schlecht staunte das anwesende Publikum, als zunächst hinter einer mannshohen geheimnisvollen Holzverschalung mit der Aufschrift „Das Heiligtum der deutschen Cinematographie" eine riesige Apparatur zum Vorschein kam, die, einmal zum Laufen gebracht, bewegte Bilder an die Wand warf. Das Bioskop, so nennt dieser Skladanowsky seinen Wunderapparat, verursacht einen Höllenlärm, etwa so wie eine alte Dampflokomotive. Bei der Vorführung wurde dieser Monster-Apparat noch viel lauter übertönt von Pauken und Trompeten und viel Blech als Begleitmusik. Gleich als ob Bomben und Granaten einschlagen würden.

Bei der Vorführung mit diesem Wunderapparat sah man zunächst einen italienischen Bauerntanz, gefolgt von einem Reckturner und dem Auftritt eines Jongleurs. Eine Tanzgruppe und ein Ringkämpfer zeigten ihre Künste, eine Familie führte gymnastische Übungen vor und schließlich boxte ein Mann mit einem echten großen Känguru. Welch ein Unsinn! Eine recht amüsante, aber laienhafte Unterhaltung möchte ich behaupten. Was hat sich dieser Skladanowsky denn überhaupt dabei gedacht? Viele Zuschauer aus dem Berliner Publikum machten sich lustig über das Höllenspektakel und die zappelnden Bilder auf der Leinwand. Sie zeigten offen ihre Missachtung für die Vorführung. Die Bewegungen der Bilder erschienen abgehackt und ruckartig und somit fast schon lächerlich.

Wie der Erfinder auf mein Nachfragen verlauten ließ, ist sein Bioskop in der Lage, acht Bilder in der Sekunde zu zeigen. Durch den schnellen Wechsel wird das Auge zu dem Eindruck echter Bewegung verführt. Doch durch das Zusammenkleben von Bildern zu Endlosschleifen sind die Übergänge nicht fließend und es entstehen seltsame zuckende Bewegungen. Die genaue Technik bleibt indes das Geheimnis Skladanowskys. Ich meine, an dieser Technik sollte der Herr Erfinder noch ein wenig feilen, damit er sich nicht noch lächerlicher macht.

Diese angekündigte ‚interessanteste Erfindung der Neuzeit‘ wurde vom Publikum zwar insgesamt wohlwollend aufgenommen, hat aber – wie schon erwähnt – nur mäßige Begeisterung hervorgerufen. Die Vorführung wurde nicht von allen Zuschauern – wie vom Erfinder erwartet – gewürdigt. Einige betitelten sie gar als eine sinnlose Angelegenheit, die nichts im Theater zu suchen habe, sondern eher auf einen Rummelplatz gehöre.

Ich meinerseits finde diese ‚zappelnden Bilder‘ auch lächerlich. Einfach nur zum Totlachen. Trotzdem sollen die Vorführungen fortan einen Monat lang täglich im Wintergarten stattfinden. Und dieser verrückte Erfinder erhält dafür auch noch ein nicht unansehnliches Honorar von 2.500 Reichsmark.

Man mag mutmaßen, dass es Skladanowsky vielleicht an der nötigen Zeit fehlte, seine Erfindung zu perfektionieren. War es noch zu früh für seinen Schritt in die Öffentlichkeit? Aus sicherer

Quelle habe ich erfahren, dass die Brüder Lumière in Frankreich ebenfalls eine cinematographische Maschine konstruiert haben. Sie wollen diese noch in diesem Jahre der Weltöffentlichkeit vorstellen. Fürchtete Skladanowsky, seine Konkurrenten könnten schneller oder gar besser sein? Man darf gespannt sein."

Pauls Artikel, in dem er sich dermaßen in seiner Wortwahl vergriffen hatte, wurde nicht veröffentlicht. Denn er hatte schlicht und einfach den Abgabetermin verschlafen. Völlig betrunken war er mit mir in der Hand über seinem Bericht eingenickt und erst zur Mittagsstunde des nächsten Tages wieder aufgewacht. Die ganze Nacht lag ich völlig verkrampft zwischen den schwitzenden Fingern dieses elenden Säufers. Wie ekelhaft. Zu allem Unglück erhielt Paul dann am folgenden Tag aufgrund seiner Unzuverlässigkeit, seines respektlosen Verhaltens und wegen schlichtweg schlechter Berichterstattung auch noch seine fristlose Kündigung vom Verleger der Zeitung. Geschah ihm meiner Meinung ganz recht. Was hatte Paul sich nur dabei gedacht, diese wunderbare Erfindung so lächerlich zu machen? Er hatte in seinem Suff einfach nicht verstanden, dass Skladanowsky wirklich ein Genie war.

Was Penny damals nicht wissen konnte

Die Entwicklung der Technik und der Aufstieg des Filmes sind nach der Erfindung des Bioskops überraschend schnell vor sich gegangen. Der Name des Erfinders Max Skladanowsky war jedoch lange Zeit in Vergessenheit geraten. Andere geschäftstüchtige Leute hatten zwischenzeitlich seine Erfindung finanziell ausgebeutet. Skladanowsky war zu der damaligen Zeit nicht in der Lage gewesen, sich am Markt zu etablieren, da ihm das nötige Kapital fehlte und vielleicht auch die nötige kaufmännische Geschäftstüchtigkeit.

Max Skladanowsky (rechts) mit seinem ersten Filmprojektor "Bioskop". Links sein Bruder Eugen, der sein erster Darsteller in den von ihm gedrehten Kurzfilmen war.

Tatsächlich stellten die Brüder Lumière aus Frankreich am 28. Dezember desselben Jahres ihren Cinematographen vor, der dem Bioskop technisch weit überlegen war. Die Brüder Auguste und Louis Lumière gingen später als Urheber des Films in die Geschichte ein.

Die weltweit allererste Filmvorführung allerdings war Max Skladanowsky zusammen mit seinem Bruder Emil am 1. November 1895 gelungen. Am selben Tag erteilte ihm das Kaiserliche Patentamt ein Patent für eine „Vorrichtung zum intermittierenden Vorwärtsbewegen des Bildbandes für photographische Serien".

Am Montag nach der Vorführung im Wintergarten wurde diese „Sensation" tatsächlich nur am Rande kleingedruckt im Feuilleton-Teil der Berliner VolksZeitung erwähnt. Niemand hatte damals geahnt, wie bedeutend diese Erfindung für die Zukunft der Filmindustrie werden sollte. Mehr als einen Satz in der Zeitung war Skladanowskys Darbietung den Journalisten damals wohl nicht wert gewesen.

Erst 44 Jahre später, als Max Skladanowsky am 30. November 1939 verstarb, ehrte man ihn dann doch noch als den Erfinder des deutschen Films. In der Zeitung stand damals zu lesen:

„Gründer des deutschen Films gestorben. Im Alter von 76 starb Max Skladanowsky, der Erfinder des deutschen Films, in Berlin. Er hatte am 1. November 1895 im Berliner Wintergarten den ersten Film der Welt vorgeführt.

Nur wenige Meter Länge hatten diese ersten Filmstreifen, aber das technische Wunder des lebenden Bildes war hier zum erstenmal Wirklichkeit geworden – wenige Wochen, bevor in Frankreich die Kinematographie vorgeführt wurde. „

Im „Fridericus" war zu lesen:

„Bis zum Jahre 1933 haben nur wenige Deutsche gewußt, daß der lebende Filmstreifen von einem Deutschen erfunden wurde. Max Skladanowsky ist der Name dessen, dem eine ganze Welt großen Dank schuldet, den aber selbst sein Vaterland seit dem November 1895, als er seine Erfindung zum ersten Male im Berliner Varieté „Wintergarten" vorführte, schnell vergessen hatte. "

Nach seiner Kündigung ging es mit Paul rasend schnell steil bergab. Er fand keine neue Anstellung. Wie auch? Denn er suchte ja gar nicht. Und auch das Glück beim Spiel schien ihn endgültig verlassen zu haben. Kein Glück im Spiel und – wie ich es schon vorausgesehen hatte – auch kein Glück mehr bei der Damenwelt. Selbst seine attraktive Rothaarige, dieses berechnende kleine Luder, hatte sich schon längst einem großzügigeren Herrn zugewandt.

So geschah es, dass ich mich selbst eines Nachts auf einem der großen Spieltische wiederfand. Inmitten eines großen Haufens Geldscheine, einer goldenen Taschenuhr und eines protzigen goldenen Herrenringes. Wie erniedrigend! Ich schämte mich so. Paul hatte sein letztes Geld verloren und nur ich war noch als letzter Spieleinsatz übriggeblieben. Es kam wie es kommen musste: Paul verlor auch dieses Spiel und somit auch mich. Tiefer konnte ich nun nicht mehr sinken. Alles verloren – sogar mein „Zuhause"!

Ein älterer Herr aus der Spielerrunde im schwarzen Frack und einer dicken qualmenden Zigarre zwischen den Lippen hatte das Spiel gewonnen. Eher zurückhaltend als arrogant sammelte er sorgsam alle Einsätze vom Spieltisch und packte sämtliche Geldscheine, den Schmuck und letztlich auch mich armes Ding in eine schwarze lederne Herrentasche.

Ob Du es nun glaubst oder nicht, ich war nicht einmal besonders bestürzt. Auch nicht wütend oder traurig. Mit der Zeit hatte sich eine Gleichgültigkeit, nein schon eher eine Art Abgestumpftheit bei mir eingeschlichen. Dies war eben mein Schicksal! Wieder einmal ein neuer Besitzer. Bestimmt wieder so ein Taugenichts! Ich hatte keinerlei Erwartungen an einen Menschen, der ebenso wie Paul an einem Spieltisch gesessen hatte.

Mein Leben im Hause Conrad

Mein neuer Besitzer hieß Maximilian Conrad und war Fabrikant. Ich muss zugeben, ich hatte mich gründlich in ihm getäuscht. Er war ein richtig feiner Mensch. So ganz anders als Paul. An dem Abend im Jahre 1896, an dem ich in seinen Besitz gelangt war, hatte er tatsächlich das erste und einzige Mal in seinem Leben um Geld gespielt. Nach Berlin war er gereist, um dort Geschäfte zu machen, wo er sich dann von einem Geschäftspartner dazu hatte überreden lassen, mit ihm auch noch den Abend zu verbringen. Da Conrad nicht unhöflich sein wollte, hatte er ihn – ganz entgegen seiner Art – in dieses zwielichtige Etablissement begleitet und sich dort auf das Glücksspiel eingelassen. Erfreulicherweise war er sogar – wie ich ja selbst erfahren durfte – siegreich gewesen und hatte gewonnen. Tags drauf schon reiste Conrad – natürlich zusammen mit mir – zurück in seine Heimatstadt Heidelberg.

Heidelberg mit Neckarbrücke und Schloss um 1900

Das Glück hatte mich also doch noch nicht ganz verlassen. Conrad lebte mit seiner hübschen Gattin und seinen beiden erwachsenen Kindern in einer prächtigen Villa ganz in der Nähe des herrlichen Heidelberger Schlosses. Er war ein grundanständiger und tüchtiger Mensch.

Auf seinem beeindruckend großen Schreibtisch aus massiver Eiche war ich leider nur einer von vielen Füllfederhaltern, was mich schon ein wenig störte. Conrad hatte eine ganze Sammlung von Füllfederhaltern. Einige waren – das muss ich zugeben – noch sehr viel hübscher und wertvoller als ich. Und natürlich auch jünger. Neben ihnen fühlte ich mich mit meinen 12 Jahren schon richtig alt. Aber ich erkannte bald, dass mir meine vermeintlichen Rivalinnen und Rivalen in keinster Weise das Wasser reichen konnten. Sie waren durchweg nur leblose Dinger ohne jegliches Seelenleben. Völlig uninteressiert und teilnahmslos glitten sie über das Papier, um danach gänzlich unberührt von den geschriebenen Sätzen regungslos dazuliegen. Jeder meiner Versuche, irgendwie mit ihnen in Kontakt zu treten, scheiterte. Genauso gut hätte ich probieren können, mit abgebranntem Kaminholz zu reden. Trotzdem musste ich diese unliebsame Konkurrenz ausschalten. Egal wie.

Wenn Conrad mit mir schrieb, dann waren es meist Zahlen, Berechnungen oder trockene Geschäftsberichte. Ehrlich gesagt verstand ich vieles davon gar nicht. Kein Wunder, dass die anderen Füllfederhalter beim Schreiben keinerlei Regung zeigten. Conrads Handschrift war wie sein Aussehen: groß, korrekt und ohne Schnörkel. Die Zahlen und Buchstaben aufrecht und präzise. Ich war einfach nur dankbar, dass ich endlich wieder „respektvoll" behandelt wurde. Deshalb bemühte ich mich auch, keine Fehler oder Kleckse zu machen, obwohl mich das Geschriebene recht wenig interessierte. Aber das machte gar nichts. Nach meinem unruhigen und unausgeglichenen Leben mit Paul freute ich mich sogar auf eine entspannte Zukunft. Von Abenteuern und gutaussehenden Männern wollte ich vorerst nichts mehr wissen. Für mich war aufregend genug, was sich sonst so in der Villa abspielte. Hin und wieder hatte ich das Glück, in der großen Wohnstube auf der Vitrine zu liegen. Manchmal stand auch die Türe vom Arbeitszimmer des alten Conrad offen, so dass ich vieles mitbekam, was sich außerhalb dieses Zimmers abspielte. Und das war so einiges. Mein lieber Scholli!

Die Mitglieder der Familie Conrad waren charakterlich grundverschieden. Zum einen gab es da Conrads jüngstes Kind, seine Tochter Helene. Ein mageres, unscheinbares Ding; warm-herzig, fröhlich, künstlerisch begabt, aber leider ein wenig kränklich. Und, ich möchte es freundlich ausdrücken, etwas naiv. Sie hatte die Klugheit nicht mit dem Löffel gegessen, war aber der Sonnenschein der Familie. Hin und wieder nahm sie mich zur Hand und schrieb zu meiner größten Freude lustige kurze Reime. Manchmal zeichnete sie mit flinker Hand drollige Karikaturen der anwesenden Personen oder ihres kleinen Hündchens. Sie war wirklich begabt. Helene glich in ihrem Wesen sehr ihrem Vater. Nur leider hatte sie nicht dessen Intelligenz geerbt.

Dann war da Conrads fast erwachsener Sohn Johannes. Ein recht gut aussehendes, aber verwöhntes und hochnäsiges Bürschchen, das sich selbst maßlos überschätzte. Äußerlich ein Ebenbild seiner Mutter, fast ein wenig zu fein geschnittene Züge für meinen Geschmack. Von den Geschäften seines Vaters wollte Johannes nichts wissen. Vielmehr verprasste er dessen schwer verdientes Geld mit seinem ausschweifenden Lebenswandel ohne jegliches schlechtes Gewissen. Und wehe, Vater oder Mutter waren nicht in der Nähe! Dann legte der feine junge Herr ein höchst ungebührliches Verhalten und einen unverschämten Ton gegenüber den Hausangestellten an den Tag. So ein richtiger nichtsnutziger Schnösel! Dem hätte ich gerne mal ordentlich den Marsch geblasen, wenn ich hätte reden können.

Doch die Krönung war Conrads ausnehmend hübsche Gattin Grete. Du kannst Dir nicht vorstellen, wie niederträchtig dieses Weibsbild war. Grete war etliche Jahre jünger als ihr Gatte und von auffallend anmutiger Gestalt. Richtig Schindluder hat dieses Weib mit ihrem Gatten getrieben.

Amouröse Abenteuer

Mehr als einmal wurde ich Zeuge von Gretes Ehebruch. Dem alten Conrad spielte sie die biedere und brave Ehegattin vor. Sie gab sich vornehm, liebevoll und fürsorglich und schien ihm jeden Wunsch von den Augen abzulesen. Doch kaum war ihr Gatte aus dem Haus, vertrieb Grete sich die Zeit mit anderen Männern. Was dann vor sich ging, konnte ich meist nur erahnen. Denn die Dame des Hauses lockte ihre Liebhaber stets mit verführerischem Blick und neckischen Gesten ins Nebenzimmer. Die Geräusche und Worte, die ich dann von dort vernahm, waren jedoch unmissverständlich. „Uhhh … nicht aufhören … fester … tiefer … hüühh … aaaah … ooh … jaaaah … weiter so!" Zugegeben, bei meiner ersten Besitzerin Carla war ich schon so manches Mal Zeuge von recht unanständigen Dingen geworden. Und ich bin weiß Gott nicht prüde. Doch was diese Dame zu bieten hatte, übertraf alles.

Einmal spielte sich alles direkt vor mir ab. Das war ein Spektakel, kann ich Dir sagen. Ich sollte mich schämen, so etwas zu erzählen. Doch wenn ich es recht bedenke, sollte sich eher Grete dafür schämen. Wie so oft war der alte Conrad wieder einmal geschäftlich unterwegs, die Kinder Helene und Johannes nicht im Haus. Die Hausangestellten hatten offensichtlich zu dieser Stunde frei.

Grete hatte sich auffallend aufreizend gekleidet und die Lippen blutrot geschminkt. Wenn ich mir die Bemerkung erlauben darf, liederlich und einer Dame ihres Standes völlig unangemessen. Mit einem Gläschen Champagner in der Hand und schon leicht beschwipst erwartete sie, wie so oft schon, ungeduldig einen ihrer Liebhaber. Es dauerte nicht lange und ein junger uniformierter Kavalier betrat kurz darauf die Stube und überreichte Grete mit übertriebener Höflichkeit einen Strauß roter Rosen. Auch er schien schon leicht angetrunken. Ohne viel Zeit zu verlieren und ohne weitere Umstände fielen sich die beiden in die Arme. Der Mann überdeckte Grete mit feuchten Küssen auf ihr Gesicht, ihren Hals und ihr Dekolleté. Das war ein Geschmatze. Einfach widerlich! Die beiden konnten mit ihren Liebesspielen nicht einmal abwarten, bis Grete sich entkleidet hatte. Der hitzige Liebhaber riss ihr ungestüm die Bluse vom Leib. Dann hob er ihren langen Rock, unter dem sie zu meinem Entsetzen völlig unbekleidet war. Seine Hände wanderten ungeduldig von den Knien aufwärts zwischen Gretes Schenkel. Der äußerst lüsterne Kavalier massierte zärtlich das, was er fortwährend Gretes süßes Pfläumchen nannte und das sie ihm bald breitbeinig darbot und stöhnend immer weiter entgegenstreckte. Wäre ich ein Mensch, so wäre ich wohl vor Scham erblasst. So aber verfolgte ich neugierig und ungeniert das recht unterhaltsame Geschehen. Grete und ihr Liebhaber küssten sich immer leidenschaftlicher und hemmungsloser. Mit ihren Händen tauschten sie unentwegt unanständige Zärtlichkeiten aus. Kein Körperteil schien für sie tabu. Sie flüsterten sich so anzügliche Worte ins Ohr, dass ich sie hier lieber nicht wiedergeben möchte.

Der sichtlich erregte Liebhaber ließ alsdann ungeduldig seine Beinkleider fallen und setzte sich breitbeinig auf einen Stuhl. Etwas Merkwürdiges zwischen seinen Beinen ragte steil in die Höhe. Grete setzte er kurzerhand ziemlich grob auf seinen Schoß, was sie aber hörbar genoss. Als würde sie auf einem ihrer Pferde reiten, wippte sie auf und ab und spornte den Galan zum Galopp an. Durch die Liebkosungen war beider Blut so in Wallung geraten, dass ihre Gesichter vor Leidenschaft rot glühten und nass vor Schweiß waren. Voller Ungeduld stand der junge Mann nun auf und trug Grete zum Sofa, wo sie den Akt vollendeten. Ich vernahm zunächst sein wenig lautes, dann bis zum Schluss sich immer mehr steigerndes jammerndes Stöhnen, mit dem er seine regelmäßigen Stöße begleitete. Grete jauchzte vor ungezügelter Lust, bis sie endlich zuckend unter ihm lag und ihr Jauchzen in ein katzenartiges Wimmern überging. Mit einem letzten heftigen Stoß und einem fast qualvollen Stöhnen, das der Kehle eines Löwen entronnen schien, spannte sich noch einmal der ganze Körper des jungen Mannes, um Sekunden später schlaff und um Atem ringend zwischen Gretes Schenkeln niederzusinken.

Jetzt war sogar ich perplex. Das war ein Schauspiel, wie ich es mir unterhaltsamer nicht hätte ausmalen können. Ich wusste in diesem Moment nicht, ob ich mir wünschen sollte, dass jemand zur Türe hereinkäme und die beiden ertappte oder lieber nicht. Diese Situation fand ich äußerst peinlich und prekär. Wie würde der alte Conrad reagieren, wenn er von Gretes Seitensprüngen erfahren würde? Er tat mir richtig leid. Ich glaubte zu wissen, dass Conrad seine Frau sehr schätzte und liebte. Conrad war ein ehrlicher, rechtschaffener Mensch, der es nicht verdient hatte, so heimtückisch betrogen zu werden. Aber auch dieses Mal blieb Gretes schändliche Handlung unbemerkt. Und es sollte wahrlich nicht das letzte Mal sein.

So ging die Zeit dahin und es passierte bis auf Gretes amouröse Abenteuer weiter nichts Aufregendes. Der alte Conrad ging meist seinen Geschäften nach. Im Haus herrschte der übliche Alltag. Eines Tages aber, es war der 11. September 1898, unterhielten sich alle Bewohner des Hauses sichtlich aufgeregt nur über ein Thema.

Der Mord an Sissi

Die Kaiserin Elisabeth von Österreich war ermordet worden. Alle Zeitungen berichteten ausführlich über dieses Attentat. Beim gemeinsamen Frühstück las Grete der Familie aus der Zeitung vor:

„Die Kaiserin Elisabeth von Österreich erstochen!
Die Kaiserin von Österreich ist einem Mordfall zum Opfer gefallen. Über das in seinen Motiven total unbegreifliche Vorkommnis meldet eine Depesche der Schweizerischen Telegraphen-Agentur aus Genf vom gestrigen Nachmittage.

Das Attentat gegen die Kaiserin von Österreich wurde in der Nähe des Denkmals des Herzogs von Braunschweig begangen, auf dem Wege zwischen dem Hotel Beaurivage und der Landungsstelle am Quai Montblanc. Ein Individuum, gefolgt von einem Greise in langem Barte, welches der Kaiserin entgegenkam, stürzte sich auf sie und versetzte ihr einen heftigen Stoß. Jedermann glaubte, es handele sich um einen Faustschlag.

Die Kaiserin erhob sich wieder mit Hilfe einer Dame ihres Gefolges und einiger Spaziergänger und konnte den Landungssteg erreichen und das Schiff besteigen. Kaum an Bord angekommen, wurde die Kaiserin ohnmächtig; der Kapitän zögerte, den Befehl zur Abfahrt zu geben. Einige Zeit darauf stellte man fest, dass die

Kaiserin das Bewusstsein nicht wiedererlangte. Die um sie beschäftigten Damen fanden auf den unteren Kleidungsstücken eine kleine Blutspur.

Das inzwischen abgegangene Schiff drehte alsdann und legte wieder am Quai an. Die Kaiserin wurde auf einer aus Rudern und Segeltuch gebildeten Bahre ins Hotel geschafft. Zwei Ärzte und ein Priester wurden sofort herbeigerufen und sodann wurde an Kaiser Franz Josef telegraphiert. Nichts wurde versäumt, um die Kaiserin zu retten, aber es war alles umsonst. Sie verschied gegen 3 Uhr nachmittags.

Der Mörder floh durch die Alpenstraße und war im Begriff, den weiten Alpenplatz zu gewinnen, wo er leicht hätte entkommen können, als er von zwei Kutschern festgehalten und der Polizei übergeben wurde. Auf der Polizeiwache erklärte er, er sei Anarchist, ohne Arbeit. Er habe nichts gegen die Arbeiter, aber gegen die Reichen. Er gab hier vor, nicht französisch zu können und verweigerte die Antwort. Er nannte sich Luigi Lucheni, Italiener, geboren am 21. April 1873 zu Paris.

Die Nachricht von dem schrecklichen Genfer Ereignisse verbreitete sich in Wien zwischen fünf und sechs Uhr nachmittags mit der Schnelligkeit eines Lauffeuers und rief allgemeines Entsetzen, höchste Bestürzung und Trauer sowie furchtbare Entrüstung über die ungeheuerliche Tat hervor. Die Straßen füllten sich sofort mit ungezählten Tausenden von Menschen, so dass ein Teil der Straßen und Plätze unpassierbar war.

Was Penny damals nicht wissen konnte

Ursprünglich war es gar nicht der Plan des Attentäters Lucheni gewesen, die österreichische Kaiserin Elisabeth zu töten. Eigentlich hatte er vor, den Prinzen Henri Philippe d'Orleans zu ermorden. Dieser aber hatte seine Reisepläne kurzfristig geändert, und so wurde stattdessen Elisabeth, die inkognito unter dem Namen Gräfin von Hohenembs an den Genfer See gereist und im Hotel Beaurivage abgestiegen war, zu seinem Opfer. Durch Zufall hatte Lucheni von ihrem Besuch erfahren und lauerte ihr vor ihrem Hotel auf. Als Elisabeth sich auf den Weg zum Schiff machte, stürzte er sich auf sie und stieß ihr eine fein angespitzte Feile tief in die Brust. Dabei traf er den Herzbeutel, und die Kaiserin verblutete langsam innerlich.

Lucheni war Anhänger anarchistischen Gedankenguts. Aufgrund der Armut der unteren Schichten, zu denen auch er gehörte, hatte er einen Hass auf die Obrigkeit entwickelt. In allen Monarchen und Fürsten sah er nur noch lästige Parasiten. Durch ein Attentat auf einen Aristokraten hoffte er, berühmt zu werden.

Für den Mord an der Kaiserin Elisabeth wurde Lucheni am 12. November 1898 von der Genfer Justiz zu lebenslanger Haft verurteilt. Er selbst hatte für sich die Todesstrafe gefordert. Durch einen letzten öffentlichen Auftritt als Märtyrer wollte er so in die Geschichte der Anarchistenbewegung eingehen. Da dieser Plan aber nicht aufging, beging er schließlich im Oktober 1910 im Genfer Gefängnis Écheve Selbstmord.

Die **Kaiserin Elisabeth von Österreich** ist noch heute allgemeinhin unter dem Namen **Sissi** bekannt. Sissi wurde am 24. Dezember 1837 in München geboren. Sie entstammte der Linie der Herzöge in Bayern. Ihr Großvater war der bayerische König Maximilian I. Im Jahre 1853 hatte sie als damals erst 15-Jährige den

Kaiser Franz Joseph von Österreich geheiratet.

Kaiserin Elisabeth 1862

Interessant ist auch, dass im selben Hotel, in dem damals die Kaiserin Elisabeth vor ihrer Ermordung inkognito abgestiegen war, 89 Jahre später (im Jahre 1987) Uwe Barschel, der ehemalige Ministerpräsident von Schleswig-Holstein, tot in seinem Hotelzimmer in einer Badewanne aufgefunden wurde. Offiziell lautete die Todesursache Suizid, doch halten sich noch bis heute hartnäckige Gerüchte, dass der Politiker ermordet wurde.

Man konnte förmlich spüren, dass es im Hause Conrad schon bald Veränderungen geben würde. Der alte Conrad war sehr krank geworden und musste immer öfter und länger das Bett hüten. Der einst so stattliche große Mann verfiel zusehends. Alle Fröhlichkeit und Zuversicht waren schon bald aus seinem Gesicht gewichen, das von Schmerzen gezeichnet war. Eines Nachts setzte er sich noch einmal schwerfällig und mühsam an seinen Schreibtisch. Es machte mich traurig, mit welch großer Anstrengung er dann sein Testament niederschrieb.

Ich ahnte, dass dies wohl das letzte Mal war, dass ich ihm zu Diensten sein durfte. So waren dies nicht nur seine letzten Worte für seine Familie, sondern gleichzeitig auch für mich.

Mein letzter Wille

„Ich, Maximilian Conrad, geboren am 24. Juni des Jahres 1838 zu Heidelberg, verfüge hiermit in ungeschmähtem Besitze meines Geistes und meiner Verstandeskraft, so ich denn bald vom Allmächtigen in sein himmlisches Reich gerufen werde, mein gesamtes Vermögen so zu verteilen, wie ich nachfolgend bestimme. Alle meine letzten Verfügungen, welcher Art auch immer, widerrufe ich hiermit ausdrücklich.

Meine lieben Kinder Johannes und Helene, meine mir ange-traute Ehegattin Grete-Marie. Ich kann von mir behaupten, zeit-lebens ein ehrlicher, bescheidener und fleißiger Mensch gewesen zu sein. Den Reichtum, von dem Ihr in all den Jahren profitieren durftet, habe ich mit meiner eigenen Hände Arbeit und Kraft ge-schaffen und durch gerechtes und stets umsichtiges Handeln ver-mehrt, so dass es Euch an nichts fehlte. Jedoch, woran es Euch zeitlebens mangelte, waren Dankbarkeit und Bescheidenheit.

So bestimme ich nun das Folgende:

Meine gesamten Ersparnisse an barem Gelde sowie alles, was sich zum Zeitpunkt meines Ablebens an Gold, Silber, Münzen und Schmuck im Hause befindet, soll gerecht und zu gleichen Teilen unter allen Hausangestellten verteilt werden. Sie waren es, die mir stets treu gedient haben und keine auch noch so niedrige Ar-beit gescheut haben. Dies soll der Lohn für all ihre Mühen sein.

Sämtliche Kleidungsstücke aus meinem Besitz sowie Bett- und Tischwäsche, Hausgerät, Glas- und Porzellansachen aus unse-rem Wohnhaus sollen dem städtischen Armenhaus und dem Kin-derheim übergeben werden. Dort fehlt es an allen Ecken und En-den, und hier ist alles im Überfluss vorhanden.

Die nach meinem Ableben noch im Wohnhaus befindlichen kostbaren Möbel, Gemälde und Kunstgegenstände vermache ich der hiesigen städtischen Galerie. Sie sollen dort einen an-gemes-senen Platz erhalten.

Meine liebe Familie, Ihr stimmt mir gewiss zu, dass unser Wohnhaus hier in Heidelberg viel zu groß für so wenige Bewoh-ner ist. Deshalb sollen in meinem Haus zukünftig Studenten der Universität für kleines Geld wohnen können. Du, liebe Grete, darfst Dich gerne in unserem kleinen Gartenhäuschen nach Be-lieben neu einrichten. Vielleicht wirst Du Dich ein wenig ein-schränken müssen. Aber immerhin hast Du nun Deine Rosen, von denen Du nie genug bekommen konntest, im Sommer direkt vor Deinem Fenster. Die weiteren genauen Regelungen werde ich meinen Testamentsvollstrecker wissen lassen.

Zudem vermache ich Dir, meiner mir angetrauten Ehegattin Grete-Marie, die Pferdestallungen. Liebste Grete, Du wirst Dich wundern, dass von dem einst so prächtigen Gestüt für Dich nur noch ein trauriger Esel und ein alter Ziegenbock übriggeblieben sind. Diese sollen Dich stets daran erinnern, dass Du einen dummen Esel aus mir machen wolltest und mir, wann immer es Dir beliebte, Hörner aufgesetzt hast. Du dachtest wohl, ich weiß das nicht. Nun lerne, anstelle eines edlen Rappen einen alten Esel zu reiten, und schau, ob Du vielleicht den Ziegenbock melken kannst.

Mein lieber Sohn Johannes. Ich habe dafür gesorgt, dass Du eine Dir angemessene Unterkunft direkt im Fabrikgebäude erhältst, damit Du jederzeit nahe am Geschehen bist. Du hast doch in meiner Abwesenheit stets so großen Wert darauf gelegt zu zeigen, dass Du der wohlhabende Sohn des Besitzers bist und jeder sich Dir unterzuordnen hat, obwohl Du wirklich noch nichts in Deinem Leben geleistet hast. Nun gebe ich Dir die Gelegenheit, die Geschäfte von der Pike auf zu erlernen. Genaugenommen sollst Du zunächst lernen, wie es sich anfühlt, sich selbst unterordnen zu müssen. Solltest Du Dich binnen der nächsten sechs Jahre als fleißiger, loyaler und allen Beteiligten gegenüber umsichtig handelnder Geschäftsmann bewährt und sämtlichen Anforderungen, die ich in einem Brief bei meinem guten Freund und Hausanwalt Friedbert Janssen hinterlegt habe, gerecht werden, wirst Du meine Fabrik danach als Inhaber leiten. Versagst Du aber und führst weiterhin einen so liederlichen und ausschweifenden Lebenswandel wie bisher, wird die Fabrik an die von mir gegründete Stiftung übergehen.

Nutze die sechs Jahre und werde ein mir würdiger Nachfolger!

Meine geliebte Tochter Helene, Du warst die Einzige, die immer ehrlich zu mir war und mir mit unschuldigen Gemüt immer Freude bereit hat. Du sollst unseren Sommerwohnsitz an der Nordsee erhalten. Die frische Luft dort wird Dir guttun und Dich hoffentlich wieder gesund und stark machen. Dich werde ich als Einzige vermissen, wenn ich nicht mehr bei Euch weilen werde. Ich hoffe, Du wirst bald einen anständigen Ehemann finden. Für Deine Heirat hinterlasse ich Dir noch eine angemessene Mitgift, die Du zu gegebener Zeit erhalten wirst.

Sicher werdet Ihr, Du meine liebe Grete und Du lieber Johannes, mir in diesem Augenblick wünschen, dass ich zum Teufel in die Hölle gefahren bin. So Gott der Allmächtige will, wird das nicht geschehen sein.

Meine liebe Familie, auch wenn ich Euch jetzt vieles genommen habe, so lässt es doch mein Gewissen nicht zu, Euch arm zu sehen. Deshalb habe ich dafür Sorge getragen, dass jeder von Euch eine kleine Leibrente erhält, die Euch ein sorgenfreies, wenn auch kein Leben im Überfluss ermöglichen wird. Ihr müsst schon Euren eigenen Beitrag dazu leisten.

Zu meinem Testamentsvollstrecker ernenne ich meinen alten Freund Dr. Friedbert Janssen. Derselbe soll auch alle meine Wertpapiere und Aktien bei der hiesigen Bank verwalten und befugt sein, die Leibrenten auszuzahlen. Diesem übertrage ich fürs Erste auch die Leitung der Firma und gebe ihm die Vollmacht für alle damit verbunden Geldgeschäfte. Die Einzelheiten sind in weiteren ihm vorliegenden Verfügungen geregelt.

Als Dank für Deine Mühen überlasse ich Dir, lieber Friedbert, mein prächtiges Gestüt, alle Pferdegeschirre, das Reitzeug sowie meine beiden Automobile.

Zum Schluss möchte ich noch meinen allerletzten Willen kundtun. Wenn meine Lebensuhr abgelaufen ist, soll meine Bestattung in aller Stille stattfinden. Lasst mich ruhen unter einer großen alten Eiche, die mir im Sommer Schatten spendet und im Herbst mein Grab mit ihrem Laub bedeckt.
Heidelberg, im Mai 1899

gez. Maximilian Conrad

Ich war schockiert. Damit hatte ich nicht gerechnet. Der alte Conrad hatte die ganze Zeit von den gemeinen Eskapaden seiner Gattin gewusst. Und auch seinen Sohn Johannes hatte er längst durchschaut. Warum nur hatte er sich das alles gefallen lassen? War dieses Testament nun seine späte Rache? Was hätte ich dafür gegeben, die dummen Gesichter von Grete und Johannes zu sehen, wenn man sein Testament verlas. Dass meine Schadenfreude überaus groß war, mag ich nicht verhehlen.

Was Penny damals nicht wissen konnte

Das **Erbrecht** und die **Erbfolge** in Deutschland, so wie sie uns heutzutage bekannt sind, wurden erst durch das Bürgerliche Gesetzbuch allgemeingültig gesetzlich geregelt. Vorher war das Erbrecht sehr zersplittert. Es gab unzählige unterschiedliche Erbrechtsordnungen, die von Fall zu Fall auch von jedem beliebigen Land- oder Stadtrecht gebrochen werden konnten.

Das **Bürgerliche Gesetzbuch (BGB)** wurde 1896 vom Reichstag verabschiedet und trat am 1. Januar 1900 in Kraft. Es fasst das deutsche bürgerliche Recht zusammen und beendete die damals existierende Rechtszersplitterung in den deutschen Ländern. Mit zahlreichen Änderungen versehen, wurde es bis heute in fünf verschiedenen Verfassungssystemen angewandt: im Deutschen Kaiserreich, der Weimarer Republik, dem Nationalsozialismus, in der Bundesrepublik Deutschland und bis 1975 auch in der DDR.

Das BGB ist in fünf Bücher gegliedert. Im 5. Buch wird das Erbrecht geregelt. Es befasst sich mit den vermögensrechtlichen Folgen des Todes. Dazu gehören unter anderem die Regelungen zur gesetzlichen Erbfolge, Zulässigkeit und Form der Verfügungen von Todes wegen und das Recht von Erbengemeinschaften.

Das lange Warten

Leider verstarb der alte Conrad schon wenige Wochen, nachdem er das Testament verfasst hatte. In der Villa in Heidelberg herrschte neben allgemeiner Trauerstimmung auch helle Aufregung. Alles war im Um- und Aufbruch begriffen. Die hinterhältige Grete versuchte heimlich, noch ein paar Dinge aus der Villa beiseite zu schaffen, was ihr auch gelang.

Doch schon bald kamen fremde Menschen, rückten Möbel und verpackten alles Inventar in große Kisten. Auch ich landete mitsamt den anderen Schreibutensilien in einer der Kisten. Für unendlich lange Zeit umschloss mich dann die Dunkelheit.

Anfangs hatte ich mir noch Gedanken darüber gemacht, wohin das Schicksal mich dieses Mal verschlagen würde. Mit jedem Laut von draußen und jeder Bewegung der Kiste hoffte ich, jemand würde mich aus meinem Gefängnis befreien. Vergeblich. Es sollten Jahre vergehen, bis ich endlich wieder Licht sehen durfte.

Die Kiste, in die man mich gepackt hatte, war irgendwo nach einer langen Reise in einem feuchten, kalten Keller in Vergessenheit geraten. So dämmerte ich vor mich hin, träumte ab und an von vergangenen Zeiten und fand mich langsam mit meinem Schicksal ab. Sollte dies etwa diese besagte Dunkelheit sein, die niemals endet? Meine Tinte trocknete ein und ich verlor jegliches Gefühl für Zeit.

Irgendwann einmal in diesem Dämmerzustand vernahm ich Stimmen von draußen. Die Kiste wurde aufgehoben, unsanft umhergeworfen und weggetragen. Dann schien es mir, als würde die Kiste auf etwas fortbewegt. Doch es fühlte sich anders an als die mir bekannten Fahrten mit einer Kutsche oder mit der Eisenbahn.

Es war vielmehr ein meist gleichmäßiges Auf und Nieder, manchmal auch ein heftiges Schaukeln. Dabei vernahm ich seltsame Geräusche, die mich an heftige Regenschauer erinnerten. Nach unzähligen Tagen, vielleicht waren es auch Wochen, hörte ich wieder Stimmen, dieses Mal jedoch in einer mir fremden Sprache.

Mein Aufenthalt in London

Bald fand ich heraus, dass ich nach dieser langen Reise mit einem Schiff im Vereinigten Königreich gelandet war. Wo genau, das wusste ich zunächst noch nicht. Glücklicherweise hatte ich während der Reise nicht geahnt, dass ich mich im feuchten Rumpf eines Schiffes inmitten unendlicher Wassermassen befand, sonst wäre mir angst und bang geworden. Stell Dir bloß einmal vor, es hätte ein Unglück gegeben und ich wäre über Bord gegangen. Unfähig zu schwimmen, würde ich dann wohl noch heute auf dem Meeresgrunde liegen und wäre zum Spielzeug der Strömungen und all der unheimlichen Meeresbewohner geworden.

Die Kiste wurde alsbald ausgepackt und unzählige Male griffen Hände nach mir. Man begutachtete mich und legte mich schließlich uninteressiert wieder weg. Ich hatte wohl im Laufe der letzten Jahre vieles von meinem einstigen Glanz eingebüßt. Ich muss schrecklich ausgesehen haben. Niemand wollte mich haben. Merkte denn keiner, dass ich trotz allem etwas Besonderes war?

Endlich nahm sich eine Person meiner an, polierte mich mit viel Mühe blank und tiefblaue Tinte erfüllte mich endlich wieder mit Leben. So muss es sich anfühlen, wenn Blut durch die Adern fließt und neue Energien weckt. Man benutzte mich wieder zum Schreiben. Lag es nun am Schreiber oder an mir, ich weiß es nicht. Auf jeden Fall sah mein Schriftbild auf dem weißen Papier grauenvoll aus. Es war offensichtlich, dass ich während meines langen Dämmer-schlafes doch ein wenig aus der Übung gekommen war.

Im Jahre 1903 gelangte ich schließlich auf etlichen Umwegen, an die ich mich ehrlich gesagt nicht mehr genau erinnern kann, nach London in den Besitz einer jungen Dame. Zu meinem größten Erstaunen war sie aber gar keine Engländerin. Sie sprach

Deutsch, hieß Katharina und stammte aus Ulm und hatte im Jahre 1901 einen Mann namens Karl Nessler geheiratet. Zusammen waren sie schließlich in London sesshaft geworden. Es war nicht zu übersehen, wie sehr Katharina ihren Ehemann Karl anhimmelte, ja ihm fast hörig war. Sie unterstützte ihn bei jeglichen Vorhaben, egal wie absurd sie ihr erschienen. Wie oft fiel mir damals die hinterlistige Grete aus Heidelberg ein, die in ihrer Art gerade das Gegenteil gewesen war und ihrem Mann bei jeder Gelegenheit Hörner aufgesetzt hatte. Nicht so Katharina.

Katharina war ein quirliges Geschöpf, stets umtriebig und voller neuer Ideen. Schreiben gehörte zu meinem Bedauern jedoch nicht zu ihren Vorlieben. Hin und wieder ein Brief an eine Freundin oder an ihre Mutter. Ansonsten hatte ich nichts zu tun. Und ich kann Dir sagen, ich langweilte mich wieder einmal fast zu Tode. Wenn ich schon nichts Neues durch Schreiben erfahren oder dazulernen konnte, so versuchte ich wenigstens so oft wie möglich den Gesprächen im Haus zu lauschen, um „geistig" nicht völlig zu erlahmen. So lange Zeit hatte ich abgeschieden von der Welt in der modrigen Kiste gelegen, dass ich nun jede Gelegenheit nutzte, um etwas Neues oder Spannendes zu erfahren.

Die olympischen Spiele

Einmal, als die Nesslers Gäste hatten, hörte ich, wie man sich über seltsame Spiele, die man *olympisch* nannte, unterhielt. Hast Du vielleicht schon einmal von solchen Spielen gehört? Diese olympischen Spiele, bei denen sportliche Wettkämpfe unter verschiedenen Nationen ausgetragen wurden, fanden damals – es muss im Sommer 1904 gewesen sein – in St. Louis im fernen Amerika statt.

Von vielen Sportarten wie Turnen, Boxen, Schwimmen, Ringen, Gewichtheben und Rudern hatte ich schon einmal gehört. Zu den Wettbewerben zählten in jenem Jahr außer den schon erwähnten aber auch etwas ungewöhnliche Sportarten. So maß man sich zum Beispiel in den Disziplinen Tauziehen und Sackhüpfen, was mich zugegebenermaßen doch etwas amüsierte. Denn ich hatte immer gedacht, dies seien Spiele, mit denen sich nur kleine Kinder ihre Zeit vertreiben. Sogar die Disziplin des Tabak-Weitspuckens gehörte dazu. Leider habe ich vergessen, wer diesen Wettbewerb gewonnen hat und wie weit der Sieger spucken konnte.

In einer anderen Disziplin mussten die Teilnehmer kopfüber durch Tonnen springen, die an Seilen aufgehängt waren. Dieses unterhaltsame Spektakel hätte ich zu gerne selbst gesehen. Das muss ein Spaß gewesen sein.

Man erzählte sich auch, dass es damals bei den Spielen in Amerika ziemlich unorganisiert zugegangen sein soll. So wurde ein Marathonläufer als Sieger gefeiert, der sich ganze elf Meilen, das sind fast 18 Kilometer, anstatt zu laufen im Auto seines Managers kutschieren ließ, bis das Gefährt den Geist aufgab. Anschließend war er zu Fuß über die Ziellinie gelaufen. Erst nachdem ihn einige Zuschauer verraten hatten, fiel dieser Betrug auf.

Am meisten jedoch erschütterte mich, als ich Katharinas Gäste erzählen hörte, dass vier Jahre zuvor, als solche olympischen Spiele schon einmal in Paris stattgefunden hatten, 300 Tauben ihr Leben lassen mussten. Denn in jenem Jahr wurde als Wettbewerb auf lebende Ziele geschossen. Ein Mann aus Belgien war damals in dieser Disziplin Olympiasieger geworden. Er allein hatte 21 Tauben erschossen und nur zwei verfehlt.

Ist das nicht schrecklich? Ihr Menschen seid schon recht seltsame Geschöpfe. Ihr weint und trauert, wenn Menschen, die

Euch etwas bedeuten, Leid geschieht. Doch der Tod anderer von Gott erschaffener Lebewesen berührt Euch anscheinend kaum. Kein Wunder, dass Euch dann erst Dinge, die nicht einmal einen Laut von sich geben können, völlig egal sind. Ihr behandelt sie meist ohne jeglichen Respekt.

Fred Winters, New York,
Gewinner des Kurzhantelwettbewerbs bei der Olympiade 1904

Mata Haris Schleiertanz

Im Großen und Ganzen fand ich es bei den Nesslers recht eintönig. Ich spielte damals überhaupt keine Rolle und hatte nicht wirklich etwas Sinnvolles zu tun. Ein wenig Abwechslung in mein ödes Dasein brachten nur die Gäste und deren Gespräche.

Bei einer Festlichkeit im Hause Nessler – es war so etwa ein Jahr später, im Jahre 1905 – konnte ich der Unterhaltung dreier Herren lauschen, die etwas abseits der übrigen Gesellschaft standen. Ich kann mich noch sehr gut daran erinnern, wie sie sich in Abwesenheit ihrer weiblichen Begleitung höchst leidenschaftlich über eine Tänzerin unterhielten, deren Schönheit und Anmut überwältigend gewesen sein muss. Da wurde ich natürlich sofort hellhörig.

Offensichtlich beherrschte diese Dame, die sich Mata Hari nannte, perfekt die Kunst des erotischen Entkleidens, womit sie zu jener Zeit die reiche Pariser Gesellschaft faszinierte. Vor allem natürlich den männlichen Teil derselben. Ich kann bis heute nicht nachvollziehen, warum diese Herren dies so spektakulär fanden. Für mich war dies absolut nichts Neues. Denn die Kunst des Entkleidens hatte ich früher des Öfteren schon bei Grete in Heidelberg gesehen, wenn sie ihre Liebhaber empfangen hatte. Ach ja, und nicht zu vergessen auch bei Klara. Doch darüber möchte ich nicht mehr reden.

Diese langweiligen, prüden Londoner Männer hatten anscheinend noch nicht viel von der Welt gesehen. Hatte denn auch noch keiner von denen etwas vom Moulin Rouge in Paris gehört? Und vom berühmten, geheimnisvollen Elefanten im Garten? Dort hätten sie einmal sehen können, wie „kunstvoll" sich manche Damen entkleiden können. Selbst ich hatte dies schon hautnah miterlebt. Die ganze Aufregung um diese ach so tolle Mata Hari konnte ich nur belächeln. Einfältiges englisches Männervolk!

Einer von Katharinas Besuchern war wegen dieser außergewöhnlichen Tänzerin Mata Hari eigens nach Paris gefahren. Dort hatte er die berühmte Tänzerin gesehen, als sie ihren berüchtigten Schleiertanz aufführte. Seiner ihm angetrauten Gattin hatte er natürlich erzählt, er habe wichtige Geschäfte in Paris zu erledigen und müsse deshalb einige Tage dort verweilen. Die üblichen Tricks, die – wie ich weiß – heute noch angewendet werden.

Aus seiner Hosentasche zog er nun mit einem Augenzwinkern ein zerknittertes, zusammengefaltetes Stück Papier. Einen Ausschnitt aus einer Zeitung. Mit verschwörerischem Grinsen und verhaltener Stimme, damit die Damen im Salon draußen ja nichts mitbekamen, las er den anderen Herren vor, was im „Courier français" ein Journalist über den Auftritt dieser großartigen Tänzerin geschrieben hatte:

„Eine große dunkle Gestalt schwebt herein. Kräftig, braun, heißblütig. Ihr dunkler Teint, ihre vollen Lippen und glänzenden Augen zeugen von weit entfernten Landen, von sengender Sonne und tropischem Regen. Sie wiegt sich unter den Schleiern, die sie zugleich verhüllen und enthüllen. Das Schauspiel lässt sich mit nichts vergleichen, was wir je gesehen haben.

Ihre Brüste heben sich schmachtend, die Augen glänzen feucht. Die Hände recken sich und sinken wieder herab, als seien sie erschlafft vor Sonne und Hitze. Ihr weltlicher Tanz ist ein Gebet; die Wollust wird zur Anbetung. Was sie erfleht, können wir nur ahnen. Der schöne Leib fleht, windet sich und gibt sich hin: es ist gleichsam die Auflösung des Begehrens im Begehren."

Die anwesende Herrenrunde konnte sich gar nicht satt hören an den Schilderungen über diese – wie sie sie heimlich nannten –

erotische Göttin. Selbst ich war nun doch so angetan von den leidenschaftlichen Erzählungen, dass ich mir insgeheim wünschte, auch einmal im Körper einer solch verführerischen Frau zu stecken und sämtliche Männer in meinen Bann zu ziehen. Nur einmal spüren, wie sich das anfühlt!

Was Penny damals nicht wissen konnte

Mata Hari hatte sich nicht nur als exotische Nackttänzerin und exzentrische Künstlerin einen Namen gemacht. Bis heute gilt sie auch als die berühmteste Spionin aller Zeiten.

  Die bei ihrem Auftritt in Paris damals 29-jährige Holländerin wurde bald als Kurtisane der Reichen und Mächtigen in ganz Europa berühmt und berüchtigt. Die einst mittelose junge Frau führte fortan als Edelprostituierte ein kostspieliges Leben.

Mata Hari 1905

Selbst mitten im Ersten Weltkrieg konnte Mata Hari durch ganz Europa reisen und traf sich mit deutschen und französischen Militärs und Politikern. So geriet sie bald ins Visier der deutschen, französischen und britischen Geheimdienste. Am 13. Februar 1917 wurde Mata Hari schließlich verhaftet. In Paris verurteilte man sie zum Tode wegen Doppelspionage und Hochverrats. Im Oktober 1917 wurde Mata Hari von einem Erschießungskommando hingerichtet.

Wir schrieben inzwischen das Jahr 1906. Die Zeit war einfach so vergangen, ohne dass ich es recht bemerkt hätte. Katharina, meine Besitzerin, war mir noch immer weitgehend fremd. Meist war sie gar nicht zu Hause. Außer für ein paar uninteressante Briefe nahm sie mich selten zur Hand. Ich wusste nicht, wie Katharina ihre Tage verbrachte und womit Karl sein Geld verdiente. Umso mehr erstaunte mich der Inhalt eines Briefes, den Katharina Anfang Oktober an ihre Cousine schrieb. Endlich einmal durfte ich mehr über meine Besitzerin erfahren.

Schönheit muss leiden

„Liebste Theresa,
endlich ist es ihm gelungen – ich bin ja so stolz auf ihn. Mein Karl ist ein Meister seines Fachs und er hat es allen bewiesen. Und ich habe meinen Teil dazu beigetragen.

Die ganzen Jahre habe ich viel gelitten und aushalten müssen, bis es endlich soweit war. Trotz der ganzen Torturen und allem, was er mir angetan hat, liebe und bewundere ich diesen wundervollen Mann.

Es wird Zeit, dass Du meinen Karl endlich persönlich kennenlernst. Es ist so schade, dass Du bei unserer Hochzeit nicht dabei sein konntest. Es war ein wunderschönes Fest. Du hättest Dich sicherlich gut amüsiert.

Theresa, Du wirst denken, ich sei verrückt geworden, wenn ich so sinnlos drauf los plappere. Aber Du weißt ja nicht, was in der Zwischenzeit alles geschehen ist. Also nun der Reihe nach.

Zuerst muss ich Dir mehr von Karl erzählen. Ich habe ihn in Paris kennen gelernt. Er ist Friseurmeister und stammt aus dem Schwarzwald. Er sieht umwerfend gut aus, ist gebildet und spricht fließend italienisch und französisch. Und was mich an Karl gleich besonders beeindruckte, als ich ihn kennenlernte, war seine Vision: Er wollte glatte Haare auf künstliche Weise zu dauerhaft welligem Haar machen. Ist das nicht aufregend?

Karl tüftelte sehr lange und unermüdlich an seiner Erfindung. Er erzählte mir einmal, er habe als Jugendlicher beim Ziegenhüten beobachtet, wie sich Gräser, die vom Nachttau feucht geworden waren, zusammenzogen und sich dann im Laufe des Tages langsam wieder glätteten. Ich habe nicht gleich verstanden, was er damit meinte, aber er hat es mir dann so beschrieben: „Der Morgentau hat sich in die Zellen der Gräser geflüchtet, sie ausgefüllt, die Stängel in die Weite getrieben und die Länge zusammengezogen." Karl war fest davon überzeugt, dass solch ein Vorgang auch mit Haaren gelingen könne. Nur sollte das Haar dann eben dauerhaft wellig bleiben und nicht gleich wieder glatt werden.

Für Karls Erfindung waren viele Versuche notwendig. Anfangs hat sich Karls Schwester dafür zur Verfügung gestellt. Sie wurde es jedoch bald leid und so half ich Karl bei seinen Versuchen. Schließlich glaubte ich genau wie er an seine Idee.

Karl war wie besessen von seiner Vision. Du kannst Dir nicht vorstellen, wie schrecklich ich oft unter seinen Versuchen zu leiden hatte. Alles Mögliche hat Karl mit meinen Haaren angestellt. Er hat verschiedene chemische Mixturen ausprobiert und hat mein Haar mit heißen Zangen malträtiert. Manchmal sind mir danach ganze Haarbüschel ausgefallen. Zuweilen war meine Kopfhaut sogar mit zahlreichen Brandblasen überzogen. Es hat höllisch wehgetan. Oft habe ich vor Schmerzen geschrien und geweint. Und ganz zu schweigen von meinem Aussehen. Ich konnte mich so manches Mal nicht in der Gesellschaft zeigen. Kannst Du Dir vorstellen, wie schlimm das für mich war?

Aber wir gaben nicht auf. Karl arbeitete immer weiter an seiner Idee und ich stand ihm trotz allem, was ich auszuhalten hatte, immer wieder als Versuchskaninchen zur Verfügung. Ja, Theresa, Du wirst denken, ich sei von Sinnen. Vielleicht bin ich das. Aber wenn ich mir einmal etwas in den Kopf gesetzt habe, dann bin ich eisern. Und stell Dir vor, es funktioniert tatsächlich. Nach wechselnden Erfolgen und vielen Rückschlägen hat Karl endlich die Lösung gefunden. Er hat es geschafft, dass sich meine Haare wellen. Es sieht wirklich sehr hübsch aus und wird Dir sicher gefallen. Theresa, Du musst das unbedingt auch einmal ausprobieren.

Doch nun will ich Dir ganz genau erklären, wie Karl diese neuen Dauerwellen in mein Haar machte. Aber versprich mir, es nicht weiterzuerzählen. Noch ist es sein Geheimnis. Es bedarf hierfür einer ganz speziellen Ausrüstung. Man benötigt Metallröhrchen mit Schnur, Papphülsen, Flanellbinden, eine mit

Leuchtgas betriebene Heizflamme und Heizzangen, die Karl selbst gebaut hat. Und zur Herstellung einer geheimen Flüssigkeit ist unter anderem Borax und Soda nötig. Jetzt, da ich das niederschreibe, fällt mir auf, wie grausig sich das anhört. Ganz so, als würde man diese Dinge zur Folter benutzen. Ja, fast schon ein wenig unheimlich.

Also, zunächst teilte Karl mein Haar in feine Strähnen. Drei davon band er mir mit einer sehr feinen Schnur als Probesträhnen ab. Anschließend nahm er Metallröhrchen und wickelte die Haarsträhnen ganz fest spiralförmig drumherum. Über die Strähnen legte Karl dann eine Binde, die mit der geheimen, zugegebenermaßen recht übelriechenden Tinktur getränkt war. Darüber wurden dann die Papphülsen gestülpt. Mit der Schnur hat Karl die Hülsen so befestigt, dass sie von meinem Kopf abstanden wie Hörner. Du hättest mich sehen müssen. Es sah sehr sonderbar aus.

In der Zwischenzeit hat Karl Spezialzangen über der Gasflamme erhitzt, bis sie rotglühend waren. Die heißen Zangen hat er dann über die mit Papphülsen versehenen Metallröhrchen auf meinen Kopf gestülpt. Das alles musste zehn Minuten einwirken. Aber dann hat es plötzlich gezischt und gebrutzelt. Ein fürchterlicher Brandgeruch erfüllte den Raum. Glaube mir, ich habe vor Schmerzen geschrien. Sogleich bekam ich wieder große Brandblasen auf der Kopfhaut. Es war die Hölle.

Endlich, nach zehn endlos langen Minuten, konnte Karl die Hülsen abnehmen. Doch welche Katastrophe. Gleich die erste Strähne war bis auf einen jämmerlichen Stummel abgeschmort. Die zweite Strähne war zwar noch am Kopf, jedoch war keine Spur einer Welle zu erkennen. Die Strähne war vollkommen glatt. Karl und ich waren schon völlig verzweifelt. Sollte dies wieder ein erfolgloses Experiment gewesen sein?

Welche Freude dann beim Abnehmen der letzten Metallhülse.
Die Haare waren schön gewellt und blieben es auch. Ich weinte
vor Glück. Und meinen Karl hatte ich auch noch nie so glücklich
gesehen. Endlich ist sein Traum wahr geworden.

Natürlich musste Karl dann aber noch eine Zeitlang weitertüf-
teln und hat das Verfahren jetzt verbessert. Denn welche halb-
wegs vernünftige Frau außer mir würde sich einer solch
schmerzhaften Prozedur unterziehen, nur um dauerhaft wellige
Haare zu bekommen? Karl verwendet jetzt auch kleine Filzschei-
ben, die zum Schutz der Kopfhaut unter die Metallhülsen gelegt
werden. Jetzt gelingen die Dauerwellen ganz ohne Schmerzen.
Allerdings dauert es einige Stunden, bis alle Haarsträhnen be-
handelt sind. Man muss schon sehr geduldig sein.

Gestern war es dann endlich soweit. Karl hat sein Verfahren –
er nennt es die „Dauer-Ondulation" – der Londoner Öffentlich-
keit präsentiert. Wir hatten hierfür Anzeigen in Fachzeitschriften
in ganz England und im Ausland aufgegeben und Karls Kollegen
eingeladen, das neue Verfahren zu besichtigen. Stell Dir vor, Karl
hat für das Verfahren sogar Patentschutz beantragt. Noch hat er
diesen aber nicht erhalten. Deshalb konnte er gestern dann leider
nicht das Legen der Dauerwelle präsentieren. Das war ihm zu
heikel. Aber die Haare zweier Damen, denen er zuvor eine Dau-
erondulation gemacht hatte, durften von den Herren Kollegen
dann eingehend begutachtet werden. Karls Friseurkollegen wa-
ren allerdings nicht so begeistert, wie er sich das erhofft hatte.
Ich glaube, sie sind einfach nur neidisch auf seine Erfindung und
haben sie deshalb komplett abgelehnt.

Diese Herren haben leider keine Ahnung, was der Damenwelt
von heute gefällt. Sie werden schon noch sehen. Alle Damen wer-
den Schlange stehen, um sich von Karl mit einer Dauerwelle ver-
schönern zu lassen.

Liebe Theresa, für heute endet hier mein Brief. Wir sind heute Abend zu einem festlichen Essen im Hause der Astons eingeladen und ich muss mich noch hübsch machen. Sicher werden alle wieder meine dauergewellten Haare bewundern. Vor allem die Damenwelt! Und ich muss auf Karl aufpassen, damit er nicht schwach wird, wenn ihm die reichen Damen hier schöne Augen machen.

Bei Gelegenheit werde ich Dir mehr von diesem Abend berichten. Versprochen.

Deine Cousine Katharina

Was Penny damals nicht wissen konnte

Karl Nessler vereinfachte im Jahre 1909 sein Verfahren mit dem Dauerwellenapparat. Die feuerbeheizten Zangen ersetzte er durch elektrische Heizpatronen. Im Februar 1910 erteilte man ihm endlich das britische Patent für seine elektrische Apparatur, die permanent wave machine. Seine Geschäfte liefen bald so gut, dass er 1911 in der Stadtmitte von London „ein Haus der Dauerwelle" bauen konnte. Allerdings hatte er zwischenzeitlich auch seinen Namen geändert und war dort bekannt unter dem Namen Charles Nestle.

Werbung aus der Jahrhundertwende für Nesslers Dauerwellen

Nach Ausbruch des Ersten Weltkrieges floh Nessler 1915 in die USA und eröffnete auch dort unter dem Namen Nestle etliche Friseursalons in New York, Chicago, Detroit und Philadelphia. Seine Dauerwelle hatte auch in den USA eine große weibliche Anhängerschaft gefunden.

Karl Nessler war nicht nur Erfinder der Dauerwelle, sondern auch der Erfinder der künstlichen Augenbrauen und künstlichen Wimpern. Bereits 1902 hatte er auf deren Herstellung sein erstes Patent erhalten.

1928 verkaufte Nessler sämtliche Patente und Geschäfte und wurde zum Millionär. Einen Großteil seines Vermögens verlor er jedoch durch den Börsencrash im Jahre 1929. Zu allem Unglück verbrannten in diesem Jahr auch noch sein Wohnhaus in New Yersey und darin sämtliche Aufzeichnungen, Lizenzverträge und neue Haarstudien. 1935 starb seine Frau Katharina. Nessler, der 1872 in Todtnau im Schwarzwald geboren wurde, starb im Jahre 1951 mit 78 Jahren als armer Mann in New Yersey USA.

Bis zum heutigen Tage hat sich die „**Dauerwelle**" gehalten. Nur die Prozedur hat sich glücklicherweise im Laufe der Zeit verändert. Benutzte Nessler anfangs noch alkalische Lösungen und glühende Metallzangen, verwendete man Jahre später schon Strom, um die Wickler zu erhitzen. So schwand zwar die Gefahr der Verbrennungen auf der Kopfhaut, doch nun kam es des Öfteren zu Vorfällen mit elektrischen Schlägen.

Erst im Jahre 1932 wurde die erste chemisch erzeugte Dauerwelle von Clark und Speakman eingeführt. Im Jahre 1947 endlich wurde die Kalt-Dauerwelle erfunden. Das Haar wird heute zwar immer noch chemisch behandelt, doch sind die Chemikalien jetzt sanfter und enthalten auch pflegende Substanzen.

Wie oft hatte ich früher die Damenwelt um ihre schönen Haare beneidet. Mich zierte eine solche Haarpracht nie, obwohl ich doch eigentlich eine Schönheit war. Doch nach Katharinas Brief war ich heilfroh, keine Haare zu haben. Wie konnten die Damen nur so dumm sein, solche Prozeduren zu ertragen, nur um den Männern zu gefallen? Ich bin mir sicher, kein Mann würde jemals so etwas auf sich nehmen, um Frauen zu beeindrucken. Diese männliche Spezies ist doch wie selbstverständlich davon überzeugt, allein durch ihr Auftreten und ihre angeblich natürliche Schönheit und Stärke zu überzeugen. Dabei würde es dem ein oder anderen gar nicht schaden, einmal kritisch in den Spiegel zu schauen.

Katharinas Mann Karl Nessler widmete sich nach seinem Erfolg der Dauerondulation nun gänzlich seiner neuen Erfindung und seinen Geschäften. Ich fand sein Verhalten sehr egoistisch. Für seine Frau blieb leider kaum mehr Zeit. Die arme Katharina wurde zunehmend unzufriedener und fühlte sich sehr von ihrem Ehemann vernachlässigt. Die langwierigen Versuche waren abgeschlossen und hatten zum gewünschten Erfolg geführt. Nessler war berühmt und ein gefragter Mann geworden. Und Katharina hatte wohl ihre Schuldigkeit getan. Sie tat mir schon ein bisschen leid. Auch meine Aufgaben im Hause Nessler blieben weiterhin sehr beschränkt. Katharina schrieb wenige Briefe und auch sonst gab es nichts für mich zu tun.

Aufregung in Domodossola

Der Kalender zeigte inzwischen das Jahr 1909. Es war ein ungewöhnlich heißer Sommer. Katharina hatte das ewige Alleinsein und Nichtstun satt. Karl, ihr Ehemann, den sie kaum noch sah, hatte ganz offensichtlich ein schlechtes Gewissen. So schlug er Katharina vor, zur Abwechslung eine Reise zu unternehmen. Sie solle doch wieder einmal ihre Cousine Theresa in Italien besuchen. Katharina, die sich ohnehin langweilte, gefiel dieser Gedanke und sie machte sich sogleich an die Reisevorbereitungen. Obwohl ich geglaubt hatte, ich sei ihr überhaupt nicht wichtig, landete auch ich nebst zahlreichen hübschen Kleidern, schicken Hüten und modischen Schuhen in Katharinas viel zu umfangreichem Reisegepäck. Unsere Reise führte per Schiff und anschließend per Eisenbahn in die Bergwelt Italiens. An tiefen Schluchten und tosenden Wasserfällen vorbei, durch Tunnels und enge Kurven. Einzigartige Landschaften aus See- und Bergpanoramen hinterließen in mir einen unvergesslichen Eindruck von dieser Gegend. Kaum im Hotel in Domodossola angekommen, blühte Katharina auf. Frohgestimmt und voller Pläne für die nächsten Tage packte sie ihre Garderobe aus. Mich legte sie achtlos in eine offene Schatulle, oben auf einen ungeordneten Haufen goldfarbener Ketten und glitzernder Ohrgehänge. Nun ja, wahrlich nicht der schlechteste Platz in diesem Hotelzimmer für eine Frau wie mich.

Es dauerte nicht lange, und ich vernahm ein zaghaftes Klopfen an der Türe. Eine höchst seltsam gekleidete junge Frau betrat das Zimmer. Unter einer grauen Haube, die vollständig ihre Haare verbarg, erblickte ich ein hübsches, aber ernstes Gesicht. Das lange schmucklose Gewand, das sie einhüllte, entbehrte jeglicher Farbe und ließ seine Trägerin langweilig und alt erscheinen. Die beiden Frauen sahen einander an, ein kurzes Zögern, ein Freudenschrei, und schon lagen sie sich in den Armen. Ah, das musste Theresa sein.

Katharina und ihre Cousine hatten sich schon seit Ewigkeiten nicht mehr gesehen. Munter plapperten sie drauf los und der Nachmittag verging wie im Fluge. Nahezu ohne Pause tauschten die beiden Frauen all die Geschehnisse der letzten Jahre aus und ich lauschte interessiert. So erfuhr ich auch von Theresas Vergangenheit. Sie war offenbar nicht immer schon so unscheinbar und ernst gewesen wie sie nun wirkte. Wie es schien, war sie früher wahrlich kein Kind von Traurigkeit gewesen. Als junges Mädchen hatte sie etlichen Männern den Kopf verdreht, immer nach der großen Liebe suchend. Sie war jedoch mehrfach schmerzlich enttäuscht worden. Also hatte sie eines Tages völlig unerwartet und für alle überraschend beschlossen, den weltlichen Freuden zu entsagen und in ein Kloster einzutreten.

Die Gemeinschaft mit den Nonnen hatte Theresa zunächst überaus gut gefallen. Der streng geregelte Tagesablauf, in dem sich genau festgelegte Essens-, Arbeits- und Gebetszeiten miteinander abwechselten, gab ihr wieder den nötigen Halt für ihr Leben, das so völlig aus den Fugen geraten war. Doch mit der Zeit begann Theresa an ihrer Entscheidung zu zweifeln. Sie fühlte sich im Kloster eingesperrt und zunehmend in ihren Entscheidungen eingeengt. Nicht, dass sie an ihrem Glauben gezweifelt hätte. Doch das strenge Leben hinter Klostermauern konnte sie sich für den Rest ihres Lebens nicht länger vorstellen. Also bat Theresa darum, wenigstens außerhalb des Klosters arbeiten zu dürfen. Ein geistliches Leben schließe weltliche Aufgaben ja nicht gänzlich aus.

Bevor Theresa ins Kloster gegangen war, hatte sie bei einem Arzt gearbeitet. So war es nicht allzu schwer für sie gewesen, im Biaggio Hospital von Domodossola eine neue Aufgabe zu finden. Tagsüber betreute sie nun dort Patienten, ging den Krankenschwestern und Ärzten zur Hand und kümmerte sich um alle, die Beistand und Hilfe benötigten.

Anfangs kehrte Theresa nach ihrer Arbeit täglich ins Kloster zurück. Mit der Zeit übertrug man ihr aber im Hospital immer mehr verantwortungsvolle und eigenständige Aufgaben. Die Ärzte im Spital betrachteten sie bald wie eine ihrer Krankenschwestern. Da Theresa nun immer öfter auch spät am Abend oder tief in der Nacht arbeiten musste, richtete man ihr im Hospital unter dem Dach eine kleine Kammer her, die sie ganz allein bewohnte. Das Kämmerchen war nur spärlich mit dem Nötigsten eingerichtet. Ein Bett, Tisch und Stuhl und in der Wandnische ein kleines Regal für ihre Kleidung. Doch Entbehrungen machten Theresa nichts aus. Sie war dies vom Klosterleben ja schon gewohnt.

Ebenso wie ich konnte auch Katharina sich so ein Leben, wie Theresa es führte, nicht einmal im Traum vorstellen. Mehr als einmal versuchte sie, ihr dieses strenge, asketische Leben auszureden. Doch Theresa blieb standhaft und lachte nur über Katharinas verführerische Versuche, sie davon zu überzeugen, das von ihr gewählte Leben hinter sich zu lassen und mit ihr nach England zu gehen.

Die Tage gingen dahin. Für mich hatte sich im Grunde nichts geändert. Nur dass ich anstatt im kalten nebligen London nun in einem Hotelzimmer im angenehm sonnigen Italien lag. Ich konnte mich im Grunde nicht beklagen. Ich hätte es schlechter haben können. Katharina schrieb während ihres Aufenthaltes in Domodossola nicht einen einzigen Brief. Ich wusste gar nicht, warum sie mich überhaupt mitgenommen hatte. Zu tun bekam ich ja nichts. Stattdessen unternahm Katharina zahlreiche Spaziergänge in der Natur, genoss die abendlichen Gesellschaften im Hotel und verbrachte viel Zeit lesend in ihrem Hotelzimmer. Wann immer ihre Cousine Theresa Zeit hatte, kam sie Katharina besuchen. Die beiden Frauen verstanden sich überaus gut, lachten viel und hatten sich stets Interessantes zu erzählen.

Obwohl Theresa sich streng an die Klosterregeln hielt, begeisterte sie sich dennoch für Katharinas hübsche Kleider und den schönen Schmuck. An einem Nachmittag beim Tee überredete Katharina Theresa, doch wenigstens einmal dieses grässliche graue Gewand abzulegen und in eines ihrer modischen bunten Kleider zu schlüpfen. Anfänglich wehrte sich Theresa vehement. Doch lange ließ sie sich dann doch nicht bitten. Zu verlockend war die Vorstellung. Flink hatte sie Katharinas schönstes Kleid angezogen und sich eine goldene Kette und goldene Ohrringe angelegt. Sie sah wunderschön aus. Viel schöner als Katharina. Das graue Entchen hatte sich zu meinem Erstaunen binnen kürzester

Zeit in einen stolzen schönen Schwan verwandelt. Kein Wunder, dass dieses Wesen den Männern früher einmal den Kopf verdreht hatte. Theresa tanzte, ja sie schwebte förmlich durch das Zimmer und betrachtete sich immer wieder von allen Seiten im Spiegel. Ein wenig wehmütig kleidete sie sich dann doch wieder um und legte den Schmuck zurück in die Schatulle. Zu gerne hätte Katharina ihr das Kleid und den Schmuck geschenkt. Doch Theresa nahm nichts an. Plötzlich griff Katharina nach mir und drückte mich in Theresas Hand: „So nimm doch wenigstens das. Das ist nichts Wertvolles oder Besonderes. Nur etwas Nützliches. Das kannst Du doch nicht ablehnen! Als Erinnerung an unsere schöne gemeinsame Zeit!"

So eine Frechheit! Ich nichts Wertvolles? Nichts Besonderes? Eine Unverschämtheit! Hat sie mich denn noch nie richtig angeschaut? Am liebsten hätte ich geschrien und ihr gründlich meine Meinung gesagt. Aber was hatte ich auch anderes erwartet? Katharina hatte mich nie zu schätzen gewusst. Und eigentlich hatte ich sie auch nie wirklich leiden können. Gut, dass sie mich loswerden wollte, diese dumme Pute. Alles war besser, als wieder mit ihr zurückkehren in dieses grässliche neblige London.

Nach anfänglichem Zögern willigte Theresa schließlich ein und nahm mich an sich. So völlig unerwartet und schnell hatte ich also wieder die Besitzerin gewechselt. Nun denn, ab ins Kloster mit diesem grauen unscheinbaren Wesen! Aufregend würde das bestimmt nicht werden. Aber noch eintöniger als bei Katharina, die fast gar nichts geschrieben hatte, konnte es ohnehin nicht mehr werden.

Theresas Tagebücher

Gähnende Langeweile hatte ich erwartet. Was ich jedoch dann erfahren durfte, waren tiefe Einblicke in die geheimen Gedanken einer jungen Frau. Theresa schrieb täglich ihre Erlebnisse und Stimmungen in ein Tagebuch, das sie unter ihrem Kissen aufbewahrte. Bald kannte ich diese bemerkenswerte Frau besser als jedes menschliche Wesen. Es gab nichts, was sie vor mir verheimlichen konnte. Ich freute mich mit ihr und litt mit ihr. Ich, Penny die Füllfederhalterdame, wurde Theresas engste Freundin und Vertraute. Wir waren praktisch eins. Niemals mehr in späteren Jahren habe ich häufiger geschrieben als in Theresas Besitz. Täglich füllte ich Seite um Seite, bald schon waren es mehrere Hefte.

Doch auch Theresa gehört zwischenzeitlich der Vergangenheit an. Und auch nach so langer Zeit werde ich Theresas Vertrauen nicht missbrauchen und ihre intimsten Gedanken und Geheimnisse ausplaudern. Sie sind bei mir gut aufgehoben. Ich werde schweigen wie ein Grab. Und ich hoffe, sie verzeiht mir, wenn ich nur über dies eine Ereignis, das mich schon damals tief berührt hat, erzähle. Es waren gleichzeitig auch Theresas letzte Tagebucheinträge:

Der geheimnisvolle Patient

23. September 1910
Liebes Tagebuch, Dir allein darf ich anvertrauen, was mich tief in meiner Seele und in meinem Herzen berührt. In unserem Hospital pflege ich so viele Menschen, die allesamt gleichermaßen mein Mitgefühl und meine Fürsorge benötigen. Tagaus, tagein

gebe ich mein Bestes, um ihr Leid so erträglich wie möglich zu machen, sie zu versorgen, zu trösten und ihnen Mut zuzusprechen. Jeder Einzelne ist mir wichtig und meine Hingabe gilt allen Patienten gleichermaßen.

Doch hat sich heute etwas ereignet, das mein Seelenheil zutiefst erschüttert und mich sehr verunsichert. Ich spüre, es ist Unrecht und es erfüllt mich mit großer Scham, da ein Patient mich mehr als alle anderen berührt. Ein einziger Blick in sein vor Schmerz verzerrtes, aber trotz der blutigen Verletzungen wunderschönes, von blondem Haar umrahmtes Gesicht und seine tiefschwarzen Augen genügte, um mir gleichzeitig heiß und kalt ums Herz werden zu lassen.

Seit diesem Augenblick verspüre ich einen unerklärlichen Schmerz in meiner Brust und ein seltsames Ziehen im Bauch, sobald ich nur an ihn denke. Mir scheint, als würden sämtliche Mauern, hinter die ich all meine geheimsten unkeuschen Gedanken und Träume verbannt habe, mit einem Mal in sich zusammenstürzen. Ich bete inständig zu Gott, er möge mir verzeihen und mir helfen, all diesen sündigen Gedanken zu widerstehen.

Als dieser Patient heute am späten Nachmittag in unser Hospital eingeliefert wurde, litt er unter größten Schmerzen. Er war schrecklich zugerichtet und stand unter Schock. Beide Beine waren gebrochen, eine komplizierte doppelte Fraktur an dem einen Bein, am anderen Bein ein einfacher Bruch. Welche inneren Verletzungen er außerdem noch davongetragen hat, wird sich erst noch erweisen.

Der junge Mann schrie unentwegt in französischer Sprache „Es war schrecklich, schrecklich. Welch ein Wind. Der Motor, der Motor, ich muss hinuntergehen!" Immer und immer wieder rief er das, bis er irgendwann erschöpft von den Schmerzen und halb betäubt von den starken Medikamenten in einen unruhigen

Schlaf fiel.

Ich weiß so gut wie nichts über diesen jungen, gutaussehenden Mann, nur seinen wohlklingenden Namen. Er lautet Geo, Geo Chavez. Er spricht französisch und wie ich aus den Gesprächen der Ärzte entnehmen konnte, scheint er ein tollkühner Flieger zu sein. Wahrscheinlich erklärt dies auch seine ungewöhnliche Kleidung, die er trug, als er eingeliefert wurde. Chavez war dick verpackt in einen merkwürdigen Anzug. Dieser musste ihm gänzlich vom Leib geschnitten werden, um seine schlimmen Verletzungen schnell versorgen zu können. Von Dr. Antonini erhielt ich die Anweisung, mich ausschließlich um diesen Patienten zu kümmern, damit es ihm an nichts fehle und er wohl umsorgt werde. Dieser Aufgabe werde ich mich freudig und mit voller Hingabe widmen.

Alle Ärzte und Schwestern des San Biaggio Hospitals sind seit der Einlieferung dieses Mannes in heller Aufregung. Viele gut gekleidete, und wie es scheint wichtige Männer laufen auf den Fluren des Hospitals umher. Ich habe sie schreckliche Geschichten vom Absturz einer Flugmaschine erzählen gehört. Man könnte denken, jeder hier hätte diesem Ereignis persönlich beigewohnt. Einzig ich bin völlig unwissend.

Chavez. Geo Chavez. Welch ein schöner Name. Hat er gerade nach mir gerufen? Augenblicklich pocht mein Herz einige Takte schneller und eine seltsame Hitze durchströmt meinen Körper. Ich muss schnell zu ihm. Was geschieht mit mir? Himmel stehe mir bei, dass ich nichts Unrechtes tue. Wo liegen die Grenzen der Keuschheit? In Gedanken, Gefühlen oder Taten?

24. September

Letzte Nacht habe ich kaum Schlaf gefunden. Mein Nachtlager habe ich schon am Abend neben Chavez Krankenbett aufgeschlagen, um möglichst in seiner Nähe zu sein, sobald er zu sich kommt. Die halbe Nacht lag ich wach und ging immer wieder zu ihm hinüber, um ihm den Schweiß von seiner fiebrigen Stirn zu wischen. Jede einzelne Berührung seiner heißen Haut ließ mich erschaudern, was mich gleichzeitig mit Schrecken und geheimen wohligen Empfindungen erfüllte.

Ein seltsames Gefühl von Vertrautheit wächst in mir, obwohl Chavez sich meiner Anwesenheit sicherlich gar nicht bewusst ist. In seinen Fieberträumen ist er in einer anderen grausigen Welt. Er tut mir so leid. Ich darf ihn nicht alleine lassen. Er braucht mich. Ich muss herausfinden, wer dieser Mann wirklich ist und was genau mit ihm geschehen ist. Der ganze Ort ist in Aufruhr. So habe ich die Menschen hier in Domodossola noch nie erlebt. Jeder spricht über das schreckliche Unglück. So viele fremde Menschen, auswärtiges Volk – Deutsche, Schweizer. Unzählige Automobile beherrschen die Straßen, und neugierige Zeitungsreporter eilen hektisch umher. Und erst heute sind mir die Plakate aufgefallen, die überall aufgehängt sind:

„Briger Flugwoche. Ein Wettstreit – Flug über die Alpen. Von Brig nach Mailand mit Überfliegung des Simplonpasses. Innerhalb einer Zeitspanne von 24 Stunden."

Kühnheit oder Dummheit? Wie verrückt muss ein Mensch sein, um so etwas zu riskieren? Es macht mir Angst. War etwa dieser Chavez so dumm gewesen? Oder so mutig? Ich muss schnell wieder zu ihm eilen.

Es bricht mir fast das Herz, Chavez so leiden zu sehen. Und doch darf niemand bemerken, wie viel mir dieser Mann, den ich kaum kenne, nach so kurzer Zeit schon bedeutet. Man würde mich nicht mehr zu ihm lassen, und eine andere Krankenschwester würde die Aufgabe übertragen bekommen, sich um ihn zu kümmern. Das darf keinesfalls geschehen!

An Chavez Bett zu sitzen, ihn so gut es geht in eine bequeme

Stellung zu betten, ihm liebevoll die schweißnasse Stirn abzuwi-
schen und ihm jede unausgesprochene Bitte von den Augen ab-
zulesen, erfüllt mich mit unbeschreiblichem Glück. Zuweilen ist
er bei vollem Bewusstsein, meist aber phantasiert er und ich
sehe, welch grausame Träume oder Erinnerungen ihn foltern und
ihn immer mehr Kraft kosten.

Manchmal flüstert Chavez leise einen Namen. Unsinnigerweise
hoffe und glaube ich, er meine mich. Doch er weiß ja nicht ein-
mal, wer ich bin und dass ich für ihn da bin. Heimlich weine ich,
denn es erfüllt mich mit solchem Schmerz.

Der Flug-Wettstreit

Endlich habe ich auch mehr über diesen Flug-Wettstreit heraus-
gefunden. Am Morgen liefen vor mir auf dem Flur des Hospitals
zwei in feine Anzüge gekleidete ältere Herren mit Stock und Hut.
Sie unterhielten sich aufgeregt über diesen Alpenflug. So sollte
derjenige Flieger, der als Erster die Alpen von Brig aus überflie-
gen und in einer italienischen Stadt landen würde, ein Preisgeld
über 100.000 Lire erhalten.

Eigentlich hätte der Wettstreit schon am 17. September beginn-
nen sollen, doch wegen des schlechten Wetters wurde der Start
auf den 23. September verschoben. Für den Wettstreit waren fünf
der besten Piloten ausgewählt. Jedoch startete am gestrigen Tage
dann nur Chavez. Alle anderen hatten schon vorher aufgegeben.

Auf dem Plateau des Briger Berges hatte man ein Flugfeld her-
gerichtet. Jeder der fünf Piloten hatte seinen eigenen Hangar.
Für die Zuschauer waren Festhütten und fast 5.000 Sitzplätze
aufgebaut worden. Eigens für den Wettbewerb war sogar eine Te-
lefonleitung von Brig über den Simplonpass nach Italien gezogen

worden. Als Wegweiser für die Piloten sollten wehende große weiße Tücher auf der Passhöhe dienen.

Ich erfuhr, dass Chavez vor diesem Flug bereits einen ersten Versuch unternommen hatte. Er musste aber anscheinend, nachdem er die Passhöhe fast erreicht hatte, wegen grimmiger Kälte abbrechen und wieder umkehren. Die Herren sprachen auch darüber, dass Chavez berichtet hatte, die wilde Alpenwelt erfülle ihn mit Grauen, was sie nun, nach diesem Unglück, als dunkle Vorahnung deuteten.

25. September

Mein liebes Tagebuch, mein einziger Vertrauter. Ist es möglich, dass ich mich in diesen Mann verliebt habe? In einen Mann, den ich nie zuvor gesehen habe? Es darf nicht sein. Ich habe ein Gelübde abgelegt. Es gibt nur einen, den ich so lieben darf. Ich habe versprochen, allein Gott zu dienen, ihn anzubeten und zu ehren. Wie schwer wiegt meine Sünde? Was soll ich tun?

Aller Vernunft zum Trotz versuche ich noch mehr über Chavez zu erfahren. Heute habe ich deshalb schon wieder etwas Verbotenes getan. Heimlich habe ich seine Krankenakte studiert und Besucher belauscht, die sich unter dem offenen Fenster des Krankenzimmers über Chavez unterhielten. Ich muss schnell alles niederschreiben, damit auch nicht eine Kleinigkeit aus meinem Gedächtnis verschwindet. Sein vollständiger Name: Jorge „Geo" Chávez Dartnell, geboren im Juni 1887. Sohn einer reichen peruanischen Bankiersfamilie. Aufgewachsen in Paris. Ingenieur. Ausgezeichneter Langstreckenläufer. Gläubiger und praktizierender Katholik. – Dem Himmel sei Dank! Wenigstens das!

Erst seit sieben Monaten hat Chavez Erfahrung als Flieger. Trotzdem hat er aber anscheinend schon an über 90 Wettflügen teilgenommen. Erst vor wenigen Wochen hat er einen neuen Höhenrekord aufgestellt. Er stieg mit seiner Maschine über 2500 Meter hoch. Wie kann das möglich sein? Ist dieser Mensch von allen guten Geistern verlassen? Was für ein Teufelskerl!

Obwohl sich drei Ärzte gleichzeitig um Chavez kümmern, geht es ihm zunehmend schlechter. Fieberträume plagen ihn unentwegt, und er wird trotz aller Fürsorge immer schwächer. In seinen Träumen durchlebt der Ärmste immer und immer wieder den Schrecken, die Angst, die Einsamkeit und das entsetzliche Geschehen. Ich kann ihm nicht helfen, doch ich leide mit ihm. So sehr, dass ich fast schon glaube, selbst bei dem grauenhaften Erlebnis dabei gewesen zu sein. Oh mein Gott, so hilf ihm doch! Ich bete zu Dir und flehe Dich an!

26. September

Die vergangene Nacht war noch schlimmer als die vorige. Chavez fiebert unentwegt und es scheint, als würde er immer von neuem den Flug und den Absturz durchleben. Die Ärzte sind ratlos und wissen ihm nicht zu helfen. Meine Verzweiflung wächst von Stunde zu Stunde. Ich spüre, dass Chavez verloren ist. Es fehlt ihm an Kraft, das Erlebte zu überwinden. Seine körperlichen Verletzungen könnten heilen, doch sein Geist und seine Seele sind zutiefst verwundet. Ich möchte weinen, so sehr schmerzt es mich, ihn leiden zu sehen. Doch wenigstens ich muss stark sein. Für ihn. Warum nur werden meine Gebete nicht erhört?

Ich schwanke zwischen Bewunderung für diesen Mann und Unverständnis für seine Tat. Wie kann man sich in solch einem Fluggerät einem solchen Wagnis aussetzen? Hat Gott ihn letztlich dafür bestraft, dass er sich anmaßte, dem Himmel so nahe zu kommen?

Ich habe mich über dieses seltsame Fluggerät kundig gemacht.

Man nennt es Bleriot. Es ist ein Flugzeug mit einem Gerüst aus Holz, ein paar Stahlrohren, einem Motor und segeltuch-bespannten Flügeln. Die Flügel messen von einem zum anderen Ende ungefähr sieben Meter. Der Pilot muss auf einem leichten Sitz aus Holz und Weide sitzen und ist Wind und Wetter schutzlos ausgesetzt. Die Augen werden nur mit einer Brille geschützt. Wie man dieses Fluggerät gen Himmel hebt und steuert, konnte mir hingegen niemand erklären. Wenn aber die Zeichnungen auf den Plakaten nicht trügen, dann scheint mir dieses Fluggerät ziemlich zerbrechlich zu sein. Es entzieht sich meiner Vorstellungskraft, wie Chavez mit solch einem Gerät über die Berge fliegen konnte.

So oft habe ich nun schon Chavez Fieberträume vom Flug und vom Absturz miterlebt und den Gesprächen der Besucher und Ärzte gelauscht, dass ich mir den Hergang des ganzen Unglücks im Großen und Ganzen inzwischen zusammenreimen kann.

Über den Wolken

Chavez hatte seinen Flug sorgfältig vorbereitet. Um sich mit der Route vertraut zu machen, war er zuvor einmal mit dem Automobil über den Simplonpass gefahren und sogar über den Passweg gewandert.

Am Freitagmorgen herrschten in Brig klares Wetter und Sonnenschein. Noch einmal fuhr Chavez auf den Simplon, um die Wetterlage zu prüfen, und er entschloss sich, am frühen Nachmittag den Start zu wagen. Um halb zwei stieg er mit seinem Flugzeug auf, zog eine weite Spirale und flog auf die Passhöhe zu. Bis zur Überquerung des Passes verlief der Flug eher ruhig. Über dem Pass änderte sich aber plötzlich das Wetter. Heftige Böen

146

erfassten das Fluggerät und Chavez konnte den Kurs nicht mehr wie geplant halten. Er kämpfte verzweifelt mit den starken Winden, das Fluggerät sackte ein paarmal in die Tiefe und wurde in eine Schlucht abgetrieben.

Sein Fluggerät, der Bleriot, wurde vom heftigen Wind wie ein Spielzeug hin und her geworfen. Die Felswände kamen gefährlich nahe. Chavez muss schreckliche Angst gehabt haben, doch irgendwie schaffte er es, das Fluggerät zu halten und aus der Schlucht hinaus auf die Ebene von Domodossola zuzusteuern. Dort sollte er landen, die Bleriot auftanken und wieder aufbrechen zur letzten Etappe seines Fluges bis nach Mailand. Eine dreiviertel Stunde war er nun schon in der Luft gewesen.

Am Landeplatz wartete bereits eine jubelnde Menschenmenge auf ihn. Chavez flog langsamer und das Fluggerät glitt mit verminderter Geschwindigkeit hinab bis etwa 20 Meter über dem Boden. Plötzlich ereignete sich die Katastrophe. Die Flügel der Bleriot klappten nach hinten, die Maschine stürzte nach unten, drehte sich einmal um sich selbst, zerschellte mit einem fürchterlichen Krachen auf dem Boden und brach völlig auseinander.

Chavez wurde unter den Wrackteilen seines Flugzeuges begraben. Arthur Duray, sein Manager, der am Landeplatz auf ihn gewartet hatte, und weitere Männer rannten sofort zur Unglücksstelle und riefen und suchten verzweifelt nach Chavez. Erst nachdem sie ein paar Wrackteile und einen zerschellten Flügel zur Seite schaffen konnten, fand Duray den blutenden Chavez. Dieser hatte den Absturz schwerverletzt überlebt und war noch bei Bewusstsein. Chavez nannte Duray sogar beim Namen und klagte, er habe schreckliche Schmerzen in beiden Beinen. Es gelang den Rettern, ihn unter dem Flügel hervorzuziehen. Schließlich brachten sie ihn zu uns in das Biaggio Hospital in Domodossola.

Es muss furchtbar gewesen sein. Ein schwerer Schock für alle Zuschauer, die gekommen waren, um den ersten Menschen, dem es gelungen war, mit dem Flugzeug über die Alpen zu fliegen, zu bejubeln und zu feiern.

Die letzten Stunden

27. September

Die ganze Nacht habe ich wieder an Chavez Bett gewacht. Seine Fieberträume waren schlimmer denn je. Die Angst hat mittlerweile so von ihm Besitz ergriffen, dass sie ihm seine gesamte Kraft raubt.

Ich verliere ihn, ich spüre es. Ich verliere den Mann, den ich liebe, noch bevor ich es ihm sagen kann. Gott wird ihn mir wegnehmen. Ich weiß, dass es schon sehr bald geschehen wird. Ist dies die Strafe für mein Fehlverhalten? Würde Chavez am Leben bleiben, wenn ich Gott nicht mit meiner Sünde, meinen unkeuschen Gedanken herausgefordert hätte?

Ich bereue zutiefst. Ich werde Buße tun und ihn aus meinen Gedanken verbannen. Nur lass ihn nicht sterben! Nicht meinetwegen!

Noch einmal muss ich hin zu ihm, um Abschied zu nehmen.

27. September – Später Nachmittag

Es blieb mir keine Zeit mehr für einen Abschied. Um 9.00 Uhr wurde Chavez eine Sauerstoffinhalation gemacht. Danach fühlte er sich etwas besser und neue Hoffnung keimte in uns allen auf. Doktor Antonini untersuchte ihn noch einmal und stellte eine Art Nervenschock fest. Chavez war nun die ganze Zeit bei Bewusstsein, aber er litt fürchterlich.

Viele Besucher kamen an sein Krankenbett. Einer sagte zu Chavez: „Sie sind ein Held, die ganze Welt denkt an Sie". Dieser erwiderte daraufhin nur: „Das freut mich, aber ich sterbe." Diese Worte trafen mich wie ein Schlag und schmerzten fürchterlich.

Chavez war gerade noch bei Bewusstsein, als um 1 Uhr sein Bruder John, ein Bankier aus Paris, im Hospital eintraf. Es war erschütternd, dieses schmerzliche Wiedersehen zu beobachten. Chavez sprach lächelnd zu seinem Bruder „Oh, bist Du gekommen, hast Du mein Telegramm erhalten?" Daraufhin fiel er in Ohnmacht und sprach wirr, wobei er anscheinend wieder fortwährend Felswände vor sich sah, deren Höhe er wissen wollte. Dann rief er wieder aus: „Welch ein Wind. Welch ein Wind."

Sein letzter Kampf im Delirium gegen die Naturgewalten war auch gleichzeitig sein letzter Kampf um sein Leben. Seine letzten Worte werde ich niemals vergessen: „Je meurs! Je ne veux pas mourir! Non, non ... je ne meurs pas ... je ne meurs pas ! » Ich sterbe ! Ich will nicht sterben! Nein, nein ... ich sterbe nicht ... ich sterbe nicht!"

Kurz nach 3 Uhr tat Chavez seinen letzten Atemzug und schloss für immer seine Augen.

Was Penny damals nicht wissen konnte

In der Berliner Volkszeitung erschien am 24. September 1910 ein Bericht zum diesem Ereignis. Dort war zu lesen:

„Der Simplon überflogen – Chavez bei Domodossola verunglückt

Der gestrige Tag bedeutet in der Geschichte der Aviatik einen entscheidenden Wendepunkt: Die Gipfel der Alpen sind zum ersten Mal von einem Aeroplan überquert worden. Einem unserer jüngsten Aviatiker, dem kühnen Höhenweltmeister Geo Chavez, ist es gelungen, den Simplon in einem Blérioteindecker zu überfliegen. Bedauerlicherweise hat aber eine unglückliche Zwischenlandung in Domodossola dem Fluge ein frühzeitiges Ziel gesetzt, und Chavez ist so schwer verletzt worden, dass er nach dem Krankenhaus in Domodossola transportiert werden musste ...“

Vier Tage später, am 28. September, wurde berichtet:

„Der Simplonflieger Chavez gestorben

Der kühne Überflieger des Simplon, Geo Chavez, ist gestern Nachmittag gegen 3 Uhr in Domodossola seinen schweren Verletzungen erlegen. Kurz nach dem höchsten Triumph, den die Aviatik bisher errungen hat, hat Chavez ein tragisches Schicksal hingerafft.“

Es folgt der Text eines Telegramms mit dem detaillierten Bericht über die letzten Stunden von Chavez.

Geo Chavez in seiner Bleriot

Der Blériot-Eindecker, mit dem Chavez die Alpen überflogen hatte, war ein leichtes Holzflugzeug mit einem 50-PS-Motor. Das Flugzeug hatte weder eine geschlossene Pilotenkanzel noch eine Windschutzscheibe. In der Kanzel befand sich lediglich ein leichter Sitz aus Holz und Weide.

Einen Sicherheitsgurt kannte man damals noch nicht. Einzige Instrumente im Flugzeug waren ein Beschleunigungsmesser, ein Kompass und ein Tachometer. Zur Orientierung wurden Karten mitgeführt. Chavez hatte bei seinem Alpenflug zusätzlich einen Luftdruckmesser an seinem Hals mit einem Riemen fixiert.

Gegen die Kälte trug Chavez bei seinem Flug einen festen gefütterten Anzug, der an der Außenseite aus wasserfester Seide bestand. Seine Augen schützte er mit einer Pilotenbrille.

Bei seinem Rekordflug über die Alpen mit dem Bleriot hatte Chavez eine Flughöhe von 2.200 Metern erreicht. Damals eine absolute Sensation und für viele unvorstellbar! Heutzutage beträgt allein schon die durchschnittliche Reiseflughöhe von Passagierflugzeugen etwa 10.000 Meter.

Bleriot Flugmaschine

So also fühlte sich unerfüllte Liebe an? Absolute Hingabe, Sorge und ein einziger Schmerz? Wie unterschiedlich waren doch die Frauen, die ich bisher kennengelernt hatte. Die verlogene Klara, die fürsorgliche und liebevolle Mutter des kleinen Joseph, die verdorbene Grete, die ehrgeizige und vernachlässigte Katharina und nun Theresa, die ihre Liebe einem Mann schenkte, der sie nicht einmal wahrgenommen hatte.

Bald nach Geo Chavez Tod kehrte Theresa endgültig ins Kloster zurück. Die wenigen Dinge aus ihrem Besitz gab sie weg. Sogar mich, Penny, das Geschenk ihrer Cousine Katharina. Alle ihre Tagebücher verbrannte sie.

Schlagzeilen

Mich hatte Theresa einem deutschen Patienten namens Herbert geschenkt. Nach einem tragischen Unglück beim Bergsteigen in den Alpen hatte man Herbert im Hospital von Domodossola ein Bein amputieren müssen. Theresa hatte sich nach Geo Chavez Tod noch einige Zeit um Herbert gekümmert. Freundlich und aufopferungsvoll, aber innerlich wie betäubt, pflegte sie den hilfsbedürftigen jungen Mann bis zu seiner Entlassung aus dem Hospital. Herbert kehrte – zusammen mit mir – nach Deutschland zurück, um dort, wie er hoffte, sein altes Leben wieder aufzunehmen.

Wie es der Zufall wollte, hatte Herbert eine Anstellung als Lokalreporter bei einer Münchener Zeitung. Oh nein, nicht schon wieder ein Zeitungsmensch! War ich nicht schon einmal im Besitze eines solchen Menschen gewesen? Hoffentlich nicht wieder so ein Taugenichts wie Paul, der dem Glücksspiel und Alkohol verfallen war! Ich ahnte Böses. Aber vielleicht hatte ich dieses Mal ja mehr Glück mit dieser Spezies?

Fortuna meinte es wirklich gut mit mir. Herbert war völlig anders als Paul. Er war ein fleißiger und allseits beliebter Mann. Seine Berichte schrieb er mit äußerster Sorgfalt und lieferte diese stets zuverlässig und pünktlich bei der Zeitung ab.

Mich behandelte er wirklich pfleglich und ich hatte keinerlei Anlass zur Beschwerde. Nur an eine seine Unarten mochte ich mich nur schwerlich gewöhnen. Immer wenn Herbert angestrengt nachdachte, setzte er seine Brille ab und legte sie vor sich auf das Blatt. Dann starrte er minutenlang ins Leere. Währenddessen rollte er mich unablässig über den Tisch. Nach vorne, nach hinten, wieder zurück und dies immer und immer wieder. Am schlimmsten wurde es dann, wenn er mich noch anschubste, so dass ich mich rasend schnell um die eigene Achse drehte. „Mensch Herbert, so behandelt man doch keine Dame. Ich bin doch kein Karussell auf dem Jahrmarkt! Deiner Penny ist schon ganz elend und schwindelig!" Doch ich hatte keinerlei Möglichkeit, mich zu wehren. Nur manchmal wagte ich aufzubegehren, indem ich anschließend Klekse auf sein Papier machte. Doch das hätte ich mir auch sparen können. Es störte ihn in keinster Weise.

Im Laufe der nächsten Jahre schrieben Herbert und ich über viele Ereignisse. Meist alltägliche, doch manchmal auch außergewöhnliche, von denen die Menschen später noch lange Zeit erzählen sollten. Im April 1912 berichtete Herbert über ein schreckliches Unglück auf See.

Der Untergang der Titanic

Ein riesiger Passagierdampfer, die RMS Titanic, war nach einer Kollision mit einem Eisberg gesunken. Die Titanic war zur damaligen Zeit das größte und prachtvollste Schiff der „Neuzeit". Du kannst Dir nicht vorstellen, wie riesig dieses Schiff war. Es konnte neben der Besatzung von 800 Mann rund 5.000 Passagiere aufnehmen. Das Schiff, mit Maschinen von 46.000 Pferdestärken ausgerüstet, war erst im Sommer 1911 vom Stapel gelaufen. Am 10. April 1912 hatte es seine Jungfernfahrt von Southampton über den Nordatlantik Richtung New York angetreten. Die Ankunft war für Mittwoch, den 17. April, geplant. Das Schiff galt damals aufgrund seiner modernen Bauweise als unsinkbar. Und doch war es geschehen!

Herbert hatte seit der ersten schlimmen Nachricht über diese ungeheuerliche Schiffskatastrohe jede Minute zusammen mit mir in der Redaktion verbracht und gespannt auf jede weitere Neuigkeit aus dem Telegraphen gewartet. Für die Morgenausgabe der Zeitung vom Dienstag, 16. April, schrieben wir dann gemeinsam den folgenden Artikel:

„*Der Untergang der Titanic*

,Die Passagiere sind gerettet!' So lauteten noch in der letzten Nacht bis zur ersten Stunde des neuen Tages die telegraphischen Meldungen von der Katastrophe des Riesendampfers Titanic. Aber schon wenige Stunden später drang nach Europa die furchtbare Kunde, dass die Meldungen über die Rettung der Passagiere auf Irrtum beruhten. Nur für etwa ein Drittel der Mitfahrenden galt die Mitteilung ,Alles gerettet!'. Dem größten Teil der Fahrgäste und der Bemannung war das traurige Schicksal beschieden, den Tod in den Wellen des Ozeans zu finden. Mehr als 1500 Menschen sind der größten aller bisher vorgekommenen Schiffskatastrophen zum Opfer gefallen.

Die Riesendampfer der letzten Jahre gleichen mit ihrer Fassungskraft von mehreren Tausenden von Menschen schwimmenden Städten. Tritt hier ein Unglück ein und verschlingt das ewig unersättliche Meer einen solchen Ozeanriesen, dann kommt eine derartige schaurige Katastrophe einem Naturereignis gleich, als ob ein Erdbeben eine ganze Stadt in wenigen Minuten vernichtet. Die besten technischen Einrichtungen, die automatisch verschließbaren wasserdichten Schottentüren – was haben sie der Titanic genützt!

Wie es trotz all dieser neuesten Errungenschaften des modernen Schiffsbaues möglich war, dass das Schiff seinen Untergang fand, das wird wohl schwerlich jemals aufgeklärt werden. Denn eine Untersuchung nach dieser Richtung hin ist nun nicht mehr möglich.

Es wird ein Geheimnis desselben Atlantischen Ozeans bleiben, der für die moderne Schiffsbautechnik seinen Schrecken fast verloren zu haben schien und den die Globetrotter etwas spöttisch als den ‚großen Ententeich" zu bezeichnen pflegten. Einem Ozean wäre die Titanic mit ihren titanischen Maschinen spielend gewachsen gewesen. Gegen Schiffszusammenstöße, eine Gefahr, die mit dem steigenden Verkehr auf den großen Schifffahrtsstraßen naturgemäß wächst, schützt heute bis zu einem gewissen Grade die drahtlose Telegraphie, die eine Verständigung unter den Schiffen auch dann ermöglicht, wenn das Gesichtsfeld durch Nebel eingeengt wird. Aber dass mit solchen Vorkehrungen die Gefahren der See nur zu einem kleinen Teil ausgeschaltet werden können, hat die Katastrophe der Titanic mit erschütternder Deutlichkeit gelehrt.

Was Wind und Wellen nicht vermochten, das hat ein tückischer Eisberg zustande gebracht. Er hat mit seiner Urkraft dem stolzen Schiff, das als unsinkbar gepriesen wurde, ein Leck beigebracht, groß genug, um es in die Tiefe zu ziehen.

Mit der Titanic geht ein Wunderwerk der Schiffsbautechnik zugrunde, noch bevor der stolze Dampfer die ihm zugewiesenen Funktionen erfüllen konnte. War es doch die Probefahrt, bei der die Titanic bereits von ihrem Schicksal ereilt wurde. Sie wurde zum Spielball des Atlantiks und alle Werte, die mit ihr und auf ihr schwammen, sind zu einem Raube des gefräßigen Ozeans geworden.

Aber ungleich trauriger und niederschmetternder als der materielle Verlust sind die schweren Verluste an Menschenleben, die diese Katastrophe gefordert hat. Welche Szenen mögen sich auf dem Schiffe abgespielt haben, als den anderthalbtausend Menschen zur schrecklichen Gewissheit geworden war, dass das Ungetüm von Schiff sie mit sich in die Tiefe reißen würde?

Welche Phantasie wäre lebhaft und stark genug, sich das aus-zumalen! Wir sind erschüttert und von wärmstem Mitgefühl er-griffen für die unglücklichen Opfer dieser entsetzlichen Katastro-phe.

Die Titanic war mit der Weisung auf den Weg geschickt worden, einen neuen Ozeanrekord aufzustellen und befuhr deshalb nicht bloß die gefährliche nördliche Route, sondern auch die schwim-menden Eisfelder. Und so geschah es, dass die Titanic etwa 300 Seemeilen süd-östlich von Neufundland in ein treibendes Eisfeld geriet und durch einen Zusammenstoß mit einem Eisberg schwer beschädigt wurde. Der Eisberg schlitzte den stählernen Bauch der Titanic auf.

Bald nach dem Zusammenstoß begann der Dampfer zu sinken und man rief durch drahtlose Telegramme Hilfe herbei. Das Schwesterschiff der Titanic, die Olympic, ferner die Virginian eil-ten sofort zu Hilfe. Man telegraphierte, dass es vorläufig gelang, die weiblichen Passagiere und Kinder in die Rettungsboote zu bringen und an Bord der Hilfsdampfer zu schaffen. Hoffentlich bewahrheitet sich wenigstens diese Meldung."

Was Penny damals nicht wissen konnte

Die Titanic sank innerhalb von zwei Stunden und 40 Minuten nach der Kollision mit dem Eisberg. Für die Evakuierung der Passagiere wären mehr als zwei Stunden Zeit gewesen, trotzdem kamen 1.514 der über 2.200 an Bord befindlichen Menschen ums Leben.

Ein Grund dafür war, dass einfach zu wenige Rettungsboote vorhanden waren. Laut einem damals geltenden Gesetz hätte die Titanic Rettungsboote für nur 756 Personen mitführen müssen. Tatsächlich stand bei der Jungfernfahrt der Titanic für 1.178 Personen, also ungefähr für die Hälfte der etwa 2.200 Menschen an Bord, ein Platz im Rettungsboot zur Verfügung. Dies war zwar mehr als damals gesetzlich vorgeschrieben, aber trotzdem bei weitem nicht ausreichend für alle Passagiere.

Titanic-Rettungsboot

Hinzu kam, dass die Wassertemperatur des Atlantiks unter null Grad Celsius lag, als die Titanic sank. So starben unzählige Menschen nicht durch Ertrinken, sondern an Unterkühlung.

Die untergegangene Titanic galt lange Zeit als verschollen. Doch rund 73 Jahre nach dem Unglück, im September 1985, wurde das Wrack der Titanic in 3.840 Metern Tiefe vor der Küste Neufundlands (Kanada) gefunden. Aus dem Innern des Schiffes wurden Schmuck, Geschirr und Gebrauchsgegenstände geborgen.

Vergeblich suchte man aber nach einer angeblichen millionenschweren Diamantenladung, über die auch die Presse einen Tag nach dem Untergang der Titanic berichtet hatte:

„Das Riesenschiff hatte etwa 50.000 Sack Kaffee und beinahe ebenso viele Kisten Tee an Bord. Außerdem befanden sich Diamanten und Edelsteine im Gesamtwert von über hundert Millionen Mark an Bord. Die persönlichen Effekten der Reisenden repräsentierten ebenfalls einen Wert von mehreren hundert Millionen Mark. Eine einzige amerikanische Passagierin hatte beim Betreten des Schiffes dem Butler ihre Schmuckkassette übergeben, in der sich Geschmeide von mehr als drei Millionen Mark befunden haben sollen. All das ruht jetzt auf dem Grunde des Ozeans.

Perlen Diamanten, Seidenkleider und Schmuckgeräte gingen zu Grunde; Schätze, die jetzt von der gurgelnden Tiefe verschlungen sind.“

Die Titanic

Herbert war als Reporter an Katastrophen gewöhnt. Aber diese Geschichte ging ihm sehr zu Herzen. Es war nicht die Sensationslust, die ihn nicht ruhen ließ, sondern wirkliches Mitgefühl mit all den armen Menschen, die um ihr Leben gekämpft oder ihre Liebsten verloren hatten. Auch ich war sehr berührt von dieser Sache. Unvorstellbar, wenn mir damals, als ich mit einem Schiff nach London unterwegs gewesen war, so etwas passiert wäre.

Der Untergang der Titanic war eine schreckliche Katastrophe, bei der unzählige Menschen in kürzester Zeit umgekommen waren. Doch es sollte im Laufe der nächsten Jahre alles noch viel schlimmer kommen. Sehr viel mehr Menschen würden bald ihr Leben verlieren.

Ein Attentat und seine Folgen

Mit Herbert wurde es nie langweilig. Ich hatte richtig viel zu tun und war voll in meinem Element. Am 29. Juni 1914 schrieb Herbert (natürlich mit mir) einen Zeitungsbericht über ein Attentat in Sarajevo. Kein Mensch konnte damals auch nur ahnen, dass eben diese Tat eine Kette von Ereignissen auslösen würde, die zu einem Weltkrieg führen sollte:

„Der österreichische Thronfolger ermordet! Eine großserbische Verschwörung.

Mitten in den Sonntagsfrieden und die Sonntagsruhe schlug gestern die Kunde von einer entsetzlichen Bluttat, die die Geschichte der politischen Attentate um eines der schrecklichsten und folgenschwersten vermerkt: In Sarajevo, der Hauptstadt Bosnien-Herzegowinas, ist der österreichisch-ungarische Thronfolger Erzherzog Franz Ferdinand nebst seiner Gemahlin der Herzogin von Hohenberg, dem Anschlage einer serbischen Verschwörerbande zum Opfer gefallen.

Über das Attentat liegen die folgenden telegraphischen Meldungen vor:

Sarajewo 28. Juni – Als der Thronfolger und seine Gemahlin sich heute Vormittag zum Empfange nach dem Rathause begab, wurde gegen das Automobil eine Bombe geschleudert, die der Erzherzog mit dem Arme zurückstieß. Die Bombe explodierte, nachdem das erzherzogliche Automobil die Stelle passiert hatte. Die in dem nachfolgenden Automobil befindlichen beiden Herren, Graf Boos-Waldeck und der Flügeladjutant des Landeschefs, Oberstleutnant Merizzi, wurden leicht verletzt.

Die Bombe war eine sogenannte Flaschenbombe, mit Nägeln und gehacktem Blei gefüllt. Die Explosion war von großer Heftigkeit. In einem in der Nähe befindlichen Geschäftsladen wurden die eisernen Rollläden an mehreren Stellen durchschlagen. Es wurden etwa 20 Personen zumeist leicht verletzt, darunter ein Forstrat und seine Gattin, ein Advokat und mehrere Damen und Kinder. Der Attentäter ist ein Serbe namens Gabrinowitsch. Er wurde sofort festgenommen.

Nach dem festlichen Empfange am Rathause setzte der Thronfolger mit seiner Gemahlin die Rundfahrt fort. Ein serbischer Gymnasiast namens Princip feuerte aus einer Browningpistole mehrere Schüsse auf das erzherzogliche Automobil ab. Der erste Schuss, der durch das Automobil durchging, durchbohrte die rechte Bauchseite der Herzogin, der zweite Schuss traf den Erzherzog neben der Kehle und durchbohrte die Halsschlagader. Die Herzogin war sofort bewusstlos und fiel dem Erzherzog in den Schoß. Der Erzherzog verlor nach einigen Sekunden das Bewusstsein. Erzherzog Franz Ferdinand und die Herzogin wurden in den Konak gebracht und sind dort den Verletzungen nach kurzer Zeit erlegen.

*Die Ermordung des Thronfolgers von Österreich
und seiner Frau in Sarajevo*

Auch der zweite Attentäter wurde verhaftet. Die erbitterte
Menge hat die beiden Attentäter nahezu gelyncht.

Der Papst wurde von der Nachricht aus Sarajevo so erschüttert, dass er sich kaum aufrecht halten konnte. Obschon die Ärzte
ihm dringend rieten, das Bett aufzusuchen, begab sich der Papst
um 8.00 Uhr nach der Peterskirche, um am Apostelaltar für die

Seelenruhe der Ermordeten zu beten. Dabei erlitt der Papst meh-rere Ohnmachtsanfälle."

Nach diesem Attentat überschlugen sich förmlich die Ereig-nisse, was ich ehrlich gesagt nie so ganz verstanden habe. Jeder Tag brachte neue schlechte Nachrichten. Aus den Berichten Her-berts, die wir zusammen für die Zeitung schrieben, wurde mir zumindest klar, was so nach und nach passierte:

Österreich-Ungarn erklärte am 28. Juli 1914 Serbien den Krieg: *„Da die königliche serbische Regierung die Note, welche ihr vom österreichisch-ungarischen Gesandten in Belgrad am 23. Juli 1914 übergeben worden war, nicht in befriedigender Weise be-antwortet hat, so sieht sich die K. und K. Regierung (Kaiserlich und Königlich; Anm. der Autorin) in die Notwendigkeit besetzt, selbst für die Wahrung ihrer Rechte und Interessen Sorge zu tra-gen und zu diesem Ende an die Gewalt der Waffen zu appellieren. Österreich-Ungarn betrachtet sich daher von diesem Augenbli-cke an als im Kriegszustand mit Serbien befindlich.*

Der österreichisch-ungarische Minister des Äußeren: Graf Berchtold."

Als Reaktion hierauf erklärte Russland, zur damaligen Zeit en-ger Bündnispartner der Serben, Österreich-Ungarn den Krieg. Das Deutsche Reich war seinem Bündnispartner verpflichtet und erklärte hierauf Russland den Krieg.

Für die Morgenausgabe vom Sonntag, 2. August 1914, schrie-ben wir dann folgende Ankündigung, die ganz groß auf der ersten Seite zu lesen war:

__Deutschland macht mobil!__ Der Kaiser hat gestern Nachmit-tag um 5 Uhr 15 Minuten die Mobilmachung der gesamten deut-schen Streitkräfte angeordnet. Der Chef des großen Generalsta-bes begab sich ins Auswärtige Amt, wo er von diesem Beschluss Mitteilung machte. Kurz vorher war der Reichskanzler mit dem

Staatssekretär v. Jagow zum Kaiser gefahren. Als erster Mobilmachungstag gilt der heutige Sonntag.

Was seit Tagen unvermeidlich schien, das ist nunmehr geschehen: Das Deutsche Reich macht seine gesamte Kriegsmacht mobil. Nicht, weil es leichtsinnig und frivol den Krieg gewollt und gesucht hat, sondern weil diese Tat in diesem Augenblicke der natürliche Akt der Notwehr ist. Es ist das eiserne Gebot der Selbsterhaltung, das uns zwingt, die Verteidigung unseres deutschen Vaterlandes gegen die Feinde in Ost und West mit allem Ernst und aller Energie aufzunehmen. Muss es denn sein, dass wir einem furchtbaren, blutigen, leidensreichen Kriege entgegengehen, dann kann jede versäumte Stunde für uns von unermesslich verhängnisvollen Folgen sein. Darum wäre ein weiteres Zögern in diesen schicksals-schweren Tagen der schwerste Fehler gewesen, mit dem von aus der Krieg begonnen werden könnte.

Es ist müßig, jetzt über das Verderbliche des Krieges zu reden. Kein Staat der Welt ist mächtig genug, den Frieden zu diktieren, wenn der Krieg dem Friedlichsten aufgezwungen wird. Hier gibt es nun eines zu des Vaterlandes Wohl, zu des Reiches Ehre: Jeder hat die heiligste Pflicht des Staatsbürgers zu erfüllen: Mit allen seinen Kräften, mit und Blut einzustehen für das von Feinden bedrohte Vaterland bis zum letzten Atemzuge. Vergessen wir alles, was uns politisch trennt und entzweit! Es wird die Zeit kommen, wo die inneren Angelegenheiten wieder unsere große Sorge sein werden: Jetzt, in dieser Stunde, gibt es kein anderes Ziel, keine andere Aufgabe, kein anderes ehernes Muss, als dass das deutsche Volk wie ein Mann aufsteht und seine nationale Existenz verteidigt mit jeder heiligen Begeisterung, mit der unsere Väter vor vierundzwanzig Jahren über den Rhein zogen, um in Versailles das Deutsche Reich zu schaffen! Was die Väter errungen haben, das haben die Söhne jetzt zu verteidigen!

Schwer und heiß wird dieser Krieg werden, der seinesgleichen nicht in der Weltgeschichte hat, ungeheuer werden die Opfer sein, die das deutsche Volk zu bringen haben wird. Aber sie werden gebracht werden mit einer beispiellosen und grenzenlosen Hingabe an das Vaterland. In Fährden und in Nöten zeigt erst ein Volk sich echt. Nur ein Gedanke ist jetzt in jedes Deutschen Brust lebendig:

Alle sittliche und materielle Kraft, die im Deutschen Reiche lebt, werde eingesetzt zur Verteidigung des Vaterlandes! Nichtswürdig ist die Nation, die nicht ihr Alles freudig setzt an ihre Ehre!"

Ein paar Tage später traten auch Großbritannien und Frankreich in den Krieg ein. Und so begann der Erste Weltkrieg.

Das war alles gar nicht nach meinem Geschmack. Aufregung, Abenteuer und niemals Langeweile. Genau das hatte ich mir gewünscht. Aber doch nicht so. Das alles war nichts für eine zarte Frau wie mich und wurde mir langsam zu viel. Von solchen Dingen wollte ich eigentlich gar nichts wissen. Ach, wie sehr wünschte ich mir die Tage zurück, an denen ich nur über Banalitäten schreiben musste oder ich einfach bequem und müßig herumliegen konnte.

Gesichter eines Krieges

Herberts Gedanken kreisten fortan nur noch um ein Thema. Er war wie besessen davon. Dieser schreckliche Krieg und seine Auswirkungen. Herbert hielt es für seine Pflicht, die Menschen, die nicht direkt am Kriegsgeschehen beteiligt waren, über alle Vorkommnisse zügig und schonungslos zu unterrichten. So schrieben wir unzählige Berichte darüber. Nicht alle seine Texte wurden veröffentlicht. Trotzdem wurde Herbert nicht müde zu schreiben. Die Tinte floss als unaufhaltsamer Strom durch mich hindurch und so manche Tage war ich richtig erledigt.

Inzwischen zählten wir das Jahr 1915. Überall um uns herum tobte das Kriegsgeschehen. Zu gerne hätte Herbert direkt von vorderster Front berichtet. Doch wegen seiner Behinderung ließ man ihn nicht dorthin. Er verfluchte den Tag seines Unfalls in den Bergen, der ihn damals sein Bein gekostet hatte.

Herbert haderte mit seinem Schicksal. Er wurde zunehmend unzufriedener und verdrossener, wenn ihm vom Verleger der Zeitung anstatt der Kriegsberichterstattung ganz andere Aufgaben zugewiesen wurden. Unnötige „Schmierereien" (so nannte Herbert es) über Kleindiebstähle oder Frauenspielclubs. Wen interessierte das schon? Draußen kamen unzählige Männer in den Schlachten zu Tode oder wurden schwer verletzt. Und er saß fernab von dieser Hölle und war dazu verdammt, unwichtige und überflüssige Geschichten über und für Leute zu schreiben, die sich nicht einmal vorstellen konnten oder wollten, welche Grausamkeiten die Soldaten an der Front erlebten. Die Verzweiflung und Angst vieler Männer in den Schützengräben, auf dem Kriegsfeld. Nicht zu vergessen die Helfer in Lazaretten, Feldküchen, Pferdeställen und Fuhrparks, Munitionsdepots und Waffenarsenalen.

Herbert verzweifelte fast daran, dass dieses ignorante versnobte Stadt-Gesindel, wie er die Bewohner Münchens nannte, die Augen vor diesem Kriegs-Grauen verschloss. Zum Teufel, was war los mit ihnen? Hatte überhaupt jemand eine Ahnung, was dieses schreckliche Giftgas, das neuerdings als Kriegswaffe eingesetzt wurde, mit den Menschen anrichtete? Es war alles so fürchterlich. Herbert wollte, nein, er musste darüber berichten, was wirklich draußen im Kampf geschah. Er hatte mit Männern gesprochen, die schwer verletzt von der Front zurückgekehrt waren. Sie erzählten Grauenvolles. Doch dies durfte – so lautete die Anweisung von oben – auf keinen Fall an die Öffentlichkeit gelangen. Informationen, die Unsicherheit unter der Bevölkerung verbreiteten oder die Moral der Truppen untergraben konnten, sowie Berichte über den tatsächlichen Kriegsverlauf sollten nicht veröffentlicht werden. Stattdessen wurden die Niederlagen der Gegner drastisch hervorgehoben und die Tapferkeit der deutschen Truppen gelobt. Scheinheilige und Lügner! Hatten denn nicht alle ein Recht auf die Wahrheit?

Denn ganz anders sah die Realität aus. Die Namen der Verwundeten und „in Ehre für das Vaterland Gefallenen" wurden seitenweise in den Tagesblättern veröffentlicht. Die Todesanzeigen ließen nur erahnen, wie grausam manche Soldaten zu Tode gekommen waren und welchen Schmerz der Verlust bei den Hinterbliebenen hinterließ.

„Am 10. Mai starb den Heldentot fürs Vaterland
infolge eines Kopfschusses in Russland
mein heißgeliebter, unvergesslicher Gatte,
Vater von vier Kindern, die er von Herzen liebte,
unser guter Sohn und Schwiegersohn,
Bruder Schwager und Cousin
Wilhelm Hein im Alter von fast 32 Jahren."

„Ich kann es nicht fassen, es ist wie ein Traum,
dass ich von Dir, geliebter Mann,
muss lassen, auf Nimmerwiederschaun.
Dem Stamm ist die Krone gebrochen,
wir Zweiglein hängen herab.

Wer wird sie beschützen, ernähren?
Die Krone liegt ja im Grab.
Fest und mutig will ich's tragen,
was das Schicksal mir beschieden.
Will es meinen Kindern sagen,
wo der Vater ist geblieben.
Nicht nochmal in die Augen blicken,
die mich so lieb stets angeschaut.
Nicht nochmal innig an mich drücken,
das Liebste, dem ich stets vertraut.
Ruhe sanft in fremder Erde,
bis wir uns oben wiedersehn.
In namenlosem Schmerz
Meta Hein, geb. Schumann als Gattin
mit Selma, Fritz, Else und Elli als Kinder"

„Den Heldentot fürs Vaterland
starb an den Folgen schwerer Verwundung
in der Nacht zum 27. d. M. im Kriegslazarett
mein heißgeliebter Bräutigam Paul mit nur 25 Jahren …"

„Allzu früh und fern von der Heimat und seinen Lieben
starb am 9. Mai den Heldentot fürs Vaterland
unser herzlieber Sohn,
der Kriegsfreiwillige
im Erwin-Elisabeth-Reg., H. Geisler
im blühenden Alter von 18 Jahren."

Was Penny damals nicht wissen konnte

Der erste Weltkrieg war einer der ersten industrialisierten Kriege der Menschheitsgeschichte. Als erstes Land setzte Deutschland Giftgas als Kriegswaffe ein. Deutsche Zeppeline warfen Bomben ab und deutsche U-Boote versenkten zahlreiche Schiffe.

Zeppelin über Sint Goedele

Dieser Krieg, der in Europa, im Nahen Osten, in Afrika, Ostasien und auf den Ozeanen geführt wurde, dauerte bis zum Jahre 1918 an und kostete insgesamt rund 17 Millionen Menschen das Leben. Bis zum Ende des Krieges befanden sich etwa drei Viertel der Weltbevölkerung im Kriegszustand. Vier Reiche gingen zum Kriegsende unter: das osmanische Reich, die Habsburger K.u.K-Monarchie, das russische Zarenreich und das deutsche Kaiserreich.

Zu Kriegsbeginn herrschte bei der deutschen Bevölkerung noch eine nationale Begeisterung. Die Soldaten in Richtung Front wurden bejubelt, überall wehten Fahnen und man feierte den Krieg. Die Menschen in den Städten waren weit mehr begeistert als die Landbevölkerung, die durch den Einzug vieler Männer in den Kriegsdienst ihre Ernte bedroht sahen. Gleich zu Beginn des Krieges mussten in Deutschland zwei Millionen Männer in den Krieg ziehen. Die Kriegsbegeisterung ließ aber schnell nach, als die Kämpfe immer verheerender wurden.

Im Jahre 1915 war Deutschland noch eine Monarchie, die von Wilhelm II. als Staatsoberhaupt regiert wurde. Friedrich Wilhelm Viktor Albert von Preußen, so sein vollständiger Name, war von 1888 bis 1918 der letzte Deutsche Kaiser und König von Preußen. Am 8. November 1918 trat Wilhelm II. zurück und flüchtete nach Holland ins Exil.

Im Angesicht des Todes

Ich hatte geahnt, was kommen würde. Und es gefiel mir gar nicht. Herbert hielt es in der Stadt nicht mehr aus. Er wollte, nein er musste einfach dabei sein. Er war wie besessen von diesem Gedanken, selbst ganz nah am Kriegs-Geschehen teilzunehmen. So absurd konnte nur ein Mann denken. Sollte er doch froh sein,

171

nicht all dieses Grauen hautnah erleben zu müssen. War er denn völlig von Sinnen? So packte er eines Tages einen Rucksack mit dem Allernötigsten, sein Schreibzeug einschließlich mir, und machte sich auf in Richtung Front. Keiner konnte ihn aufhalten. Mir war ganz und gar nicht wohl bei dieser Sache. Abenteuer hatte ich mir zwar immer gewünscht. Doch nach allem, was ich schon über den Krieg geschrieben hatte, lockte mich dieses Geschehen überhaupt nicht. Im Gegenteil. Ich hatte eine Heidenangst und wäre froh gewesen, Herbert hätte mich nicht mitgenommen.

Wie Herbert es geschafft hatte, als Zivilist und zudem noch mit nur einem Bein, tatsächlich so nah an die Front zu gelangen, ist mir bis heute nicht klar. Auf jeden Fall fanden wir uns nach ein paar Tagen inmitten eines Kriegsgefechtes wieder. Nun hatte Herbert endlich, was er wollte. Genau darüber wollte er schreiben. Um uns herum nicht enden wollende Gewehrschüsse, detonierende Granaten und von allen Seiten das fürchterliche Schreien verwundeter Soldaten. Verzweifelte Rufe nach Hilfe, Stöhnen und Röcheln und markerschütternde Klagelaute. Es war grauenvoll. In diesem Augenblick war ich heilfroh, doch nur ein Gegenstand zu sein und kein Mensch. So war ich Gott sei Dank nicht in der Lage, körperliche Schmerzen zu spüren. Ich glaube nicht, dass ich das ausgehalten hätte.

Das Schicksal schlug blitzschnell und gnadenlos zu. Herbert kam gar nicht mehr dazu, über das Kriegsgeschehen an der Front zu berichten. Er war zur falschen Zeit am falschen Ort. Oder einfach nur zu unaufmerksam, um die drohende Gefahr richtig einzuschätzen und in Deckung zu gehen. Wums! Ein Gewehrschuss von hinten. Herberts linke Brust und Lungen von einer Patrone durchlöchert und zerrissen. Es war alles so schnell gegangen, dass er nicht einmal bewusst wahrnehmen konnte, wie er völlig unvermittelt von den Füssen gerissen wurde, nach vorne kippte und seine letzten Atemzüge tat. Ob ihm in diesem Augenblick ihm wohl klar war, dass er sterben würde? Dieser Schwachkopf! Warum musste er unbedingt freiwillig an die Front? Innerhalb weniger Sekunden war seine Kleidung blutgetränkt. Ich fühlte, wie die warme dicke Flüssigkeit mich förmlich verschlang. Es war ekelhaft, erschreckend, widerlich.

Auf diese Weise sollte es also mit mir zu Ende gehen? In der Brusttasche eines getöteten Mannes, getränkt mit dessen Blut? Würde ich mit ihm für immer in kalter Erde begraben sein? Zu meiner Schande muss ich gestehen, dass ich damals keinerlei Mitgefühl mit Herbert hatte. Sein Tod war für mich nur die logische Folge seines eigensinnigen Verhaltens gewesen. Er wollte dem Tod ins Auge sehen. Doch dieser hatte ihm diesen Gefallen nicht getan. Der Tod traf ihn von hinten, ohne dass er ihn hatte kommen sehen. Herbert hatte ihn förmlich herausgefordert. Jeder andere Mann wäre froh gewesen, nicht an diesem grässlichen Ort sein zu müssen, und hätte liebend gerne mit Herberts sicherem Platz an seinem Schreibtisch in der Stadt getauscht.

Wie durch ein Wunder kam ich noch einmal mit dem Schrecken davon. Irgendjemand schleppte den blutigen Körper Herberts zu einem Feld-Lazarett. Vielleicht war ja doch noch etwas Leben in ihm? Doch trotz aller Bemühungen gab Herbert kein Lebenszeichen mehr von sich. Er war tot. Daraufhin leerte man seine Taschen und packte alles, also auch mich, in eine Blechdose.

Bevor der Deckel geschlossen wurde, konnte ich gerade noch erkennen, was sich außer mir noch alles in der Blechdose befand. Herberts Notizblock, seine Armbanduhr, ein Taschenmesser, sein Portemonnaie und zu guter Letzt ein abgegriffenes Schwarz-Weiß-Foto, auf dem sich ein großer dunkler Blutfleck ausgebreitet hatte und gerade noch das Gesicht eines lächelnden dunkelhaarigen Jungen zu erkennen war. Dann umschloss mich wieder die Finsternis.

Es war einmal

Es machte keinen Sinn mehr, sich noch Hoffnung zu machen, dass ich jemals wieder schreiben würde. Selbst wenn irgendjemand irgendwann einmal die Blechdose öffnen würde. Wer würde schon einen Füllfederhalter haben wollen, der über und über mit dem Blut eines Toten befleckt war? Das war's dann also, Penny! Gerade einmal 30 Jahre alt geworden. Für ein Menschenleben zu kurz, aber gar nicht so schlecht für eine Füllfederhalterin!

Eingeschlossen in dieser dunklen Dose dachte ich viele Male an all meine früheren Besitzerinnen und Besitzer zurück. Es waren im Laufe der Jahre doch schon so einige gewesen. Alle mit ihrer ganz persönlichen Geschichte. Und ich hatte Teil ihrer Geschichten sein dürfen. Zwar immer nur für eine begrenzte Zeit, doch lange genug, um die Menschen und die Welt um sie herum kennen zu lernen:

Klara, die ihr neugeborenes Kind weggeben musste. Wie es ihr wohl heute erging? Hatte sie vielleicht später noch einmal ein Kind zur Welt gebracht und war glückliche Mutter geworden? Was war aus Klaras Knaben geworden?

Der Bäckermeister, der sich so sehr um seinen Sohn, der von einem tollwütigen Hund gebissen worden war, gesorgt hatte. War der kleine Joseph gesund geblieben oder hatte ihn diese heimtückische Wuth-Krankheit doch noch ereilt?

Der Arzt Doktor Weber, von dem ich so viel über die Medizin gelernt hatte. Ob er sich wohl noch so einen Apparat zur Behandlung der Frauen-Hysterie angeschafft hat?

Was war aus dem Taugenichts Paul geworden, der mich beim Glücksspiel verloren hatte? Hatte er es doch noch geschafft, vom Alkohol loszukommen und wieder ein geregeltes Leben zu führen?

Zu gerne hätte ich auch gewusst, wie es Grete, der hübschen Gattin des alten Conrad und dessen Kindern ergangen war. War es der liederlichen Grete vielleicht sogar gelungen, sich noch einmal einen vermögenden Ehegatten angeln?

Kümmerte sich Karl Nessler zwischenzeitlich wieder mehr um seine Frau Katharina, die ihm so treu und geduldig zur Seite gestanden hatte? Oder lebte er immer noch nur für seine Friseursalons?

Hatte Theresa im Kloster endlich ihre Erfüllung gefunden? Oder würde sie als vergrämte und vom Leben enttäuschte Schwester dort ein unglückliches Leben fristen?

Fragen über Fragen, auf die ich wohl niemals mehr Antworten bekommen würde. Und zum ersten Mal in meinem Leben verspürte ich Trauer und Sehnsucht. Jetzt, wo alles vorbei schien, fühlte ich, wie wichtig mir all diese Menschen gewesen waren. Auch wenn keiner von ihnen perfekt gewesen war. Vielleicht waren es gerade die Macken, die sie interessant und manche sogar liebenswert gemacht hatten?

Zehn lange dunkle Jahre

Dunkelheit, Stille und kein Ende in Sicht! Und immer wieder dieser winzige aufflackernde Hoffnungsschimmer. Vielleicht gibt es ja doch noch eine Rettung für mich! Möglicherweise? Oder vielleicht doch nicht? Vielleicht aber doch!

Es kam dann aber alles schlimmer, als ich mir ausgemalt hatte. Ich musste die nächsten zehn unvorstellbar langen Jahre in dieser dunklen Blechdose verbringen. Ohne jegliche Abwechslung. Es passierte nichts, einfach gar nichts. Ich war nicht tot, aber vielleicht würde der Tod sich genauso anfühlen.

Auch jeder Versuch, Kontakt zu den anderen Gegenständen in der Dose aufzunehmen, scheiterte kläglich. Es waren halt keine Menschen, nur Dinge. Leblos, kalt und zu keinerlei Empfindungen fähig. Wieder wurde mir meine Einzigartigkeit bewusst. Ich konnte denken, fühlen, verstehen. Ich war etwas Besonderes.

Doch was nutzte mir das, wenn ich mich nicht bewegen konnte und aus eigener Kraft diesem Gefängnis entfliehen?

Nur ein einziges Mal während dieser langen Zeit wurde ganz kurz der Deckel der Blechdose geöffnet. Wieder dieser leise aufflammende Funken Hoffnung. Doch so schnell, wie er aufkeimte, so schnell war er auch schon wieder erloschen. Denn ebenso rasch wurde der Deckel auch schon wieder geschlossen. Niemand interessierte sich für mich. Aber es war ein wenig enger geworden, denn irgendjemand hatte einen dicken Brief in die Dose gelegt. Zu gerne hätte ich gewusst, was darin stand. Es wäre wenigstens ein bisschen Abwechslung gewesen.

Die Zeit in der Blechdose war unendlich. Ich fühlte mich wie lebendig begraben. Mein Verstand trocknete langsam ein, gerade so wie meine Tinte. Vielleicht wäre es doch besser gewesen, zusammen mit Herbert begraben worden zu sein. Dann wäre ich jetzt zumindest schon verrottet. Hin und wieder ließ ich noch meine Gedanken schweifen. Doch auch das ließ mit der Zeit nach. Und schließlich umgaben mich nur noch erdrückende Stille und tiefschwarze Leere.

Felix, meine Rettung

So hätte meine Geschichte nun enden können. Wäre da nicht dieser eine Tag im Jahre 1925 gewesen, an dem ein junger Mann diese mir so verhasste Blechdose öffnete. Sollte das Schicksal mir tatsächlich noch einmal eine Chance geben?

Dieser junge Mann nahm zögerlich alle Gegenstände aus der Blechdose und breitete sie vor sich auf dem Tisch aus. Vorsichtig griff er dann nach dem alten Foto und betrachtete es sehr lange. Seine Hände begannen plötzlich zu zittern und ein schmerzlicher Seufzer entrann seinen zusammengepressten Lippen. Was hatte den jungen Mann denn so aus der Fassung gebracht? Endlich konnte auch ich das Foto genau sehen. Herberts Blut hatte einen großen dunklen Fleck darauf hinterlassen. Trotzdem erkannte ich es sofort. Die Ähnlichkeit zwischen dem Jungen auf dem Foto und dem jungen Mann, der die Dose geöffnet hatte, war unverkennbar. Konnte das möglich sein? Ohne jeden Zweifel! Der kleine Junge auf dem Foto und der junge Mann waren ein und dieselbe Person. Er musste es sein.

Ich könnte jetzt lang und breit erzählen, wie ich die Geschichte zu diesem Foto erfuhr. Aber machen wir es einfach kurz:

Herbert, also mein Herbert, mit dem ich in den Krieg gezogen war, war tatsächlich der Vater dieses Jungen. Hatte seine Freundin feige sitzengelassen, nachdem sie schwanger wurde, und war nach München abgehauen. Nachdem die Mutter dann schon bald nach Geburt des Jungen, den sie Felix taufen ließ, an einer Krankheit verstarb, wuchs Felix bei seinen Großeltern auf, ohne je mehr über seinen Vater erfahren zu haben. Seine Mutter hatte ihm jedoch einen Brief hinterlassen, den man ihm später, wenn er erwachsen sein würde, geben solle. Hier würde er die ganze Wahrheit über seinen Vater erfahren. Die Großeltern hatten die ganze Zeit über Kontakt zu Herbert gehabt, immer in der Hoffnung, er würde sich doch einmal für seinen Sohn interessieren. Doch vergebens. Herbert, dieser Dreckskerl, ließ auch seinen eigenen Sohn im Stich. Ich war bitter enttäuscht von meinem letzten Besitzer.

Die Blechdose, in der ich mich befand, war wohl bei den Großeltern gelandet, weil diese Adresse die einzige gewesen war, die nach dem Tode Herberts bekannt war. Nun war es für die Großeltern an der Zeit, Felix den Brief seiner Mutter und gleichzeitig die Hinterlassenschaften von Herbert zu übergeben. Ob dies der richtige Zeitpunkt war, bezweifle ich. Denn der junge Mann hatte schwer an der Wahrheit zu knabbern. Sie rückte sein ganzes bisheriges Leben in ein anderes Licht. Letztendlich schien er aber dann doch seinen Frieden damit gemacht zu haben. Die Gegenstände aus der Blechdose hütete er fortan wie einen wertvollen Schatz. Und was soll ich sagen: Für Felix schien sogar ich, trotz meines ziemlich lädierten Zustandes, von Wert zu sein.

So brachte er mich eines Tages weg, um mich reparieren zu lassen. Mein ehemals wertvolles „Hinterteil" aus schwarzem Ebenholz, das durch Herberts Blut schwer in Mitleidenschaft gezogen war, wurde durch ein neues ersetzt. Zwar war das neue Gehäuse aus Mahagoniholz nicht ganz so edel, doch gefiel mir – wie jeder Frau – meine Typveränderung ganz gut. Ich wurde gewaschen, gespült und bekam einen neuen Tintenbehälter. Ach, das fühlte sich so gut an. Bald war ich wieder wie neu. Einzig der kleine Edelstein, der meine Feder schmückt, hatte die Jahre unbeschadet überlebt und funkelte noch immer. Ich sah einfach toll aus! Und so kam es, dass ich fortan zu Felix neuer ständiger Begleiterin wurde.

Felix studierte zu jener Zeit Medizin an der Universität in Göttingen. Wieder hatte ich das Glück, viele neue Dinge dazulernen zu dürfen. Ein paar medizinische Grundkenntnisse brachte ich ja schon mit aus meiner damaligen Zeit mit Dr. Weber.

Völlig uninteressant Dir zu erzählen, welche Hausaufgaben, Klausuren oder Studienarbeiten wir schrieben. Vielmehr möchte ich Dir gerne von einer Sache berichten, an die ich mich bis heute mit Grauen erinnere. Denn neben all diesem wissenschaftlichen Kram schrieb Felix auch alles auf, was ihm wichtig erschien. Nein, er führte kein Tagebuch. Vielmehr war es ein Sammelsurium aus Gedanken, Ideen und Erlebnissen. Er war halt doch der Sohn seines Vaters. Die Leidenschaft des Schreibens hatte er wohl ihm zu verdanken.

Im Herbst 1925 schrieb Felix ein paar Seiten, die ich nie vergessen werde. Ich weiß noch jedes einzelne Wort, das damals aus meiner Feder floss. Seine Beschreibung eines recht sonderbaren Erlebnisses begann so:

,, 'Warte, warte nur ein Weilchen,
bald kommt Haarmann auch zu dir,
mit dem kleinen Hackebeilchen,
macht er Schabefleisch aus dir.
Aus den Augen macht er Sülze,
aus dem Hintern macht er Speck,
aus den Därmen macht er Würste
und den Rest, den schmeißt er weg.
In Hannover an der Leine,
Rote Reihe Nummer 8,
wohnt der Massenmörder Haarmann,
der schon manchen umgebracht.
Haarmann hat auch ein' Gehilfen,
Grans hieß dieser junge Mann.
Dieser lockte mit Behagen
alle kleinen Jungen an.*

Warte, warte nur ein Weilchen,
bald kommt Haarmann auch zu dir,
mit dem kleinen Hackebeilchen,
macht er Schabefleisch aus dir.
Aus den Augen macht er Sülze,
aus dem Hintern macht er Speck,
aus den Därmen macht er Würste
und den Rest, den schmeißt er weg.'

Es läuft mir noch jedes Mal eiskalt den Rücken herunter, wenn ich an diese Strophen denke. Wie oft schon habe ich Leute dieses Lied singen hören. Ich bin mir sicher, sie haben keine Ahnung, welch schreckliche wahre Geschichte sich hinter diesen Zeilen verbirgt. Auch ich hatte lange geglaubt, dies sei nur ein Kinderlied, um – wie eben in jenen Zeiten so üblich – unartige Kinder zu erschrecken. Doch weit gefehlt!

Zum allerersten Mal hörte ich dieses Lied im Frühsommer 1925 meinen Kommilitonen Karl aus Hannover singen. Er studierte damals wie ich Medizin an der Universität zu Göttingen. Wir hatten im vergangenen Semester zur selben Zeit gemeinsam den Kursus Rechtsmedizin besucht. Zugegebenermaßen gehörten diese Stunden nicht gerade zu unseren Lieblingsvorlesungen, sie waren jedoch unvermeidbar. Für jeden Medizin-Studenten ist es leider unumgänglich, sich für einen erfolgreichen medizinischen Abschluss auch grundlegende Kenntnisse im Leichenwesen, in der Todesfeststellung, der Toxikologie und Alkohologie, in Leichenschau und Bestattungswesen sowie weiteren unschönen Dingen anzueignen. Ich selbst kenne nicht einen einzigen Medizin-Studenten, der diese Kurse gerne besucht hat. An den Geruch einer Leiche und der Konservierungsmittel muss man sich nämlich erst einmal gewöhnen. Und noch mehr an das Aussehen von Lei-

chen. Mit eisiger grauer Haut, die sich ledrig anfühlt, und glattrasiert liegen sie vor einem. Wie in einem Gruselkabinett. Nichts für zarte Gemüter. Es kostet wahrlich sehr viel Selbstüberwindung, um an totem Menschenfleisch für die Wissenschaft herumzuschneiden.

Als Assistent erhielt ich eines Tages von meinem Professor den Auftrag, für seine medizinischen Studien, die er am nächsten Tage zusammen mit mir durchführen wollte, aus dem Keller der rechtsmedizinischen Fakultät ein bestimmtes Gefäß mit einem präparierten Kopf zu holen. Den Ort, wo ich dieses gläserne Gefäß finden würde, hatte er mir ganz genau beschrieben. Ich war ganz und gar nicht begeistert, diesen dunklen Keller aufzusuchen, über den auf dem Campus unzählige Gruselgeschichten kursierten. Doch was blieb mir übrig, wenn ich den Professor nicht verärgern wollte? Also ging ich noch am Abend nach der Vorlesung in den Keller. Dort unten war es noch unheimlicher, als ich befürchtet hatte. Die wenigen nackten Glühbirnen gaben nur unzureichend Licht, es war totenstill und überall hing dieser undefinierbare unangenehme Geruch.

Kaum hatte ich den Raum betreten, wo Präparate unterschiedlichster Art dicht beieinander stehend in raumhohen Regalen aufbewahrt wurden, ging mit einem Mal das Licht aus. Ich erschrak beinahe zu Tode. Musste denn gerade jetzt der Strom ausfallen? Hektisch suchte ich in meiner Hosentasche nach einem Feuerzeug und konnte es gar nicht schnell genug entzünden. Im flackernden Schein des Feuerzeuges wirkte alles noch gruseliger, und die Dunkelheit dahinter noch finsterer. Das Licht der kleinen Flamme warf tanzende Schatten an die Wände, die allesamt nach mir zu greifen schienen.

Schon die ganze Zeit hatte ich das Gefühl, beobachtet zu werden. War da nicht jemand? Hatte sich nicht gerade etwas bewegt? Oder bildete ich mir das alles nur ein? Natürlich, meine Angst spielte mir einen Streich. Ich war ein solcher Hasenfuß! Es gab wirklich überhaupt keinen Grund sich zu fürchten. Alles, was hier unten aufbewahrt wurde, war doch schon längst tot und konnte sich gar nicht bewegen. Trotzdem raste mein Puls vor Aufregung, mein Hemd klebte schweißnass an meinem Körper.

Plötzlich streifte etwas ganz leicht meine Wange. Ein kalter Luftzug. In meiner Panik glaubte ich jedoch, eine leichte Berührung gespürt zu haben. Jetzt nur nicht die Nerven verlieren! Grabesstille um mich herum und bei jedem noch so leisen Geräusch, das meine Schuhe bei Gehen verursachten, zuckte ich zusammen.

Dumm, dass mir gerade jetzt der Film wieder einfiel, den ich am Abend zuvor gesehen hatte: „Das Cabinet des Dr. Caligari". Ein Film, der die Geschichte des wahnsinnigen Dr. Caligari erzählt, der mit Hilfe eines Schlafwandlers namens Cesare eine kleine norddeutsche Stadt in Angst und Schrecken versetzt. Bloß nicht daran denken und einfach weiter nach dem Präparat suchen!

Die Bestie im Glas

Endlich hatte ich auf einem der hinteren Regale das gesuchte Präparat entdeckt. Den Inhalt konnte ich im Halbdunkel nicht genau erkennen, nahm aber an, es handele sich um einen präparierten Affenkopf. Genau in dem Moment, als ich die Hände nach dem Glas mit dem Präparat ausstreckte, vernahm ich von ferne einen leisen Singsang. Erst ziemlich undeutlich, dann ein immer bedrohlicher werdendes Wispern. Ich erstarrte förmlich in meiner Bewegung.

,Warte, warte nur ein Weilchen,

bald kommt Haarmann auch zu dir,

mit dem kleinen Hackebeilchen,

macht er Schabefleisch aus dir.

Aus den Augen macht er Sülze,

aus dem Hintern macht er Speck,

aus den Därmen macht er Würste

und den Rest, den schmeißt er weg.‘

Bildete ich mir das alles nur ein oder geschah das wirklich? Gänsehaut überzog meinen ganzen Körper und ich wagte nicht einmal mehr zu atmen. Eiseskälte legte sich wie ein bleierner Mantel um mich. Was ging hier vor? Ich wollte nur noch weg von diesem grauenhaften Ort. Nichts wie raus hier, bevor die Panik mich völlig übermannte! Ich packte das Glas, versuchte loszurennen, wirbelte um die eigene Achse und nahm im selben Augenblick wahr, was ich da in Händen hielt. In dem Glas schwamm ein abgetrennter menschlicher Schädel.

Welch fürchterlicher Anblick! Das Grauen kroch in jede Faser meines Körpers. Obwohl die Augen geschlossen waren, schien der Körperlose mich böse grinsend anzustarren. Steif vor Schrecken war ich gleichsam in meiner eigenen Bewegung erstarrt. Der Kopf eines Mannes mit schütterem rotem Haar und Schnauzbart schwebte in einer farblosen Flüssigkeit. Sein Mund war fest geschlossen und dennoch glaubte ich, ihn leise singen zu hören. Die feinen roten Haare bewegten sich wie Seegras, das in den Wellen hin- und herwiegt. Gleich würde er die Augen öffnen und mich mit seinen toten Augen anstarren! Ein einziger Alptraum! Felix, jetzt reiß Dich zusammen! Das ist nicht real! Ich versuchte Ruhe zu bewahren, obwohl mein Herz so laut klopfte, dass ich glaubte, das Pochen von den Wänden widerhallen zu hören. Durchatmen, Augen schließen und konzentrieren!

*Nachdem ich wieder einen halbwegs klaren Gedanken fassen
konnte und dem ersten Reflex, das Glas fallen zu lassen und
blindlings davonzulaufen, widerstanden hatte, traute ich mich,
im Schein meiner Feuerzeugflamme den Kopf etwas genauer zu
betrachten. Mein Puls raste noch immer, doch die erste Panik
war verflogen. Trotzdem, nichts wie raus aus diesem Keller und
das Präparat endlich loswerden.*

*Am nächsten Morgen fragte mich Professor Dr. Burg mit einem
ziemlich gemeinen Grinsen, wie es denn gewesen sei, so alleine
mit dem Massenmörder, dem Vampir, dem Schlächter und Kanni-
balen Haarmann allein im dunklen Keller gewesen zu sein. Er
klärte mich auf, dass es ihm gelungen war, den Kopf des Massen-
mörders Fritz Haarmann, den man in Hannover mit dem Fallbeil
hingerichtet hatte, für unser Institut zu beschaffen. Der Kopf
Haarmanns solle im Dienste der Wissenschaft für die Nachwelt
erhalten bleiben. Und sicherlich wäre er auch gut für das eine
oder andere Experiment, um zu belegen, dass man Verbrecher an
der Physiognomie oder an Besonderheiten im Gehirn erkennen
könne.*

Fritz Haarmann, der Schlächter von Hannover

*Ich hatte von Haarmann noch nie zuvor gehört. Doch Professor
Dr. Burg konnte mir mehr über ihn erzählen. Friedrich „Fritz"
Haarmann wurde im Oktober 1879 geboren und hatte eine
schlimme Kindheit gehabt. Sein größerer Bruder hatte ihn wohl
sexuell missbraucht und so kam es, dass er selbst früh straffällig
wurde und später selbst an Kindern sexuellen Missbrauch
beging. Zeitweise war er in eine Heilanstalt eingewiesen worden,
wo man ihm unheilbaren Schwachsinn attestierte.*

Kaum zu glauben, aber trotzdem wurde Haarmann im Jahre 1900 zum Militär eingezogen, wo man dann aber ebenfalls nach mehreren Monaten Aufenthalts im Lazarett eine hebephrene Schizophrenie bei ihm feststellte. Mehrere seiner späteren Versuche, danach im Berufsleben Fuß zu fassen (er hatte eine Schlosserlehre gemacht und eine Unteroffiziersschule des Heeres besucht), scheiterten, ebenso seine beiden Verlöbnisse.

Haarmann führte fortan ein Leben als Kleinkrimineller, der wegen Unterschlagungen, Diebstählen, Einbrüchen und Hehlerei insgesamt 17mal verurteilt wurde. Gleichzeitig benutzte ihn aber die Polizei wegen seiner guten Kontakte zum Rotlichtmilieu und zu anderen Kriminellen als Spitzel. Haarmann lieferte der Polizei oft wertvolle Hinweise und so galt er bei der Polizei bald als Vertrauensmann. Man hatte ihm sogar einen Polizeiausweis ausgestellt.

Haarmann hatte in der Straße Rote Reihe 2 im Hannover Altstadtviertel gewohnt, das als Rotlichtmilieu bekannt ist. Sein Geld verdiente er mit dem Handel von Altkleidern, Altwaren und Fleischkonserven. Über viele Jahre pflegte Haarmann eine homosexuelle Liebesbeziehung zu Hans Grans, der 20 Jahre jünger als er und ebenfalls ein Kleinkrimineller war.

Der Professor erzählte mir, dass Haarmann im Laufe der letzten sechs Jahre seines Lebens mindestens 24 junge Männer auf bestialische Weise umgebracht habe. Da Haarmann homosexuell war, nahm er sich zu jener Zeit immer wieder „Puppenjungs“ mit nach Hause. Mithilfe seines Polizeiausweises gelang es ihm ganz leicht, sich – meist in den Wartesälen des Hauptbahnhofes – seine Opfer auszusuchen. Er versprach den jungen Männern Unterkunft und Essen im Gegenzug für Sex. Im Rausch biss er dann angeblich seinen Opfern die Kehle durch und zerlegte anschließend ihre Leichen.

Die Einzelheiten sind so grauenhaft, dass sie mich später nächtelang in meinen Träumen verfolgten und ich nicht wage, sie hier noch einmal niederzuschreiben. Nur so viel sei gesagt, dass Haarmann die Knochen der Leichen in den Fluss Leine warf und die Kleidung seiner Opfer verkaufte. Was er mit dem Fleisch der Leichen machte, kann nur vermutet werden. Auf jeden Fall gab es Gerüchte, er habe es zu Sülze, Buletten und Konserven verarbeitet.

Angeblich war ihm bei der Beschaffung der Opfer auch sein Freund Hans Grans behilflich. Da es sich bei Haarmanns Opfern meist um junge Obdachlose, Herumtreiber oder Kriminelle handelte, fiel deren Verschwinden oft gar nicht auf. Hätten nicht zufällig Kinder beim Spielen menschliche Schädel in der Leine gefunden und dadurch die Ermittlungen ausgelöst, die Haarmann letztlich als Mörder überführten, so wären der Bestie wahrscheinlich noch mehr Menschen zum Opfer gefallen.

Haarmann hatte nach seiner Verhaftung zunächst beharrlich seine Unschuld beteuert. Doch nachdem er tagelang vernommen worden war und im Flussbett weitere 300 Knochen von mindestens 22 Menschen gefunden worden waren, war Haarmann überführt. Ein psychiatrisches Gutachten erklärte Haarmann nach sechswöchiger Untersuchungszeit für voll zurechnungsfähig.

Der Gerichtsprozess dauerte ganze 14 Tage und letztlich wurde Haarmann vom Schwurgericht Hannover am 19. Dezember 1924 wegen Mordes an 24 jungen Männern im Alter von 10 bis 22 Jahren zum Tode verurteilt. Und dies für jeden Mord einmal. Die Zahl seiner Morde wird noch höher vermutet, doch konnten ihm nur 24 Tötungsdelikte nachgewiesen werden. Haarmann wurde am 15. April 1925 mit dem Fallbeil enthauptet.

Der Professor erzählte mir, Haarmann hätte sich schon während der Verhandlungen darüber gefreut, dass er nun berühmt sei. Sein Wunsch war, auf dem Klages-Markt in Hannover vor laufenden Kameras hingerichtet zu werden, damit die ganze Welt von seinen Taten erfahren sollte. Bei Gericht hatte er einmal laut geschrien: ,Ich will geköpft werden, dann bin ich wenigstens endlich tot. Aber mein letztes Wort soll ein Fluch für meinen Vater sein.' Seinen Vater hatte er wohl zeitlebens gehasst.

Haarmann war anscheinend völlig größenwahnsinnig gewesen und auch zu keiner Reue fähig. Er wollte vor seinem Tod noch einen Roman schreiben und wünschte sich, dass er als Berühmtheit in die Kinos käme. Außerdem wollte er sich ein Denkmal bauen lassen, das sich die Menschen noch in eintausend Jahren ansehen könnten. Einmal soll er gesagt haben: „Wenn ich so gestorben wäre, dann wäre ich beerdigt worden und keiner hätte mich gekannt.

So aber – Amerika, China, Japan und die Türkei, alles kennt mich."

Dieser Bestie also hatte ich in der Nacht im Keller des rechtsmedizinischen Instituts ins Gesicht geschaut. Natürlich war es nur ein lebloser Körperteil gewesen. Doch wer weiß schon, ob all das Böse, das Haarmann in seinem Kopfe trug, nicht doch noch in irgendeiner Form weiterlebte. Ich mag es mir gar nicht vorstellen.

Was Penny damals nicht wissen konnte

Der Massenmörder Fritz Haarmann ist am 15. April 1925 durch den Magdeburger Scharfrichter Carl Gröpler im Gefängnishof des Landgerichts Hannover – ganz gegen seinen großen Wunsch – völlig unbemerkt von der Öffentlichkeit mit dem Fallbeil enthauptet worden.

Fritz Haarmann (1879-1925)

189

Der Totenschädel Haarmanns war zunächst dem Hirnforschungsinstitut in München zu Forschungszwecken überlassen worden. Vier Hirnschnitte daraus befinden sich noch heute dort. Bei den Untersuchungen wurde festgestellt, dass Haarmann wohl irgendwann einmal eine Hirnhautentzündung gehabt hatte, die in einigen Fällen zu Hirn- und Wesensveränderungen führen kann. Der Schädel wurde präpariert und anschließend dem Anatomischen Institut der Universität Göttingen zur Aufbewahrung übergeben. Erst knapp 90 Jahre später wurde der Kopf Haarmanns eingeäschert. Anschließend wurde die Asche des Kopfes im März 2014 auf einem anonymen Gräberfeld in Göttingen bestattet.

Zur Verkündung des Urteils im Jahre 1924 gegen Haarmann war im Berliner Tagesblatt am 19. Dezember folgender Bericht erschienen:

„Haarmann und Grans zum Tode verurteilt.
Heute Vormittag gegen 11 Uhr wurde im Haarmann-Prozess das Urteil verkündet. Der Angeklagte Fritz Haarmann wird wegen Mordes in 24 Fällen unter Freisprechung der Anklage in drei Fällen 24mal zum Tode verurteilt. Auch werden ihm die bürgerlichen Ehrenrechte auf Lebenszeit aberkannt.

Der Angeklagte Kaufmann Hans Grans wird wegen Anstiftung zum Mord in einem Falle zum Tode, sowie wegen Beihilfe zum Morde zu 12 Jahren Zuchthaus verurteilt; auch ihm werden die bürgerlichen Ehrenrechte aberkannt. Die Kosten des Verfahrens …….

Zur Urteilsverkündung im Haarmann-Prozess war der Andrang ganz besonders stark, der Zuhörerraum dicht gefüllt. Für die Urteilsverkündung waren besondere Vorsichtsmaßregeln getroffen, da bekannt geworden, daß von gewisser Seite ein Attentat auf Haarmann geplant sei. Zum Schutze der Angeklagten ist des-

halb ein besonderes Aufgebot von Schutzpolizisten im Saale auf-
gestellt, das den Zuhörerraum von den übrigen Ein- und Ausgän-
gen des Saales trennt. Das Publikum wird vor dem Betreten des
Saales einer Waffendurchsuchung unterzogen.

Um ½ 11 Uhr betritt der Gerichtshof den Saal. Landgerichtsdi-
rektor Böckelmann eröffnet die Verhandlungen und macht den
Angeklagten Grans darauf aufmerksam, daß er im Falle Han-
nappel eventuell nicht wegen Anstiftung, sondern wegen Beihilfe
zum Morde verurteilt werden würde. Es werde ihm deshalb Ge-
legenheit zur Verteidigung gegeben. Da das Wort weder vom An-
geklagten Grans noch von der Verteidigung gewünscht wird,
zieht sich das Gericht darauf nochmals zur Beschlussfassung zu-
rück. Darauf wird das oben wiedergegebene Urteil vom Vorsit-
zenden verkündet.

Begründung des Urteils: In seiner Begründung des Urteils ging
der Vorsitzende zunächst auf den Lebensgang Haarmanns ein,
soweit die Frage in Betracht kommt, ob Haarmann straf-recht-
lich die Verantwortung trägt, oder ob § 51 St.G.B. zur Anwen-
dung zu kommen habe. In dieser Hinsicht hat sich das Gericht
einstimmig den Gutachten der Sachverständigen angeschlossen,
wonach Haarmann weder geisteskrank noch Epileptiker ist, und
zur Zeit der Tat nicht im Zustand der Bewusstlosigkeit gehandelt
hat.

Auch ist eine krankhafte Störung der Geistestätigkeit im Augen-
blick nach der Tat nicht festzustellen.

Der Vorsitzende begründet diese Ansicht mit der durchaus raf-
finierten Art, wie Haarmann sich den Lebensunterhalt durch Bet-
teln und Diebstähle verschaffte, wie er in überlegter Weise den
Ausweis des Detektivinstitutes angefertigt und gebraucht hat, wie
er der Polizei Zuträgerdienste leistete, offenbar zu dem Zwecke,

um von der Polizei nicht zu sehr beobachtet zu werden. Auch Jugendirrsinn, der ursprünglich angenommen worden war, habe niemals bestanden. Die früheren Gutachten sind offenbar durch Täuschung der Ärzte durch Haarmann zustande gekommen und von falschen Voraussetzungen ausgegangen.

Das Gericht kam nicht zu der Ansicht, daß Haarmann, wie er behauptet, seine Opfer in einem geschlechtlichen Rausch getötet hat, sondern bei vollem Bewusstsein. Haarmann hat offenbar bezüglich der Todesart nicht die volle Wahrheit gesagt. Es ist vielmehr anzunehmen, daß er mit vollem Bewusstsein gehandelt hat, weil nur so möglich war, die Tötungshandlungen so genau abzuwägen, daß der Tod ohne Kampf und ohne Lärm der Opfer herbeigeführt werden konnte.

Haarmann handelte vorsätzlich und mit Überlegung und beging die Mordtaten, teils um seine sexuellen Neigungen zu befriedigen, teils aus Gewinnsucht, um sich in den Besitz der Kleidungsstücke setzen. Daß er auch Fleisch verwertet hat, erscheint wohl wahrscheinlich, konnte aber nicht nachgewiesen werden. Das Gericht ist überzeugt, daß er mit voller Überlegung seine Opfer sich an die Wand legen ließ und durch Festhalten der Hände und Auflegen des Körpergewichts wehrlos gemacht, zum Teil aber auch im Schlafe erwürgt hat. Die Behauptung Haarmanns, alle Opfer durch Biß getötet zu haben, erscheint dem Gericht nicht glaubwürdig, das auch hier volle Überlegung angenommen hat.

Auch in den ersten Fällen Rothe und Franke kam das Gericht zu der Überzeugung, daß Mord vorliegt. Der Vorsitzende bespricht dann die einzelnen Fälle und erklärt, daß Haarmann in den Fällen Hennies, Bod und Wolf wegen Mangels an Beweisen freigesprochen werde.

Der Vorschlag des Angeklagten Haarmann, einfach einen Fall

dazuzuschreiben, komme für das Gericht nicht in Frage. Haarmann ist nur verurteilt worden in den Fällen, wo das Gericht von seiner Schuld fest überzeugt ist. Ausgeschlossen ist es nicht, daß Haarmann auch in den Fällen Bod, Wolf und Hennies der Täter ist. Aber die Beweismittel reichten zur Überführung nicht aus. Mit Rück-sicht darauf, daß der Angeklagte wenigstens auch zum Teil aus Habsucht gehandelt hat und angesichts der Gesinnung, die er bei der Tötung gezeigt hat, sind ihm auch die bürgerlichen Ehrenrechte auf Lebenszeit aberkannt worden.

Der Vorsitzende kommt dann zu Grans. Das Gericht habe in den beiden Fällen, in denen dem Angeklagten Anstiftung zum Mord zur Last gelegt wird, eine solche nur festgestellt im Falle Wittig, dagegen nicht im Falle Hannappel. Das Gericht hat in diesem Falle Beihilfe angenommen. Grans hat behauptet, er wisse von nichts. Er bestreitet auch jede Hehlerei. Dieses Nichtwissen ist widerlegt. Grans hat in Haarmann ein Objekt entdeckt, aus dem sich für seine egoistischen Zwecke viel gewinnen und herausholen ließ. Die Angabe des Haarmann, dass er Grans schon von der Tötung Friedel Rothes Kenntnis gegeben habe, erscheint durchaus glaubwürdig. Ist das richtig, dann ist der Einfluss von Grans auf Haarmann so zu erklären, dass Haarmann fürchtete, Grans könne ihn verraten. Das Gericht ist der Überzeugung, daß Grans auch von den übrigen Morden wusste. Im Falle Wittig hielt das Gericht für erwiesen, daß Haarmann von Grans zu dem Mord angestiftet wurde, im Falle Hannappel bestanden Zweifel, daß die Absicht, Hannappel zu töten, lediglich von Grans ausgegangen ist.

Haarmann erbittet dann noch das Wort zu folgender Erklärung: „Das Urteil nehme ich voll und ganz an, trotzdem mir mehrere Fälle zur Last gelegt werden, in denen ich nicht schuldig bin."

Damit sind die Verhandlungen im Haarmann-Prozess nach vierzehntägiger Dauer beendet. Haarmann nahm das Urteil gefasst entgegen. Grans dagegen machte einen sehr niedergeschlagenen Eindruck. Er unterdrückte nur mit Mühe die Tränen."

Die **Todesstrafe** wurde übrigens in der Bundesrepublik Deutschland im Mai 1949 mit Verabschiedung des Grundgesetzes abgeschafft. Der letzte Straftäter, der in Tübingen mit dem Fallbeil hingerichtet wurde, war der 24-jährige Raubmörder Richard Schuh im Februar 1949. Dies war die letzte Hinrichtung, die von einem westdeutschen Gericht angeordnet wurde.
In der ehemaligen DDR hielt man länger an der Todesstrafe fest. Im September 1972 wurde zum letzten Mal ein nicht-militärisches Todesurteil vollstreckt, nämlich am Kindermörder Erwin Hagedorn aus Eberswalde.
Der letzte Mensch überhaupt, der in Deutschland hingerichtet wurde, war der Stasi-Offizier Werner Teske, der am 6.6.1981 wegen angeblicher Spionage und versuchten Hochverrates in der DDR erschossen wurde.

Na, das war eine Geschichte! Nichts für zarte Gemüter wie mich. So etwas Gruseliges hatte ich bis dahin noch nie geschrieben. Schon beim Schreiben fürchtete ich mich. Andererseits war ich fasziniert und hoffte, Felix hätte noch mehr solch spannender Geschichten auf Lager. Nun war ich endlich wieder in meinem Element. Aufregung, Abenteuer! So hatte ich mir das immer gewünscht. Doch leider blieb diese Geschichte für mich die einzige aufregende in Felix Leben.

Felix beendete sein Medizin-Studium dann ein paar Jahre später mit Bravour. Er wurde Arzt und eröffnete seine eigene kleine Praxis. Er lernte eine nette Frau kennen, die ihm in der Praxis half und mit der er eine Familie gründete. Zwei Töchter und ein Sohn waren sein ganzer Stolz. Eine richtige – eigentlich langweilige – Vorzeigefamilie. Und ich war Teil dieser Familie. Zu jener Zeit war ich mir ganz sicher gewesen, dass ich für den Rest meines Daseins bei Felix und seiner Familie bleiben würde. Dort fühlte sich alles so richtig, so normal an. Vielleicht wurde ich langsam alt. Aber ich genoss die Bequemlichkeit, gewöhnte mich an die fast immer gleichen Tagesabläufe und war einfach nur zufrieden.

Eine Verwechslung und ihre Folgen

Ich hatte überhaupt nicht damit gerechnet, dass sich mein „Leben" jemals wieder ändern könnte. Doch ein kleiner, eigentlich unbedeutender Vorfall veränderte alles. Warum habe ich bloß damals nicht besser aufgepasst? Nie hätte das passieren dürfen. Es war meine Schuld!

Es geschah im Spätsommer 1938. Wieder einmal begleitete ich Felix bei einem seiner Hausbesuche. Ein älterer Herr, der auf Urlaub in der Stadt weilte, war krank geworden und hatte nach einem Arzt rufen lassen. Da es ihm so schlecht ging, dass er sein Hotelzimmer nicht verlassen konnte, waren wir zu ihm ins Hotel gefahren. Nachdem Felix den Herrn untersucht hatte, wollte er ein Rezept ausstellen. Und zum allerersten Mal, seit ich mit Felix zusammen war, passierte es, dass in einem so wichtigen Moment mein Tintenbehälter leer war. Was ja eigentlich nicht so schlimm gewesen wäre. Eigentlich ... aber ...

Der alte Mann gab Felix kurzerhand einen seiner Füllfederhalter zum Schreiben. Die beiden Männer kamen ins Gespräch und verplauderten sich. Es war offensichtlich, dass Felix von dem älteren Herrn fasziniert war. Trotz seines hohen Alters hatte dieser eine jugendliche und, ich möchte fast sagen, spitzbübische Art an sich. Das war sogar mir gleich aufgefallen. Eigentlich stehe ich ja nicht auf ältere Männer. Aber dieser Herr wäre so ganz nach meinem Geschmack gewesen. Irgendetwas an ihm zog mich in seinen Bann.

Felix, der durch die Plauderei mit dem alten Mann nun doch ein wenig in Zeitnot geraten war, versprach, am nächsten Tag wiederzukommen und vor dessen Abreise noch einmal nach ihm zu sehen. Unaufmerksam und unbeabsichtigt steckte er plötzlich den fremden Füllfederhalter in seine Tasche und ließ mich einfach liegen. Welch verhängnisvolle Verwechselung! Felix verabschiedete sich höflich und schon war er weg. Seinen Fehlgriff hatte er nicht einmal bemerkt.

Erst war ich geschockt. Aber ich fasste mich schnell wieder, denn ich hatte ja gehört, dass Felix am nächsten Tag wiederkommen wollte. Dann würde er die Verwechselung sicher schon bemerkt haben und mich wieder an sich nehmen. Ich wusste ja, wie viel ich ihm bedeutete.

Doch dazu kam es nicht mehr. Aus welchen Gründen auch immer, Felix erschien am nächsten Tag nicht und der alte Mann reiste tags drauf ab. Zusammen mit mir. Dem Alten schien es allerdings völlig egal zu sein, welchen Füllfederhalter er zum Schreiben benutzte. Ich hatte für ihn nicht die geringste Bedeutung, denn ich war ja nur ein Gegenstand, der seinen Zweck erfüllen musste. Ihm fiel gar nicht auf, wie hübsch ich war, egal wie sehr ich mich auch bemühte.

Bei ihm zu Hause angekommen, befüllte er mich mit frischer Tinte und betrachtete mich fortan einfach als sein Eigentum.

Im Laufe der nächsten Wochen stellte sich heraus, dass der alte Mann, er hieß Georg, todkrank war. Er hatte nicht mehr lange zu leben. Doch ich war höchst erstaunt, wie locker er mit seinem Los umging. Georg war keiner dieser Menschen, die mit ihrem Schicksal haderten. Nein, es schien, als wäre er mit seinem Leben ganz zufrieden gewesen und würde seinem nahen Ende ziemlich gelassen entgegensehen. Er nutzte die ihm verbleibende Zeit und schrieb Abschiedsbriefe an alte Bekannte und Freunde. Aber nicht etwa rührselige Zeilen. Im Gegenteil, er erinnerte eher an schöne vergangene Zeiten. An einen dieser Briefe kann ich mich besonders gut erinnern, da er mich sehr amüsiert hatte. Der Brief war adressiert an einen „Graf" Victor Lustig auf der Gefängnisinsel Alcatraz.

„Graf" Viktor Lustig, der geniale Hochstapler

„Lieber Victor,
dies wird sicher mein letzter Brief an Dich sein, da ich spüre,
dass meine Lebenskräfte mich verlassen und mein Ende allzu
bald naht. Drei lange Jahre ist es nun schon her, dass ich Dich,
meinen alten Freund, zum letzten Mal in die Arme schließen
durfte. Ich hatte so sehr gehofft, Dich noch einmal zu sehen, be-
vor ich endgültig ins Gras beiße. Aber man hat mir gesagt, dass
mein Krebsleiden so weit fortgeschritten ist, dass ich den Som-
mer nicht überleben werde. Und dieses Mal wird mir auch keine
unserer Gaunereien helfen können, um dem Gevatter Tod ein
Schnippchen zu schlagen. Wir werden uns also sicher nicht wie-
dersehen, wenn Du in ein paar Jahren aus dem Kittchen entlas-
sen wirst.

In den vergangenen Wochen hatte ich genügend Gelegenheit,
über mein Leben nachzudenken. Wie gerne erinnere ich mich an
die guten alten Zeiten, die wir zusammen verbracht haben. Victor,
Du alter Ganove, ich habe stets Deinen Mut, Deine Unverfroren-
heit und Deine Schläue bewundert. Es ist ein Jammer, dass sie
Dich erwischt und für so lange Zeit eingelocht haben. Gleichge-
stellt mit Mördern, Vergewaltigern und Schwerverbrechern. Eine
Schande nenne ich das. Du bist doch kein Verbrecher! Du hättest
viel eher einen Orden verdient für Deine Schläue. Besser hätten
sie Deine angeblichen „Opfer" wegen ihrer Dummheit in den
Knast stecken sollen.

Erinnerst Du Dich noch, wie wir uns kennen lernten? Es war
im Jahre 1908 und wir saßen beide wegen Diebstahls für zwei
Monate in diesem Drecksloch im Prager Gefängnis. Schon da-
mals hast Du alle schwer beeindruckt, weil Du fünf Sprachen

fließend sprechen konntest. Du hattest einen überwältigenden Charme und geniale Ideen. Hättest Du damals geglaubt, dass Du im Laufe Deines Lebens noch viel mehr Zeit in solchen dunklen Gefängnis-Zellen verbringen würdest?

Wie es der Zufall oder auch das Schicksal wollte, haben wir uns dann später beim Studium an der Sorbonne in Paris wieder getroffen und es entwickelte sich eine außergewöhnliche Männerfreundschaft. Während ich damals für die Prüfungen hart arbeiten musste, führtest Du ein sorgloses, leichtes Leben. Du hast Deine Zeit lieber mit Billard, Poker und Bridge verbracht. Wie sehr habe ich Dich damals um Deine Unbekümmertheit beneidet. Nach dem Studium habe ich versucht, als rechtschaffener Bürger Fuß zu fassen. Du hingegen zogst es vor, Dein Geld auf großen Überseedampfern mit Betrügereien, Glücks- und Kartenspiel zu verdienen. Ganz zu schweigen von den vielen Damenbekanntschaften, für die ich bedauerlicherweise keine Zeit hatte.

Leider war ich nie so ein Charmeur und Tausendsassa wie Du. Meine Geschäfte liefen nicht annähernd so gut wie Deine. Deshalb war ich Dir sehr dankbar, als Du mich dann im Jahre 1920 mit nach Amerika nahmst. Mit Deinem gewandten und aristokratischen Auftreten als selbsternannter „Graf" hast Du dort alle leicht um den Finger gewickelt und reingelegt. Die Menschen haben Dich geliebt. Weißt Du noch, wie oft Du todsichere Pferdewetten angeboten hast und wir uns dann mit dem Geld aus dem Staub gemacht haben? Wir führten wahrlich ein Leben wie Gott in Frankreich.

Apropos Frankreich. Erinnerst Du Dich noch? Dort hast Du Deinen größten Coup überhaupt gelandet. Ich bin mir sicher, mit diesem wirst Du eines Tages in die Geschichte eingehen. Ich erinnere mich noch ganz genau. Wir waren im Mai 1925 nach Paris zurückgekehrt. Eines Morgens hatte ich Dir aus der Zeitung vorgelesen, dass dem Pariser Eiffelturm langsam der Verfall drohte. Das Wahrzeichen sollte abgerissen werden, weil es immense Summen für die Instandhaltung verschlang. Der hässliche Turm sollte ja eigentlich nur als markantes Bauwerk für die Weltausstellung 1889 dienen. Keinesfalls sollte er danach stehen bleiben, weil ihn die Pariser überhaupt nicht mochten. Du hast sofort gewittert, dass hier ein lukratives Geschäft zu machen wäre. Über 7.000 Tonnen Stahl, aus denen dieser Turm bestand, also ein wertvoller Rohstoff, müssten doch Unmengen von Geld bringen. Hatte denn niemand sonst darüber nachgedacht?

Da sich hinsichtlich des Abrisses von Seiten der Stadt Paris dann aber lange nichts tat, hast Du die Sache kurzerhand selbst in die Hand genommen. Schnell war der Kontakt zu den fünf größten Schrotthändlern von Paris hergestellt. Einfach genial, wie Du Dich damals als stellvertreter Generaldirektor des Postministeriums ausgegeben und in einer fingierten Ausschreibung den Verkauf des Eiffelturms gegen Höchstgebot angepriesen hast. Ich könnte mich heute noch darüber totlachen.

Mit Deinen Verkaufsgesprächen im noblen Hotel de Crillon an der Place de la Concorde in Paris hast Du die anwesenden Schrotthändler schwer beeindruckt. Und dieser dämliche Affe André Poisson hat dann auch tatsächlich angebissen und meistbietend 200.000 Franc für den ganzen Schrott bezahlt. Nur weil er mit diesem vermeintlich lukrativen Geschäft in der Pariser Geschäftswelt aufsteigen wollte. Na, dieses Vorhaben hast Du ihm dann aber gründlich verdorben.

Mit Poissons Geld haben wir uns dann schneller als er denken konnte nach Wien abgesetzt und sind dort erst einmal untergetaucht. Weißt Du noch? Jeden Tag haben wir die Zeitungsmeldungen verfolgt und darauf gewartet, dass über diesen spektakulären Verkauf des Eiffelturms berichtet wurde. Doch nichts. Rein gar nichts stand darüber in den Zeitungen. Poisson dieser Dummkopf hatte überhaupt keine Anzeige wegen Betruges erstattet. Glück für uns! Wahrscheinlich hatte er sich so sehr geschämt, dass er Dir auf den Leim gegangen und in eine Falle getappt war, dass er lieber darauf verzichtete. Er wäre wahrscheinlich zum Gespött von ganz Paris geworden.

Doch dann wurdest Du leichtsinnig und hast versucht, denselben Coup noch einmal durchzuziehen. Mit haargenau derselben Taktik wolltest Du den Eiffelturm ein zweites Mal verkaufen. Aber dieses Mal schöpfte einer der Käufer Verdacht, erstattete Anzeige und wir mussten Hals über Kopf fliehen. Du hast Dich wieder nach Amerika abgesetzt und ich hatte mich hier in Deutschland bei Freunden versteckt. Leider haben wir uns dann erst einmal für eine Weile aus den Augen verloren. Ich lernte ein nettes Mädchen kennen und bin sesshaft und anständig, ich meine damit „gesetzestreu", geworden. Du aber hast Dich weiterhin mit Deinen Gaunereien durchs Leben geschlagen und Dich aufs Geldfälschen verlegt. Eine äußerst riskante Angelegenheit.

Kaum ein Jahr später ist Dir wieder ein genialer Coup gelungen. Deine „Rumänische Schachtel"! Ich konnte mich kaum halten vor Lachen, als Du mir später von diesem Ganovenstreich berichtet hast. Habe ich das richtig in Erinnerung? Bei einem Möbeltischler in New York City hattest Du einen schwarzen Mahagonikasten mit einem schmalen Ablagefach an jedem Ende anfertigen lassen. An einer Seite waren zusätzlich eine Reihe von komplizierten Griffen und Hebeln installiert. Du hast behauptet, angeblich den einzigen Geldvervielfältigungsapparat der Welt zu besitzen. Man müsse nur einen Original 1.000-Dollar-Schein zusammen mit einem weißen Stück Papier derselben Größe an dem einen Ende des Apparates einschieben und eine Reihe von Kurbeln und Knöpfen drehen. Dann würde am anderen Ende des Apparates ein zweiter 1.000-Dollar-Schein herauskommen. Was für ein Schwachsinn!

Doch ein Opfer war schnell gefunden. Diesem gutgläubigen Esel erzähltest Du dann, das einzige Problem mit dem Geldvervielfältigen bestünde darin, dass der ganze Prozess bedauerlicherweise viele Stunden dauern würde. Während dieser Zeit des gemeinsamen Wartens mit dem geldgierigen Narren hast Du immer wieder geschäftig an Kurbeln gedreht und ein Paar Knöpfe bedient, bis schließlich nach sechs Stunden am anderen Ende des Kastens ein 1.000-Dollar-Schein zum Vorschein kam. Scheinheilig hast Du dann darauf bestanden, zur örtlichen Bank zu gehen, um dort die Echtheit der beiden Scheine bestätigen zu lassen. Ganz schön durchtrieben, aber so kenne ich Dich! Selbstverständlich waren die Scheine echt, denn Du hattest ja zuvor einen weiteren echten 1.000-Dollar-Schein im Kasten versteckt. Sofort, nachdem Dir Dein Opfer, das sich schon die Hände rieb vor lauter Vorfreude auf die hohen Gewinne, für die vermeintliche Gelddruckmaschine 30.000 Dollar bezahlt hatte, bist Du auf Nimmerwiedersehen mit den Mäusen verschwunden und kein echtes Geld ist jemals mehr aus dem Kasten herausgekommen. Kaum zu glauben, dass Dir wirklich jemand diesen Schwachsinn abgekauft hat.

Deine Geschäfte mit dem Falschgeld hast Du in den Folgejahren dann aber wirklich übertrieben. Victor, Du hast Amerika ja förmlich mit falschen Banknoten überschwemmt! Kein Wunder, dass der Secret Service nach Dir suchte und Du dann irgendwann auch aufgeflogen bist. Ich habe gehört, dass selbst heute noch immer wieder Falschgeld, das vom Secret Service „Graf-Lustig-Geld" genannt wird, auftaucht.

Es tut mir so leid für Dich, dass Du geschnappt wurdest und sie Dich für so viele Jahre nach Alcatraz gesteckt haben. Aber wie ich Dich kenne, wirst Du auch dort einen Weg finden, wie Du aus der Sache wieder rauskommst. Man munkelt, Al Capone würde seine schützende Hand über Dich halten und Dir helfen.

Lieber Victor, Du brauchst mir auf diesen Brief nicht mehr zu antworten. Ich werde ihn sowieso nicht mehr lesen können, da ich mir schon bald die Radieschen von unten anschauen werde. Daran führt leider kein Weg vorbei.

Mach's gut, Du alter Ganove. Die schönste und „lustigste" Zeit meines Lebens hatte ich mit Dir zusammen. Ich danke Dir dafür und wünsche Dir noch viel Glück. Lebe wohl!

Dein alter Freund Georg"

Was Penny damals nicht wissen konnte

Victor Lustig gelang die Flucht von der berüchtigten Gefängnisinsel Alcatraz dann doch nicht. Nachdem er 1935 verhaftet und wegen seiner Verbrechen zu fünfzehn Jahren und fünf zusätzlichen Jahren wegen eines früheren Fluchtversuches verurteilt wurde, starb er auf Alcatraz im März 1947 an einer Lungenentzündung.

Victor Lustig war im Januar 1890 in Böhmen, also im heutigen Tschechien, geboren worden. Sein Vater war Bürgermeister von Arnau, und Victor genoss schon damals eine außerordentlich gute Schulbildung.

Bis heute zählt Victor Lustig zu den berühmtesten Trickbetrügern und Hochstaplern aller Zeiten. Weltweit erlangte er Berühmtheit als „der Mann, der den Eiffelturm verkaufte".

Man erzählt sich, dass Victor Lustig damals tatsächlich sogar Al Capone, einen der gefährlichsten Männer Amerikas, betrogen haben soll. Angeblich hatte er Al Capone gegenüber behauptet, er könne innerhalb von 60 Tagen 50.000 Dollar verdoppeln. Capone gab ihm das Geld und Victor Lustig deponierte es in einem Banksafe. Nach 60 Tagen ging Victor zurück zu Capone und beichtete ihm, dass sein Plan leider fehlgeschlagen sei und gab Capone die gesamte Summe zurück. Capone war von Victor Lustigs „Ehrlichkeit" so beeindruckt – er hatte schon damit gerechnet, dass er sein Geld nie wiedersehen werde – dass er Victor, der angeblich gerade in Geldschwierigkeiten steckte, 1.000 Dollar schenkte. Doch genau darauf hatte Victor spekuliert und Al Capone achtete ihn nun (irrtümlicherweise) als einen vertrauenswürdigen Mann.

'SMOOTHEST CON MAN EVER BORN!'

"Count" Victor Lustig, in center (even the title is bogus), is shown being questioned by Robert L. Godby (right), U. S. agent in charge in New York, and Peter A. Rubano, Secret Service Agent, concerning the $52,000 counterfeit money found cached in a subway locker at Times Square. Other agents described Lustig as the "slickest bunko man who ever lived." Picture by Evening Journal

EVENING PUBLIC LEDGER–PHILADELPHIA.

Foto des Hochstaplers Victor Lustig von 1935

Der **Eiffelturm**, das höchste Bauwerk von Paris, das bis heute mit über 7 Millionen Besuchern pro Jahr zu den meistbesuchten Wahrzeichen der Welt gehört, wurde glücklicherweise nie abgerissen, obwohl es schon beim Bau desselben Proteste hagelte, wie zum Beispiel diesen:

„Wir Schriftsteller, Maler, Bildhauer, Architekten und leidenschaftliche Liebhaber der bisher unangetasteten Schönheit von Paris protestieren im Namen des verkannten französischen Geschmacks mit aller Kraft gegen die Errichtung des unnötigen und ungeheuerlichen Eiffelturms im Herzen unserer Hauptstadt, den

die oft vom gesunden Menschenverstand und Gerechtigkeitsge-
fühl inspirierte Spottlust der Volksseele schon den Turm zu Babel
getauft hat. [...]

Um zu begreifen, was wir kommen sehen, muss man sich einen
Augenblick einen schwindelerregenden, lächerlichen Turm vor-
stellen, der wie ein riesiger, düsterer Fabrikschlot Paris über-
ragt, muss sich vorstellen, wie alle unsere Monumente gedemü-
tigt, alle unsere Bauten verkleinert werden, bis sie in diesem Alp-
traum verschwinden. [...]"

Auch nach seiner Fertigstellung lehnte man in Paris den Turm
komplett ab: Er wurde beschrieben als *„wirklich tragische Stra-*
ßenlaterne", als *„Skelett von einem Glockenturm"* oder als *„Ei-*
senmast mit starrer Takelage, unvollkommen, konfus und unför-
mig".

Heute ist der Eiffelturm aus Paris nicht mehr wegzudenken.
Käme Frankreich heute auf die Idee, den Eiffelturm abzubauen
und die Einzelteile zu verkaufen, so wäre der Preis immens hoch.
Angeblich hat die Handelskammer von Monza bereits im Jahre
2012 den Wert des Bauwerks auf sage und schreibe 434 Milliar-
den Euro geschätzt.

![Der Pariser Eiffelturm auf einer Fotografie von 1889]

Der Pariser Eiffelturm auf einer Fotografie von 1889

Im städtischen Leihhaus

Georg erlag ein paar Wochen später seinem Krebsleiden, und ich fand mich kurze Zeit darauf im städtischen Leihhaus wieder. Welch eine Schande für mich! So tief war ich nun also gesunken. Ich war nun wirklich schon an vielen Orten zu Hause gewesen. Im Freudenhaus, beim Bäcker, in der Villa Ernst, in London, im Spital, in einer Blechdose, in Arztpraxen und vielen mehr. Aber dieses Leihhaus war nun wirklich das Letzte! Penny, wo bist Du nur gelandet?

Ein ganz so ordentliches und anständiges Leben, wie er es seinem Freund Victor beschrieben hatte, hatte Georg wohl doch nicht geführt. Wie sich nämlich herausstellte, war er bei seinem Tode bis über beide Ohren verschuldet gewesen. Nahezu nichts in seinem Haus hatte ihm wirklich noch gehört. Und keine Spur von diesem netten Mädchen, das er in seinem Brief an Viktor erwähnt hatte. Wahrscheinlich hatte diese Frau ihn längst schon verlassen oder sie hatte nie existiert. Sympathisch und faszinierend war er ja gewesen dieser Georg. Aber eben doch ein Lügner.

Im Leihhaus erging es mir dann richtig schlecht. Bevor ich in einer schmutzigen Schachtel mit allerlei anderem alten Schreibkram landete, beraubte man mich meines wertvollsten Besitzes. Mit äußerst roher Gewalt und rücksichtslos wurde der kleine geschliffene Diamant aus mir herausgebrochen. Obwohl ich keine Schmerzen verspüren konnte, schrie ich innerlich auf. Ihr Rüpel! So behandelte man doch keine Dame! Eine Unverschämtheit! Ich fühlte mich gänzlich zerstört. Sofort war mir klar, dass ich nun völlig wertlos war. Schreibgeräte wie mich gab es zwischenzeitlich viele. Doch nun war ich, wie alle anderen auch, gewöhnlich und völlig unscheinbar. Selbst mein schönes Mahagonigehäuse würde mich nicht mehr retten. Denn auch einige der anderen

Füllfederhalter in der Schachtel hatten ein solches Hinterteil. Und die anderen hatten wenigstens kein Loch, oder besser gesagt keine Wunde, die von einem geraubten Diamanten herrührte. Ich würde also gar nicht mehr gefallen und wahrscheinlich bis zum Ende aller Tage in Gesellschaft der anderen abgenutzten und verpfändeten Füllfederhalter vergammeln. Eine Vorstellung, die mich schrecklich mitnahm.

Die bis an den Rand mit Schreibgeräten gefüllte Schachtel hatte man unter dem Tresen im Leihhaus abgestellt. Nur hin und wieder interessierte sich überhaupt ein Mensch für uns. Leider war ich nie diejenige, die das Glück hatte, von jemandem ausgesucht und mitgenommen zu werden. Wie denn auch, so hässlich, wie ich zwischenzeitlich geworden war?

Zweiter Weltkrieg und Nachkriegszeit

Eines Morgens im Jahre 1941 tauchte dann Marianne im Leihhaus auf. Warum sie damals ausgerechnet mich auswählte, ist mir bis heute ein Rätsel. Wahrscheinlich war ich einfach billig genug und erschien ihr trotzdem noch nützlich. Ich würde also noch einmal eine Chance bekommen.

Zwischenzeitlich herrschte in Deutschland schon wieder ein neuer Krieg. Unglaublich. Hatten die Menschen denn überhaupt nichts dazu gelernt? Hatte es denn in der Vergangenheit nicht schon genug Tote gegeben? Über die damals aktuelle politische Lage war ich bestens informiert, weil Marianne, meine neue Besitzerin, täglich laut aus der Zeitung vorlas.

Mariannes Ehemann Bernhard, ein Pastor, war schon am 15. Juni 1940 zum Militär eingezogen und als evangelischer Feldseelsorger in den Osten geschickt worden. Kinder hatten die beiden damals noch keine. Während Bernhard im Kriegseinsatz war, versuchte Marianne zu Hause in der Gemeinde ein den damaligen Umständen entsprechend normales Leben zu führen. Oh nein, Marianne war keineswegs wie Grete, die die Abwesenheit ihres Ehemannes immer schamlos ausgenutzt hatte. Marianne war ein absolut treues und zuverlässiges Weib. Dabei hätte sie sicherlich Chancen bei anderen Männern gehabt. Fast ein wenig neidisch muss ich gestehen, dass sie eine Frau mit Idealmaßen war. Ganz so, wie ich mir eine Figur für mich gewünscht hätte, wäre ich eine „richtige" Frau gewesen. Penny – die Traumfrau! Große runde Brüste, lange Beine, kein Gramm Fett zu viel, Wespentaille und weibliche Hüften, eine Haut wie ein junger Pfirsich. Schade nur, dass Marianne ihren Traumkörper unter solch altmodischen, geschmacklosen Kleidern verbarg. Aber lassen wir das – das gehört jetzt wirklich nicht hierher!

In der ersten Hälfte des Jahres 1941 waren die Truppen des Deutschen Afrikakorps unter Generalleutnant Rommel bis nach Ägypten vorgestoßen. Bereits im April kapitulierte Griechenland vor den Deutschen und Athen wurde eingenommen. Im November landeten alliierte Streitkräfte in Marokko sowie Algerien und die Deutschen mussten einen weiträumigen Rückzug einleiten. Im Juni 1941, nachdem Hitler seinen Heeres-Oberbefehlshaber Walther Brauchitsch entlassen und selbst den Oberbefehl über das deutsche Heer übernommen hatte, begann das „Unternehmen Barbarossa", der Überfall auf die Sowjetunion, der den Deutsch-Sowjetischen Krieg eröffnete. Der Angriff auf Moskau scheiterte dann.

In dem folgenden Winterkrieg mussten die deutschen Truppen zahlreiche Verluste hinnehmen und wurden stark geschwächt, da die russischen Truppen unter General Shukow besser für einen solchen Krieg gerüstet waren. Die Front war nur schwer zu verteidigen und monatelang waren deutsche Truppen in der Sowjetunion bei Demjansk und Cholm eingeschlossen.

Um die Jahreswende 1941/1942 hatte sich der Krieg, der sich bis dahin weitgehend auf Europa beschränkt hatte, schon zu einem Weltkrieg ausgeweitet. Am 11. Dezember 1941 erklärte Hitler den USA den Krieg, nachdem die Japaner den US-Stützpunkt Pearl Harbour angegriffen hatten. Die Großmächte USA und Großbritannien hatten sich inzwischen in der Atlantik-Charta geeinigt, gemeinsam Widerstand zu leisten und auch die Sowjetunion zu unterstützen. Im Februar 1942 wurde vom britischen Luftfahrtministerium die Anweisung zum Flächenbombardement Deutschlands herausgegeben. Ende März wurde als erste deutsche Großstadt Lübeck bombardiert.

Im Juni des Jahres 1942 befand man sich schon im 34. Monat

des Zweiten Weltkrieges. Nach der aus deutscher Sicht erfolgreichen Schlacht bei Charkow startete am 28. Juni 1942 die große Sommeroffensive zu den kaukasischen Ölfeldern.

Marianne schrieb in jener Zeit in kurzen, regelmäßigen Abständen Feldpostbriefe an ihren Ehemann Bernhard. Sie berichtete aus dem Alltagsleben der Gemeinde und von Familie und Freunden. Sie war bestrebt, ihm so viel wie möglich aus der Heimat mitzuteilen. Der Inhalt war eigentlich immer der Gleiche. Langweilig, eintönig, für mich völlig uninteressant und wenig unterhaltsam. In jedem Brief schrieb sie ihm, wie sehr sie ihn liebte und vermisste. Blablabla. Ich fühlte ja mit ihr, aber für meinen Geschmack war Marianne ein wenig zu anhänglich. Meiner Meinung nach hatte sie keinerlei Vorstellung davon, wie Bernhards Alltag im Krieg wirklich aussah, geschweige denn welch schwierige Aufgaben er täglich zu bewältigen hatte. Wie sollte sie auch? Sie hatte ja noch nie einen Krieg hautnah erlebt. Ich hingegen schon. Ich hätte ihr so einiges darüber erzählen können.

Feldpostbriefe

Daheim, 6. Juni 1942

Mein herzallerliebster Bernhard,
Gott sei Dank erhielt ich gestern Post von Dir. Ich war schon wieder sehr in Sorge, da ich Dich in der Nähe von Charkow vermutete und seit der Beendigung der Kämpfe von Dir noch kein Lebenszeichen erhalten hatte. Die Fotos habe ich auch erhalten, vielen, vielen Dank.
Leider bist Du nirgends zu entdecken. Bilder solltest Du, wenn möglich und wenn Ihr knipsfreudige Kameraden habt, doch immer besorgen. Einmal sind sie mir sehr wertvoll und zum anderen

sind sie mir auch für später Andenken.

Wollen wir von Herzen hoffen, dass diese schlimme Zeit einstmals, nein, hoffentlich recht bald einer vergangenen Epoche angehört. Liebster Bernhard, in was für ein Leben sind wir doch hineingeraten? Wer hätte das gedacht, dass es so kommen würde? Am 15. Juni sind es zwei Jahre her, dass Du eingezogen wurdest. Zwei Jahre Soldat, zwei Jahre Trennung. Welcher Art Philosophie hast Du über das Ganze? Es ist so bitter, dass man nicht öfter einmal zusammen sein kann, dann wäre das Ganze doch etwas leichter zu ertragen. Doch diese Pausen sind fast unmenschlich lang. Es hilft aber doch nichts anderes, als sich in Geduld zu üben. Wenn man auch oft sehr mutlos und manchmal fast verzweifelt sein will, es geht dann doch immer weiter.

Hans schrieb mir ebenfalls einen Brief, in dem er berichtete, dass sie am 29. Mai zwischen 3 und 5 Uhr morgens den ersten Großangriff der Engländer seit etwa 3 Wochen erlebt hätten. Die Engländer warfen auch Flugblätter für die Franzosen ab, zum passiven Widerstand gegen die „collaboration forcée" aufrufend. Immerhin hatte unsere Flak, von der sich ein Teil ja schon in Russland bewährt haben soll, 6 von ihnen abgeschossen, was ca. 10 Prozent der angreifenden Bomber gewesen sein dürften.

Hans und Anni sind wohlauf. Sie lassen Dir viele Grüße ausrichten und hoffen, dass es Eurem Kreise vergönnt sein wird, auch im kommenden Einsatz zusammen zu bleiben. Gott möge mit einem jeden unter Euch sein.

Gestern hatte ich doch etwas Pech mit meinem Luftpostbrief an Dich. Er wog nämlich ein halbes Gramm zu viel und kam deshalb am nächsten Morgen wieder zurück. Solchen Kummer hat man nun. Auf gutes Zureden im Postamt hat man ihn aber versuchsweise genommen, hoffentlich kommt er nun nicht wieder zurück.

Es gehen nun heute sieben Päckchen an Dich ab, das heißt, nur wenn sie genommen werden. *Die Hosenträger zum Beispiel haben etliche Gramm Übergewicht, doch von diesen etwas abzuschneiden, das geht nun wirklich nicht. Hoffentlich hat man etwas Humor für meine Aufschrift und befördert sie eben doch bis zum Ziel, denn das muss wohl allen einleuchten, dass ein Soldat ohne Hosenträger nicht bestehen kann. Wenn man doch wenigstens 250 Gramm zuließe. Ob man mal eine Eingabe an das Oberkommando macht? Zum Inhalt der Päckchen nun in Kürze: Waschlappen, die schon angekündigten Hosenträger, 2 Päckchen Plätzchen, 1 Päckchen Zwieback, 2 Päckchen Halstücher, ob du diese brauchst und ob sie Deinen Beifall finden werden, weiß ich nun nicht.*

Lotte ist noch in den Wehen und Mutter war gerade mit der kleinen Amelie da. Meine Raucherkarte habe ich Otto gegeben, er hat sich darüber sehr gefreut. Lotte hat ihre nicht gegeben, da sie seit langem schon Tauschhandel betreibt. Es heißt hier, dass die Frauen keine Raucherkarten mehr bekommen sollen.

Mein liebster Bernhard, ich bitte Dich von Herzen, ja sage es mir noch einmal klar und eindeutig, mein ganzes Herz steht hinter der Frage, dass nichts, aber auch gar nichts zwischen uns steht. Bitte mein Liebster, herzliebster Bernhard, schreibe mir bald und ein bisschen herzlich, ich hungere so sehr danach.

Ich denke in Liebe an Dich. Nun will ich für heute schließen. Hoffentlich erreichen Dich die Sachen sehr bald.

Sei nun von ganzem Herzen gegrüßt in großer und ganz herzlicher Liebe von

Deiner getreuen Marianne

Im Juni 1942 änderte sich plötzlich Mariannes sonst so liebevoller Ton in den Briefen an ihren Ehemann. Irgendetwas musste vorgefallen sein. Was genau es war, habe ich nie herausgefunden. Ich erinnere mich noch gut an diese Briefe, weil endlich einmal etwas anderes als ödes Alltagsblabla darin stand:

Daheim, 25. Juni 1942

Lieber Bernhard,

mit Dank bestätige ich Dir Deinen Brief vom 10. Juni, den ich vor einigen Tagen erhielt.

Welche Ironie, dass Du, der Mensch, der mir solche Lasten auf die Seele lädt, ein so großes Interesse daran hast, dass ich abgelenkt und beschäftigt bin, dass ich von Deinem Tun und Treiben nichts sehe und arglos, ahnungslos glücklich mein Tagewerk tue.

Was liegt Dir und der Welt auch an einem betrogenen und belogenen Menschenleben wie dem meinen? – Es ist wohl auch wichtiger, dass Du etwas mehr Freude in Deinem armen Leben hast, das Dich an die Seite einer Frau gestellt hat, die Dir dies alles nicht geben kann, so dass Du gezwungen bist, Dir ein halbes Dutzend anderer Mädels, älter und jünger, zum geistigen Austausch und privatem Vergnügen zu suchen. Wie muss Dich doch dies beschenken und glücklich machen, so dass Du nicht mehr imstande bist, Dein Tun, dieses Spielen mit dem Feuer, mit ungetrübtem Blick zu überschauen.

Welche Ironie des Teufels, Dich, den christlichen Bernhard, auf solche Irrwege zu leiten.

Lass Dir gesagt sein, dass kein Sterblicher ungestraft Geister rufen darf und dass die Bäume, die unbedingt in den Himmel wachsen wollen, oft eins ganz unversehens in die Krone bekommen müssen.

Ich bin innerlich so verbrannt, so mutlos, so verbittert und so tief betrübt, dass ich Dir eigentlich gar nicht schreiben wollte. Meine Liebe und meine Treue sind Dir ja so billig, so wertlos, im besten Falle so selbstverständlich.

Wie es in mir aussieht, wird Dir ja so gleichgültig sein, es er-

scheint Dir wohl viel wichtiger, dass ein halbes Dutzend Mädels-
herzen höher schlagen, wenn sie von Dir einen Brief, ein Buch,
Blumen oder ein Bild bekommen. Die brave, bescheidene, gut-
mütige Ehefrau daheim ist ja so mit ihrer vielen Arbeit beschäftigt, was weiß, was ahnt sie schon, was vom Osten da noch für
Fäden in das Reich hineinlaufen.

Der Zufall war es oder Deine Bedenkenlosigkeit, dass ich von
Deinem Treiben erfuhr. Ich sage aber, es sollte wohl so sein und
so kommen, damit meine weiteren Briefe an Dich nicht gar so
zum Hohne werden sollten, wie unsere Ehe und meine Liebe zu
Dir, die ich mit meinem ganzen Gefühl zu Dir strömen ließ.

Was hast du nur gedacht, wie oft wirst Du gelächelt haben über
Deine kleine, arglose Frau daheim? Du wirst Dich wundern, wie
ich davon erfahren habe. Es tut nichts zur Sache. Du sollst nur
wissen, man übergab mir in unserer Buchhandlung – vielleicht
durch Gottes Fügung – Teile Deiner Korrespondenz und Deine
Kontokarte.

Du kannst Dir vielleicht nicht vorstellen, ach was rede ich da,
Du hast Dir doch noch nie die Mühe gemacht, Dir vorzustellen,
wie etwas auf mich wirkt. Nun, ich habe mich sehr beherrscht,
aber über mir stürzte der Himmel ein und eine Welt, die sich zart
und glasklar aufgebaut hatte, splitterte in Scherben und mein
ganzer Körper, mein Herz und meine Seele sind voll dieser Split-
ter. Es müsste schon ein Wunder geschehen, wenn sie jemals wieder aus mir verschwinden sollten. Ich kann keinen Sinn mehr darin sehen, dass ich so um Dich leiden muss, es macht mich hart
und verbittert.

Jetzt bäumt sich mein Herz noch auf, hadert und schreit, vielleicht aber, dass mir Gott noch einmal die Kraft schenken wird,
den Sinn dieses Leides zu erkennen. Vielleicht schenkt mir Gott
aber noch einmal die Kraft, dass ich für Dich beten kann, dass

er das, was Du mir antun musst, nicht entgelten lässt.

Marianne

Ach Herrjeh, was hatte der arme Bernhard denn verbrochen, dass Marianne so aufgebracht war? Hatte er sie etwa betrogen? Ich konnte mir das gar nicht vorstellen. Ein Pastor? Ein Feldseelsorger? Aber Gottesdiener sind halt auch nur Menschen. Ich kannte Bernhard ja nicht. Vielleicht war er ja doch so ein Homme fatale, so ein Frauenverführer. Wer weiß das schon? Oder war Marianne einfach nur krankhaft eifersüchtig und hysterisch?

Daheim, 8. Juli 1942

Mein geliebter Bernhard,
ich hoffe Dich schon längst im Besitze meines Briefes vom 25. Juni, der Dir die Erklärung geben sollte für mein Verhalten in der letzten Zeit. Meine sehr begreifliche Erregung über Dein Verhalten zu einer Zeit, wo Du mir Briefe schriebst, die in mir wohl die Hoffnung, dass zwischen uns alles gut sei, herrlich und schön, himmelhoch aufschlagen lassen konnten, hat mich ja körperlich und seelisch derart zu Boden geworfen, dass Du Dir davon gar keinen Begriff machen kannst. Ich habe mich davon noch nicht wieder erholt.

Eines aber steht fest, über alles hinweg bleibt meine große und leidenschaftliche Liebe zu Dir bestehen, vielleicht etwas zu groß und zu leidenschaftlich. Denn wäre sie das weniger, dann hätte ich mich wohl schon lange über Deine Untreue getröstet. Du kannst mir glauben, dass das heute nicht sehr schwer ist.

Es ist eine Utopie, von mir verlangen zu wollen, dass meine Liebe so groß sein soll, um schweigend zu dulden. Du unterschätzt mich und meine Liebe zu Dir. In meinem Herzen regen sich alle Gefühle edelster Art für Dich, Mutter, Frau, Geliebte,

217

Kameradin, Freundin. Und in allem will ich allein Dir es unumschränkt sein oder gar nicht. Teilen will und kann ich mit meinem leidenschaftlichen Herzen nicht.

Es ist wahrscheinlich bitter notwendig, dass ich Dich das wieder einmal wissen lassen muss, so ungern ich es auch solch einem armseligen Stückchen Papier anvertraue. Bitte nimm das Gesagte zur Kenntnis und lasse das auf Dich wirken. Was um Gottes und Himmels Willen willst Du denn mit all diesen Mädels, diesem Menschenballast, in Deinem späteren zivilen Leben anfangen? Das kann gar nicht anders, als zu einer Katastrophe führen, und davor will ich Dich und mich bewahren, nichts weiter.

Neben meinen heißen Gefühlen der Frau und der Geliebten für Dich, die in Sehnsucht und Zärtlichkeit fast ununterbrochen um Dich sind, muss ich Dir bekennen, – verstehe das bitte nicht falsch – dass sehr stark Gefühle mütterlicher Liebe und mütterlichen Schmerzes in mir neben der ersteren vorhanden sind. Du bist für mich auch wie ein heißgeliebter großer Sohn, der Du mir unvorstellbare Schmerzen und bittersten Kummer mit Deinen Irrwegen bereitest. Und eben diese mütterlichen Gefühle müssen Dich warnen und zu bewahren versuchen.

Es bleibt mir nun nicht erspart, den größten aller Mutterschmerzen erleben zu müssen, dass das Kind es nicht einsehen will, was das Richtige ist und das Gute und das Beste. Eine Mutter kämpft um ihr Kind und ich kämpfe um Dich, solange ich Dich noch lieben kann. Denn sollte das jemals nicht mehr der Fall sein, wird es mir wohl sehr gleichgültig sein, was Du tust und lässt.

In einer der letzten Bibelstunden war von der Versuchung die Rede und der Pfarrer betonte, dass wir uns nicht klar genug vorstellen könnten, dass die Versuchung immer, und stets in einem schönen und lichten Kleide, an uns heran träte. Ich habe bei diesen Ausführungen an vieles gedacht, doch so in ganz besonderer Weise an Dich. Ich bete inbrünstig zu Gott, dass er von Dir dieses Kreuz nehmen möge und Dich erkennen lasse, dass es nicht recht ist, was Du tust.

Ich sehne mich von ganzem Herzen danach, dass die traurigen Monate zu Ende gehen möchten und es zwischen uns zu einem neuen Frühling, zu neuem Wachsen, Grünen und Blühen kommen möchte. Von Dir hängt es ab! Dass Du es nie bereuen möchtest, uns solche Zeiten bereitet zu haben um solcher schaler Freuden willen.

Sicher ist es uns aber bestimmt gewesen, wenn ich auch keinen rechten Sinn darin sehen kann, solches zu erleben. Vielleicht erkennen wir es am Ende unseres Lebens einmal. Gott gebe es, dass uns noch unendlich schöne Jahre zusammen beschieden sein mögen, sollte auch die Welt um uns herum wanken wollen. Sei dessen eingedenk, dass es sich kein Mensch in diesen heutigen Zeiten erlauben kann, derart mit dem Feuer spielen zu wollen, unbekümmert, sorglos, wie ein Kind in großer Gefahr, derer es sich nicht bewusst ist.

Du musst wissen, dass ich bisher unter Aufbietung aller meiner Kräfte, ja mit wahrem Heroismus bis jetzt all meinen verzweifelten Schmerz und Kummer allein mit mir herumgetragen habe. Wenn ich auch oft schon am Rande der Verzweiflung nahe daran war, Hilfe und Rat bei Menschen zu suchen. Ich glaubte es aber, Dir und mir und der Sache unserer Welt- und Lebensanschauung schuldig zu sein, zu schweigen, zu schweigen, zu schweigen. Vielleicht war es aber für mich auch deshalb so schwer und hat mich so erschüttert, körperlich und seelisch.

Ich weiß aber ganz gewiss, dass auch in unserem Leben noch einmal eine Zeit kommt. Ich weiß auch, dass sie ganz nahe ist,

wo wieder die Sonne in unserem Leben scheint und über mir
keine dunklen Wolken mehr stehen.

Oder willst Du, dass ich meine Gutmütigkeit, meine Leichtgläu-
bigkeit, meine Sanftmut (Du hast das alles einmal mit Größe –
fälschlicherweise– bezeichnet) verfluchen muss? Als falsche, be-
drängte, verängstigte Liebe, als Schwäche, die nicht die Kraft
hatte, von vornherein ein ganz entschiedenes „ "Nein" zu sagen?

Nie ist es mir deutlicher als jetzt gewesen, welche Unmöglich-
keit es für unser gemeinsames Leben sein kann, solche Bindun-
gen nebenher bestehen zu lassen.

Was mich diese Art von Briefen für Kraft kosten, kannst Du Dir
nicht vorstellen. Mit tränenverdunkeltem Blick und einem Stein
in der Brust sitze ich hier so einsam, so einsam mit dem Gefühl,
dass Du, mein geliebter Mann, dich so vielen Mädels mit aller
Gewalt als guten und treuen Freund ausgibst und in grausamer
Ironie von mir als Beweis meiner großen Liebe verlangen willst,
mit leerem verbittertem, einsamen und schmerzendem Herzen
daneben zu stehen? Draußen jubelt die ganze Welt in der Früh-
lingssonne, die Himmelsschlüssel liegen im Gefängnisgarten,
verborgen vor meinem Blick, blaue Wolkenkugeln ziehen vorbei,
eine Amsel flötet und Frühlingsgefühle, wohin man schaut – und
wir?

Aus meinem Innersten und schmerzenden Herzen trotz allem ei-
nen leidenschaftlichen Gruß der innigsten Liebe von

Deiner Marianne

Oh, je. Das war ja schlimmer als gedacht. Jetzt tat Marianne
mir doch ganz schön leid. Diesen Bernhard, diesen Schürzenjä-
ger hätte ich mir gern mal vorgeknöpft. Gab es denn auf dieser
Welt wirklich keine Männer, auf die man sich zu hundert Prozent
verlassen konnte? Irgendetwas stimmte wohl mit dieser Spezies
Mensch nicht. Bin ich froh, dass ich eine Frau bin.

Aber trotzdem muss ich zugeben: Es hätte mich brennend interessiert, wie dieser Herzensbrecher Bernhard wohl aussah. War er wirklich so ein Charmeur? Ob er mir auch gefallen hätte?

Was Penny damals nicht wissen konnte

Während Marianne daheim wegen eines dummen Zufalls und fatalen Irrtums vor Liebeskummer und völlig unbegründeter Eifersucht fast verrückt wurde (jemand hatte Bernhard mit einem anderen Mann verwechselt und Marianne haarsträubende Geschichten erzählt), hatte Bernhard im Kriegseinsatz ganz andere Sorgen.

Bernhards Aufgabe war die Seelsorge für die Soldaten, um deren Kampfeswillen zu stärken oder wenigstens zu erhalten. Er war meistens nahe an der Front und versuchte als Feldgeistlicher den Soldaten das Gefühl zu geben, moralisch richtig zu handeln. Viele Soldaten sehnten sich fernab von zu Hause nach einem geistlichen Zuspruch. Sowohl die Beichten von Soldaten als auch unzählige Bestattungen hatten Bernhard schon stark zugesetzt. Inmitten des Kriegsgeschehens nahm er unmittelbar teil am Leid seiner Truppen wie auch der vielen tausend Kriegsgefangenen. Und nach Liebeleien mit anderen Frauen stand ihm in diesen schlimmen Zeiten sicherlich nicht der Sinn.

Die Postversorgung der Truppen im Einsatz erfolgte damals wie auch heute noch durch die **Feldpost.**

Die Feldpost verbindet durch speziell ausgebildete Feldpostbeamte sowohl die Truppen untereinander als auch die Soldaten mit ihren Angehörigen und Freunden. So wurde und wird heute noch dafür gesorgt, dass die Soldaten auch in der Fremde stets am Leben in der Heimat teilhaben können. Für die Feldpost gelten heute wie damals bestimmte Vorschriften, wie etwa eine genau geregelte Form der Absender- und Empfängerangaben, Gewichtsbegrenzungen, Feldpostnummern etc..

Soldat mit Feldpost-Brief aus der Heimat 1942

Raucherkarten, die Marianne in ihrem Brief erwähnt, wurden früher in Kriegs- und Krisen-zeiten ausgegeben. Auf deren Abschnitte waren die rationierten Rauchwaren zugeteilt. „Zur Beachtung!" … war folgender oder ähnlich lautender Text aufgedruckt:

„Die Raucherkarte dient zur Kontrolle für den Einkauf von Tabakwaren. Sie ist bei jedem Bezug von Tabakwaren unaufgefordert der Verkaufsstelle vorzulegen. Die Verkaufsstelle kann gewechselt werden. Ein Rechtsanspruch auf Belieferung besteht nicht. Die Verkaufsstelle hat die belieferten Abschnitte abzutrennen. Nicht ausgenützte Tagesabschnitte, mit Ausnahme der jeweils beiden letzten, verfallen. Einzeln aus der Karte gelöste Abschnitte verfallen."

Ein Krieg und seine Opfer

Dies war nun schon der zweite Weltkrieg, den ich glücklicherweise mehr oder weniger unbeschadet überstanden hatte. Der Krieg hatte am 1. September 1939 durch den Angriff Deutschlands auf Polen begonnen und endete in Europa am 8. Mai 1945 durch die Kapitulation Deutschlands.

Erst Jahre später hatte ich die ganze schreckliche Wahrheit über diesen Krieg erfahren. Adolf Hitlers Größenwahn hatte mehr als 60 Millionen Menschenleben gefordert. Gefallen an der Front, ermordet in Konzentrationslagern, umgekommen bei Bombenangriffen oder auf der Flucht dem Hunger, der Kälte und Gewalt zum Opfer gefallen. Hitler selbst hatte sich am 30. April 1945 seiner Verantwortung durch Selbstmord entzogen.

Mehr als sechs Millionen europäische Juden waren in diesem Krieg ermordet worden. 17 Millionen Menschen waren verschollen. Noch im Jahre 1950 wurden 1,3 Millionen Deutsche im Osten vermisst, weitere 100.000 im Westen. Mehr als acht Millionen Deutsche befanden sich bei Kriegsende als Kriegsgefangene im Gewahrsam der Siegermächte. Fünf Millionen von ihnen wurden im ersten Jahr nach Kriegsende wieder entlassen. Große Teile Europas waren zerstört.

Nach der Kapitulation Deutschlands im Mai 1945 hatten die vier Siegermächte USA, Sowjetunion, Großbritannien und Frankreich die Oberste Regierungsgewalt in Deutschland übernommen. Das Deutsche Reich wurde in vier Besatzungszonen aufgeteilt, die Hauptstadt Berlin in vier Sektoren. Oberste politische Grundsätze der Siegermächte zur Behandlung Deutschlands waren Entmilitarisierung, Entnazifizierung, Dezentralisierung, Dekartellisierung und Demokratisierung. Die Einigkeit der westlichen Siegermächte und der Sowjetunion hielt nicht lange an. Sie hatten unterschiedliche weltpolitische Ansichten, und so endete die unmittelbare Nachkriegszeit schließlich mit einer Teilung Deutschlands.

Nach Kriegsende war Deutschland völlig zerstört, Wirtschaft und Infrastruktur waren zusammengebrochen. Die Häuser in den Städten lagen in Schutt und Asche. Wasser, Gas und Elektrizität hatten die Menschen für längere Zeit erst einmal nicht. Es fehlte an Nahrung und Kleidung. Das Überlebensnotwendige war nur über den Schwarzmarkt zu beschaffen.

Die Reichsmark war wertlos geworden. Deshalb wurde am 20. Juni 1948 die Deutsche Mark eingeführt. Am 8. Mai 1949 schließlich wurde das Grundgesetz verabschiedet. Es trat am 23. Mai 1949 in Kraft. Die Bundesrepublik Deutschland wurde gegründet. Für die sowjetische Besatzungszone wurde daraufhin am 7. Oktober 1949 die Deutsche Demokratische Republik proklamiert.

In den ersten Nachkriegsjahren bestimmte der Wiederaufbau Deutschland. Trümmer mussten beseitigt, Städte wieder aufgebaut werden. In den 50er Jahren begann dann das „deutsche Wirtschaftswunder". Ein unfassbarer Bauboom erfasste die Bundesrepublik. Innerhalb von 15 Jahren entstanden drei Millionen neue Wohnungen. Kein Mensch musste mehr Hunger leiden und bereits im Jahre 1959 hatte jeder Deutsche wieder einen Arbeitsplatz. In Deutschland zog endlich wieder der Wohlstand ein. Viele Deutsche konnten sich nun sogar ein Auto oder eine Urlaubsreise leisten.

Soweit der kurze Ausflug in die Nachkriegszeit. Doch eigentlich wolle ich Dir die Geschichte von Marianne und Bernhard zu Ende erzählen. Bernhard, Mariannes Ehemann, war aus diesem schrecklichen Krieg glücklicherweise unversehrt zurückgekehrt und konnte sich nun wieder um seine Heimatgemeinde kümmern. Das Missverständnis zwischen Marianne und Bernhardt hatte sich sehr bald aufgeklärt, die Eifersucht Mariannes hatte jeglicher Grundlage entbehrt. Marianne lebte in ihrer Rolle als Pastorengattin auf. Sie hielt ihrem Mann den Rücken frei und wich nicht mehr von seiner Seite.

Das große Pfarrhaus, das sie bewohnten, war Mittelpunkt der Gemeinde und stand immer für alle offen. So herrschte dort stets ein reges Kommen und Gehen. Im Dachgeschoss hatten Marianne und Bernhard ein gemütliches Zimmer hergerichtet, in dem sie hin und wieder Gäste beherbergten. Das Zimmer war nicht luxuriös. Aber man hatte von dort einen wunderschönen Ausblick in die Natur und konnte Ruhe finden.

Im Pfarrhaus

Im Laufe der Zeit hatte ich auf dem kleinen Schreibtisch im Gästezimmer des Pfarrhauses meinen Platz gefunden. Die Gäste, die das Zimmer bewohnten, benutzten mich hin und wie-der, um Ansichtskarten oder Briefe zu schreiben. Nichts Aufregendes. Die Lust auf Abenteuer war mir ohnehin längst vergangen. Ich hatte mich inzwischen an den Alltag gewöhnt und war eigentlich so ganz zufrieden. Nur gelegentlich hätte ich so manchem Schmierfinken gerne meinen Dienst verweigert. Nämlich immer dann, wenn die Sätze grammatikalisch so falsch waren oder der Schreiber eine so grauselige Handschrift hatte, dass mir fast schlecht wurde. Als Zeichen meiner Missachtung hinterließ ich dann meist einen hässlichen Klecks auf dem Geschriebenen, was mich zugegebenermaßen mit Schadenfreude erfüllte. Bediente sich aber jemand meiner Hilfe, der schön und richtig schreiben konnte, dann erwachten meine alten „Lebensgeister" und ich glitt wieder geschmeidig und leicht über das Papier.

So vergingen die Jahre. Viele Gäste kamen und gingen. Um die Jahreswende 1953/1954 hielt sich ein Gast gleich mehrere Wochen bei Marianne und Bernhard auf. Er verbrachte viel Zeit in dem kleinen Zimmer, las und zeichnete oft stundenlang. Leider konnte er mit mir nicht viel anfangen, denn für seine Zeichnungen benutzte er nur Kohlestifte. Seine Bilder waren düster und zeigten stets Motive mit Wasser. Sie gefielen mir ganz und gar nicht. Sie wirkten auf eine unerklärliche Art bedrohlich und zerstörerisch. In der unteren rechten Ecke signierte er alle Zeichnungen mit Kurt Brandner. Nur deshalb kannte ich auch seinen Namen.

Eines Abends legte Kurt zu meiner größten Freude gleich mehrere leere Blätter auf den Schreibtisch. Hatte er vielleicht doch einmal auch eine Aufgabe für mich? So ein wenig Abwechslung nach den meist immer gleichlautenden Urlaubsgrüßen der anderen Gäste hätte ich schon gebrauchen können.

Tatsächlich nahm er mich zur Hand und begann zu schreiben. Zu Beginn fiel ihm das Schreiben recht schwer. Ein passender Anfang wollte ihm nicht so recht gelingen. Mehrmals schrieb er einen Absatz, hielt inne, zerknitterte das Blatt Papier und warf es in den Papierkorb. Endlich schienen seine Gedanken geordnet und die Sätze flossen nun unaufhaltsam aus meiner Feder. Ich war gespannt auf seine Geschichte.

In den folgenden Stunden füllte Kurt dann viele Seiten:

Die Flutkatastrophe

„Fast genau ein Jahr ist es nun her, dass ich dem Tod ins Auge blickte. Viele Stunden der Angst, der Ungewissheit und des Schreckens habe ich durchlebt. Und so viel Unheil und Leid gesehen. Erst heute habe ich begriffen, was wirklich in jenen Tagen passiert ist.

Wegen meines immer schlimmer werdenden Asthmaleidens hatte ich beschlossen, ein paar Wochen bei meiner Tante in Holland an der Küste in frischer gesunder Luft zu verbringen. Seit dem Tode ihres Mannes lebte Tante Doortje alleine in ihrem Haus in der Nähe von Vlissingen in der Provinz Zeeland im Mündungsdelta von Rhein, Maas und Schelde. Doch hätte ich damals gewusst, was geschehen würde, hätte ich meine Auszeit, die vor allem meiner Gesundung dienen sollte, sicherlich an einem anderen Ort verbracht.

Ich weilte zwischenzeitlich seit dem Neujahrstag 1953 an der holländischen Küste. Die täglichen Spaziergänge an der rauen

Luft und die See taten mir gut. Es war bitter kalt und ein eisiger Wind fegte durch die Straßen. Doch meine ständigen Hustenanfälle und die Atembeschwerden hatten schon merklich nachgelassen.

Es war Samstag, der 31. Januar 1953, und Kronprinzessin Beatrix feierte an diesem Tag ihren 15. Geburtstag. Ein Orkantief war am Freitag aus dem Westen bis Nordwesten über die Nordsee hinweggezogen. In Schottland hatte man Windgeschwindigkeiten mit 180 Kilometern pro Stunde gemessen. Den Menschen hier an der Küste bot sich ein spektakuläres Schauspiel. Wellen peitschten an die Strände, und die Gischt spritzte meterhoch. Der orkanstarke Wind zerrte an allen Ecken und die Menschen stellten sich ihm trotzig und noch völlig nichtsahnend entgegen. Sie waren es gewohnt, mit den Launen der See und den Gewalten der Natur zu leben. Mir war das Schauspiel nicht geheuer. Doch Tante Doortje beruhigte mich. Es gäbe absolut keinen Grund zur Besorgnis.

Bei der Flut am Nachmittag schlug das Wasser allerdings schon über einige Deiche. Den-noch waren die Menschen dort nicht über die Maßen besorgt. Noch rechnete niemand damit, dass die Flut, die von Samstag auf Sonntag einsetzen würde, eine Springflut werden würde.

Um 17.00 Uhr nachmittags meldeten Wetterdienst und Flutwarndienst, dass über dem nördlichen und westlichen Teil der Nordsee ein schwerer Sturm zwischen Nordwest und Nord wütete. In der Nacht sei vor allem mit schwerem Sturm in den Küstenprovinzen zu rechnen. Es herrsche raues Wetter mit wechselnder Bewölkung. Gelegentlich Regen, Hagel oder Schnee.

Man warnte, dass das Sturmfeld sich weiter über den südlichen und östlichen Teil der Nordsee ausdehnen könnte, und es sei zu erwarten, dass der Sturm die ganze Nacht andauern würde. Besonders die Regionen um Rotterdam, Willemstad und Bergen op

Zoom wurden vor gefährlichem Hochwasser gewarnt. Doch diese Warnungen erreichten nicht alle Bewohner. Nicht jeder Haushalt verfügte schon über Radio oder Telefon. Von Fernsehapparaten ganz zu schweigen.

Langsam wurde es dunkel. Eigentlich hätte der Wasserspiegel nun sinken müssen, da die Ebbe einsetzen musste. Doch die Ebbe kam wider Erwarten nicht. Das Wasser zog sich nicht zurück, es blieb einfach stehen. Was wir zu diesem Zeitpunkt noch nicht wussten, war, dass der Nordwestorkan die Nordsee gerade mit der Kraft von 150 Stundenkilometern in die Flussmündungen drückte. Es war völlig ungewöhnlich, dass bei Ebbe ein so hoher Wasserstand gemessen wurde.

Die Bewohner unseres Ortes standen auf den Straßen und beratschlagten sich. Einige verharmlosten die Sache und legten sich schlafen, andere wiederum trafen erste Vorbereitungen, um ihre Häuser und Ställe zu schützen. Tante Doortje machte sich kaum Sorgen, da ihr Haus auf einer kleinen Anhöhe am Ortsrand steht.

Für mich war das alles ziemlich aufregend, aber noch keineswegs bedrohlich. Trotzdem konnte ich in dieser Nacht nicht einschlafen. Ich ging immer wieder nach draußen und schaute besorgt nach dem Wasserstand. Inzwischen war die Flut schon auf das Doppelte der normalen Höhe gestiegen.

Während der Nacht wurden vom Radiosender überhaupt keine Warnungen mehr ausgesendet. Und genau dies war für viele Menschen fatal. Denn bis zum nächsten Morgen waren bereits an 60 Stellen die Flussdeiche gebrochen. Die Flut drang ungehindert ins Land. Doch davon ahnten wir in unserem Ort noch nichts. Trotz der besorgniserregenden Meldungen am Tag zuvor hatte niemand erwartet, dass das Unglück mit solcher Mächtigkeit über uns hereinbrechen würde.

Rings um uns herum tobte die ganze Nacht hindurch ein schrecklicher Sturm. Gegen Morgen war ich dann noch einmal nach draußen gegangen. Ich hatte ohnehin vor Aufregung kein Auge zugemacht. Kaum war ich auf die Straße vor dem Haus getreten, sah ich plötzlich, aus dem Nichts tosende Wassermengen wie eine schmutzige Lawine auf unser Haus zurasen. Im ersten Moment starr vor Entsetzen, setzte doch im Bruchteil von Sekunden mein Fluchtinstinkt ein. Ich preschte zurück zum Haus, drückte die Türe hinter mir zu und spurtete durch den Flur, um Tante Doortje zu warnen. Innerhalb weniger Sekunden drückte das Wasser auch schon unter der Haustüre durch. Mir schien, als käme es plötzlich aus allen Ritzen. Die ersten Fenster wurden eingedrückt, Glasscheiben zerbarsten und im Nu stand die ganze Wohnung unter Wasser.

Meine Tante lief mir schon entgegen und zerrte mich zur Treppe in den ersten Stock. Das Wasser hinter uns stieg so schnell, dass wir nicht einmal mehr Zeit hatten, nach dem Hund zu schauen, der sonst immer unter dem Küchentisch schlief. Nur Augenblicke noch, und das kalte schmutzige Wasser würde die Zimmer des Erdgeschosses bis zur Decke füllen.

Im ersten Stock waren wir erst einmal sicher. Zumindest für den Moment. Doch wenige Minuten später fiel der Strom aus und die Lichter, die vor kurzem wenigstens noch die Haupt-straße und den Rathausplatz des Ortes beleuchtet hatten, waren verloschen. Um uns herum nur das erste morgendliche Dämmerlicht, das aber noch keine Blicke in die weitere Umgebung zuließ. Man hörte lediglich das bedrohliche Rauschen des Wassers. Und die Hilferufe von Menschen. Verzweifeltes Rufen und Weinen. Und zu allem Unglück noch das panische Brüllen des ertrinkenden Viehs. Doch wir konnten nichts tun. Wir waren selbst völlig hilflos. Angsterfüllt und ohne Orientierung.

231

Endlich wurde es heller und das gesamte Ausmaß der Katastrophe wurde sichtbar. Der ganze Ort stand unter Wasser. Soweit man blicken konnte reichten die Wassermassen. Im faden Licht war ein unheimlicher, schmutziger, unberechenbarer Wasserstrom zu sehen. Das Wasser hatte eine unvorstellbar zerstörerische Kraft und riss alles mit sich, was sich ihm in den Weg stellte. Zäune, Bretter, Balken, Ackergeräte, ganze Möbelstücke und entwurzelte Bäume zogen am Haus vorbei. Hier und da trieb totes Vieh.

Und jetzt erst konnten wir sehen, dass die Nachbarhäuser, die etwas tiefer lagen, zum Teil bis zum ersten Stock überschwemmt waren. Die Bewohner hatten sich in die oberen Stockwerke gerettet, doch sämtliche Scheunen und Ställe waren bereits komplett überflutet. Nicht weit von uns, wo eigentlich die Straße in den Ort verlief, kniete ein Mann in Todesangst auf dem Dach einer Telefonzelle. Es konnte nicht mehr lange dauern, und auch diese würde vom Wasser weggespült.

Von überall her drangen Hilferufe, doch wegen der anhaltenden Strömung gab es keine Chance, zu den Menschen zu gelangen. Wie auch, wo wir doch selbst gefangen waren. Es war unbeschreiblich. Es war einfach unmöglich, ohne Boot oder sonstige Hilfsmittel irgendwohin zu gelangen. Und selbst dies wäre nur unter enormer Kraftanstrengung und bei Gefährdung des eigenen Lebens möglich gewesen.

Soweit das Auge reichte, sah man nur Wasser. Die See hatte vom Land Besitz ergriffen, und ein Ufer war selbst in weiter Ferne nicht auszumachen.

In den nächsten Stunden ging das Wasser langsam ein wenig zurück und zeigte noch erbarmungsloser die Verwüstungen. Die Ebbe hatte endlich eingesetzt, doch der Wasserspiegel fiel nicht *so tief wie erhofft. Trotzdem nutzten diejenigen, denen es aus eigener Kraft möglich war, die Chance, höher gelegene Stellen im Ort aufzusuchen. Etwa die Kirche oder den Gemeindesaal.*

Erste Rettungsversuche waren zu beobachten. Ein paar Boote fuhren an den Häusern entlang und brachten Bewohner nach und nach an etwas sicherere Orte.

Tante Doortje und ich blieben im Haus und versuchten unten noch ein paar Dinge zu retten. Doch das meiste war schon vom Wasser zerstört. Von den Räumen im oberen Stockwerk schafften wir alles, was wir finden konnten und von dem wir dachten, dass es lebensnotwendig sei, so hoch wie möglich nach oben.

Wir hofften, das Schlimmste schon hinter uns zu haben. Doch dann, am Sonntagnachmittag, setzte erneut die Flut ein. Der Wasserspiegel stieg noch höher als in der Nacht zuvor. Damit hatte niemand gerechnet. Das Wasser kam mit aller denkbaren Macht zurück und den Menschen, die in ihren Häusern geblieben waren, blieb nur noch die Chance, sich auf die Dachböden oder die Dächer zu retten. Mit Entsetzen beobachteten wir, wie die Fluten ganze Häuser zum Einsturz brachten. Die gewaltigen Wassermassen drückten einfach die Dächer von den Häusern nach oben und Mauern wurden wie Spielzeug umgeworfen.

Autos und sogar ein großer Lastwagen trieben durch die Fluten. Völlig hilflos mussten wir mit ansehen, wie Menschen elend ertranken. Einige Männer und Frauen trieben auf Teilen von Dächern oder auf Treibholz an unserem, nun auch fast bis zum Dach überschwemmten Haus vorbei. Überall um uns herum verzweifelte Rufe und Weinen. Es war entsetzlich. Würde unser Haus dem gewaltigen Druck der Wassermassen standhalten?

Wie dieser schreckliche Tag verging, kann ich heute nicht mehr sagen. Ich war wie im Schockzustand. Tante Doortje und ich hatten uns nun ebenfalls auf den Dachboden gerettet. Zwar stand das oberste Stockwerk nicht komplett unter Wasser, aber die Angst, zu ertrinken oder vom Wasser mitgerissen zu werden, war so groß, dass wir es nicht wagten, uns von dort oben fortzubewegen.

Gegen 5 Uhr nachmittags setzte schon wieder die Dunkelheit ein. Um uns herum eine einzige Katastrophe und niemand wusste, was die folgenden Stunden noch bringen würden. Es war bitter kalt und es stand eine weitere schreckliche Nacht bevor. Viele Menschen, die sich auf die Dächer gerettet hatten, waren nicht ausreichend bekleidet und hatten keine Nahrungsmittel. Trotz des vielen Wassers ringsum hatten die meisten Menschen nicht einmal Trinkwasser. Wir hatten wenigstens die Chance gehabt, dicke Jacken anzuziehen. Andere hatten weniger Glück, waren nass, durchgefroren, hungrig und durstig.

Unter Todesangst harrten wir schicksalergeben die ganze Nacht auf dem Dachboden aus. Der Sturm wütete weiter und es vergingen weitere bange Stunden.

Als es endlich hell wurde, hörte man, dass erste größere Rettungsaktionen angelaufen waren. Man vernahm von fern Hubschrauber und die Motoren von Booten. Endlich war Hilfe von außerhalb zu erwarten. Wir beobachteten, wie im Laufe des Tages um uns herum die vom Wasser eingeschlossenen Menschen mit Booten abgeholt wurden. Ungeduldig wartend und immer in der Hoffnung, wir würden doch endlich die nächsten sein, die gerettet würden. Doch verständlicherweise nahmen die Retter zuerst diejenigen mit, die am meisten betroffen und völlig hilflos waren.

Selbst manche Rettungsaktionen waren noch tragisch. Ich sah eine Frau, die mit aller Gewalt ihren geliebten Hund aufs Rettungsboot zerrte, und Kinder, die sich panisch an ihre Eltern klammerten.

Viele alte Leute mussten unter Aufbietung aller guten Worte dazu bewegt werden, von Dächern oder Fenstern auf die schwankenden Boote zu klettern. Manchmal half nur sanfte Gewalt.

Ein Schlauchboot war wohl an einem Hindernis unter Wasser hängen geblieben und wurde aufgeschlitzt. Wäre nicht ein anderes Boot gleich in der Nähe gewesen, wäre noch mehr Unglück geschehen. Irgendwann gegen Abend kamen dann endlich auch wir an die Reihe. Wir wurden an einen sicheren Ort gebracht, wo wir dann noch weitere zwei Tage verbrachten.

Während der ganzen Zeit hatte meine Tante, die viel älter als ich ist, die Nerven behalten. Sie hatte zwar Angst, war aber unglaublich stark gewesen Ich hingegen war zeitweise in Panik verfallen und hatte bereits den sicheren Tod vor Augen. Bis heute steckt mir dieser Schock in den Knochen.

Wie ich später erfuhr, war für viele andere Menschen an jenem Montag der Alptraum noch immer nicht zu Ende. Einige abgelegene Höfe oder Kirchen waren von den Wassermassen vollkommen abgeschnitten und der unaufhörliche Sturm hatte dort auch Rettungen aus der Luft teilweise unmöglich gemacht. So waren viele verzweifelte Menschen gezwungen, noch eine dritte Nacht auf den Dachböden oder Dächern auszuharren. Es hatte ein Wettlauf gegen die Zeit und um das Leben der vom Wasser eingeschlossenen Menschen begonnen. Dennoch war für einige die Hilfe zu spät gekommen.

Wir sind mit dem Leben davongekommen, und auch das Haus hat die Katastrophe halbwegs überstanden. Wir hatten Glück im Unglück.

Viele andere Menschen jedoch nicht!"

Das also hatte Kurt erlebt. Schrecklich! Nun verstand ich, was mich an seinen Zeichnungen und Bildern so erschreckt hatte. Es waren die verstörenden Erlebnisse dieser tödlichen Sturmflut, die er darin eingefangen hatte und so aufarbeitete. Unglaublich, was so machen Menschen widerfährt. Ich hoffe sehr, dass Kurt sich von diesem Schock wieder erholt und sein Asthma sich inzwischen gebessert hat.

Was Penny damals nicht wissen konnte

Im Jahre 1953 starben bei dieser Flutkatastrophe 1.835 Menschen. Etwa 72.000 Menschen mussten teilweise für lange Zeit evakuiert werden. Ungefähr 200.000 Tiere ertranken. Tausende von Wohnungen und Bauernhöfen waren vorübergehend oder für immer unbewohnbar, so dass viele nach der Flut für längere Zeit in Notunterkünften untergebracht werden mussten.

Flutkatastrophe 1953

Die Verwüstungen waren unbeschreiblich. Eine Fläche von etwa 2.000 Quadratkilometern wurde überschwemmt. Als Folge dieser schrecklichen Sturmflutkatastrophe wurde intensiv am Hochwasserschutz gearbeitet: In Holland wurden die Deltawerke, welche sich aus insgesamt 13 Bauwerken zusammensetzen und bis heute das weltweit größte Sturmflutwehr bilden, errichtet.

Zudem wurden viele hundert Kilometer neue Deiche angelegt.

Wie kommt es eigentlich zu einer Sturmflut?

Bei einem normalen Gezeitenhochwasser, das etwa an der Nordseeküste zweimal am Tag durch die Flut entsteht, steigt der Wasserspiegel um zwei bis dreieinhalb Meter an und sinkt dann wieder, bis schließlich Ebbe herrscht. Den Unterschied des Wasserstandes zwischen Hoch- und Niedrigwasser nennt man Tidenhub.

Bei schwerem Sturm über der See kann es, je nachdem, aus welcher Richtung der Wind weht, dazu kommen, dass große Wassermassen gegen das Festland gedrückt werden und das Wasser dann auch nicht mehr zurückfließen kann. Treffen nun solche starken Winde, die große Wassermengen vor sich herschieben, und die normale Gezeitenflut zusammen auf die Küste, kann es zu Überflutungen ungeschützter Küstengebiete kommen, also zu Sturmfluten, wie ja schon der Name besagt. Selbst Stürme und Tiefdruckgebiete weit draußen auf dem offenen Ozean können die Entstehung von Sturmfluten beeinflussen. Sie können Wasserberge erzeugen, die als sogenannte Fernwellen die Küsten erreichen und so die Wasserpegel erhöhen.

Noch ein paar Jahre lang kamen immer wieder neue Gäste zu Marianne und Bernhard. Mein Platz blieb während dieser Zeit immer derselbe. Manchmal wünschte ich mir, einer der Gäste würde mich einfach mitnehmen, damit ich doch noch einmal etwas anderes sehen könnte. Doch in diesem Hause verkehrten anscheinend nur ehrliche Menschen. Keiner steckte mich ein. Weder absichtlich noch aus Versehen.

War ich mit der Zeit so hässlich und unbrauchbar geworden, dass keiner Interesse an mir hatte?

Einige der Gäste nutzten mich nicht einmal. Sie hatten mittlerweile ganz andere Geräte zum Schreiben dabei. Wie es aussah, waren Füllfederhalterinnen wie ich zwischenzeitlich schon längst aus der Mode gekommen.

Meine Konkurrenz – der Kugelschreiber

Einmal hatte ich Gelegenheit, so ein eigenartiges Ding, das die Menschen neuerdings benutzten, genauer zu betrachten. Es sah überhaupt nicht aus wie ein Gerät, mit dem man ordentlich schreiben kann. „Kugelschreiber". So nannten die Leute dieses Gerät. Wie albern! Ein komischer Gegenstand aus Kunststoff, ich glaube, so bezeichnete man das Material. Diese Kugelschreiber waren nicht wie ich aus edlem Holz gefertigt. Vorne fehlte sogar die Feder, aus der bei mir die Tinte floss. Und ich konnte beim besten Willen auch nicht erkennen, ob diese Kugelschreiber nun männlich oder weiblich waren. Wahrscheinlich waren sie einfach nur geschlechtslos und dumm und ließen sich benutzen, ohne darüber nachzudenken.

Wie sollte so ein merkwürdiges Ding überhaupt schreiben können? Nach längerem Beobachten erkannte ich es. Wurde das Schreibgerät über das Papier bewegt, so rotierte ganz vorne an der Spitze eine kleine Kugel. Wenn sich eine Seite der Kugel innen befand, wurde dort ein wenig Tinte aufgenommen. Sobald die kleine Kugel sich beim Schreiben drehte, wurde die Tinte nach außen auf das Papier übertragen. Ja, genauso musste es funktionieren!

Die Tinte war viel dicker als meine und trocknete erstaunlich schnell, schon innerhalb weniger Sekunden. Die geschriebenen Linien sahen immer gleichmäßig dick oder dünn aus und das Gerät machte erstaunlicherweise auch niemals Kleckse. Wie man die Tinte bei diesen seltsamen Kugelschreibern nachfüllt, habe ich allerdings nicht herausfinden können.

Was Penny damals nicht wissen konnte

Der Kugelschreiber war eine Erfindung des ungarischen Zeitschriftenredakteurs László József Biró Ende der 30er Jahre. 1938 erhielt Biró das Patent für seinen Kugelschreiber. Im Krieg floh Biró vor dem Faschismus nach Argentinien. Dort begann er mit der Herstellung seiner neuen Kugelschreiber.

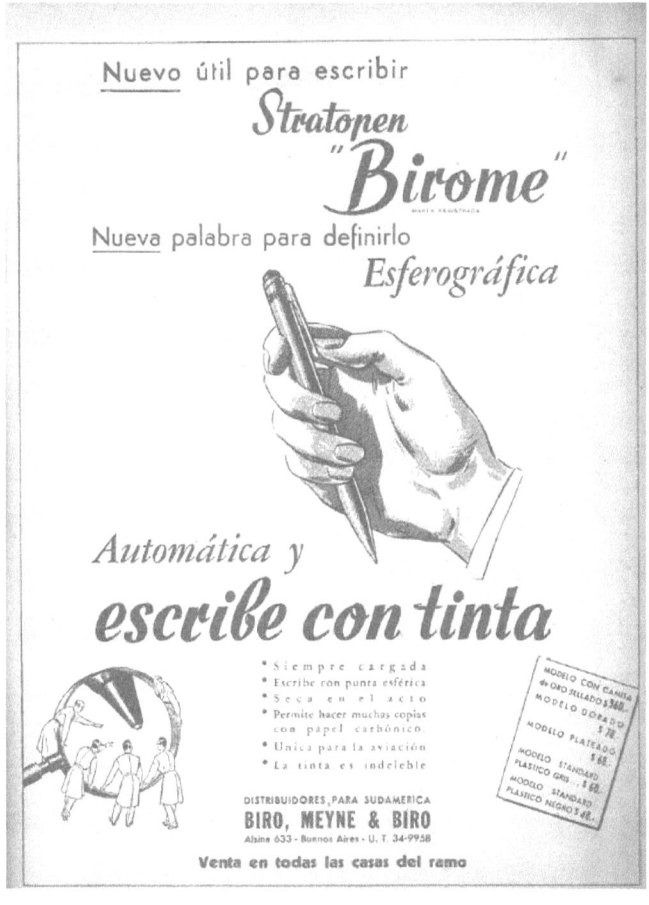

*Werbung in Revista Argentinien "Leoplán" von 1945 für den ersten
kommerziellen Kugelschreiber, Marke "Birome"*

Ein englischer Geschäftsmann namens Henry George Martin kaufte Biro die Patentrechte ab und produzierte daraufhin in großer Anzahl Kugelschreiber für die englische Luftwaffe. In großer Höhe nämlich machten herkömmliche Füllfederhalter Probleme, da die Tinte auslief.

In den Vereinigten Staaten ließ der Unternehmer Milton Reynolds die Kugelschreiber unter dem Namen „Reynold's Rocket" nachbauen. Zunächst waren seine Geschäfte recht erfolgreich. Letztlich aber ging Reynolds pleite, da er mit seinen Kugelschreibern Qualitätsprobleme hatte und tausende bereits verkaufter Exemplare zurücknehmen musste.

Ein französischer Baron namens Marcel Bich perfektionierte schließlich die Kugelschreiber. Seit 1950 sind seine Kugelschreiber auch bei uns unter dem Markennamen „Bic" bekannt.

Im Jahre 1945 wurden die ersten produzierten Kugelschreiber für 8,50 US Dollar verkauft. Hier in Deutschland bezahlte man für die ersten Modelle damals rund 20 DM.

Noch heute heißen Kugelschreiber in vielen Ländern der Erde nach ihrem Erfinder „Biró".

Alt und einsam

Im Frühjahr 1957 bahnte sich endlich eine Veränderung an. Das Zimmer im Pfarrhaus, das seit so vielen Jahren schon mein Zuhause war, wurde umgeräumt und neu eingerichtet. Nur der alte Schreibtisch behielt noch seinen ihm angestammten Platz. Die

Wände bekamen einen neuen hellen Anstrich, und bunte geblümte Gardinen zierten die Fenster.

Hildegard, eine 70-jährige alte Dame, zog in das Zimmer ein. Sie war klein und dünn und vom vielen Arbeiten war ihr Rücken ganz krumm. Die Bewegungen fielen ihr recht schwer, und ohne die Hilfe ihres Krückstockes konnte sie kaum noch gehen. Doch jammern hörte ich sie nie.

Würde ich, wenn ich ein Mensch wäre, inzwischen auch so aussehen? Eine alte Frau, runzelig, grau und buckelig? Ach Herrjeh – auch ich war schon 73 Jahre alt. Kein Wunder also, dass niemand mehr sich für mich interessierte.

Das Zusammenleben mit dieser alten Dame brachte völlig neue Gewohnheiten mit sich. Hildegard liebte Musik. Den ganzen Tag über tönten Lieder von Margot Eskens, Vico Torriani, Freddy Quinn oder Peter Alexander aus ihrem Radioapparat, einem riesigen Kasten, der auf der Vitrine stand.

Hin und wieder bekam Hildegard Besuch von einer anderen alten Frau. Ansonsten führte sie ein ruhiges und eher zurückgezogenes Leben.

Ich mochte die alte Dame gut leiden. Aber auch sie hatte kaum Verwendung für mich. Ohne ihre Brille konnte sie fast nichts mehr sehen. Und selbst das Lesen und Schreiben mit Sehhilfe bereiteten ihr große Mühe.

Mehr denn je wünschte ich mir, dass mich endlich jemand von hier fortnehmen würde. Hatten mich früher meine ständigen Besitzwechsel oft verärgert, so sehr sehnte ich mich jetzt nach etwas Neuem. Wenigstens einmal noch wollte ich noch etwas Interessantes erleben, bevor ich endgültig ausgedient hatte.

Doch die einzige Abwechslung bei der netten alten Dame war ein Brief an ihre Bekannte:

„Meine liebe Johanna!
Je länger ich den Brief an Dich aufschiebe, umso schwerer wird er mir, da ich mich so sehr in Deiner Schuld fühle. Besonders nach Deinem letzten Brief, der auch schon wieder vier Wochen zurückliegt, empfinde ich das sehr schmerzlich.

Du meinst, dass etwas zwischen uns steht. Es ist aber anders als Du denkst, nämlich nur meine Schwermut und der schwierige Anfang. Immer möchte ich Dir einen besonders langen und ausführlichen Brief senden und warte auf die richtige Zeit und Inspiration. Aber da beides seltene Gäste bei mir sind, so bleibt es immer bei dem guten Vorsatz und frommen Wunsch.

In Gedanken habe ich Dir schon oft Briefe geschrieben, aber das nützt Dir ja schließlich nichts. Und so musst Du auf den abwegigen Gedanken kommen, dass uns etwas trennt, noch dazu so eine Kleinigkeit, die noch nicht einmal Deine Schuld war. Dem ist nicht so, sei dessen gewiss!

Nun möchte ich mich aber erst einmal recht herzlich für Deinen lieben Brief und für die Glückwünsche zu meinem Geburtstag bedanken. Hoffentlich gehen alle Deine Wünsche in Erfüllung und ich schaffe noch einige Jahre.

Ich bin jetzt im 70. Lebensjahr. Wenn man das so hinschreibt, bedeutet es nichts Besonderes und doch ist es schon beinahe ein erfülltes Leben zu nennen. Zwar kommt es mir selber nicht so lang vor, die Jahre sind so schnell vergangen und haben Freude und Leid, Glück und Sorge gebracht. Nun, so geht es doch jedem von uns, der etwas über das Leben nachdenkt. Ich habe vielleicht zu viel Zeit und einen Hang dazu, über vieles nachzudenken. Aber das bringt die Einsamkeit so mit sich.

Meine Kinder und Enkelkinder besuchen mich oft. Aber wohl erst dann, wenn sie ihre eigenen Kinder in das Leben entlassen müssen und vielleicht ihre letzten Lebensjahre ohne Lebenskameraden durchwandern müssen, werden sie verstehen können, warum ich von Einsamkeit spreche. Das ist eben das Lebensschicksal eines jeden von uns. An manchen Tagen ist die Last nicht so spürbar und dann kommen doch wieder die dunklen Tage. Aber dem Regen folgt ja meist Sonnenschein!

Meine Enkelkinder sind mir schon alle über den Kopf gewachsen, oder vielleicht werde ich auch jedes Jahr etwas kleiner. Denn jünger wird ja wohl keiner – alle zahlen wir unseren Tribut an das Alter.

Alles in allem hatte ich trotz der schlimmen Kriegszeiten ein schönes Leben. Du weißt, ich hatte das große Glück, ein harmonisches Familienleben zu führen. Hätte ich nicht das Leid mit unserem Ersten gehabt, so würde ich sagen, unser Glück war vollkommen. Als ich heiratete, sagte ich immer: „Mir grauet vor der Götter Neide; des Lebens ungemischte Freude ward keinem Irdischen zuteil!"

Mir geht es den Umständen entsprechend und altersmäßig noch
gut. Die kleinen Altersgebrechen versuche ich zu übersehen,
dann geht's noch. Jammern macht alles nur schlimmer, da lassen
wir es lieber gleich. Nach der letzten Untersuchung beim Doktor
sagte er mir, ich hätte ein müdes Herz, was ja weiter kein Wunder
ist, von dem langen Wege, den es schon geschafft hat.

Aber der Mensch denkt und Gott lenkt – und das ist auch gut
so. Zuviel Sorge um das Leben nützt nichts – so lange wie mög-
lich froh und zufrieden sein, ist schon eine gute Lebenshilfe.

Liebe Johanna, ich möchte nun meinen Brief schließen. Sei mir
bitte nicht mehr gram, mein Schweigen war nicht bös gemeint.
In alter Freundschaft

Deine Hildegard"

Eigentlich ein ganz normaler Brief, wie ich fand. Und doch
sagte er so viel aus über diese liebe alte Dame. Ein wenig schwer-
mütig und einsam war sie. Hatte schon so viel mitgemacht und
war trotzdem nicht verbittert. Eher dankbar für das Gute, das ihr
trotz allem geschenkt worden war. Sie jammerte nicht, aber ich
spürte, wie gerne sie jemanden auf ihre alten Tage um sich gehabt
hätte. Ich weiß nicht, wie viele Kinder und Enkelkinder Hildegard hatte. Jedenfalls hatte ich während der ganzen Zeit, in der
ich bei ihr war, keines davon gesehen. Das machte mich sehr
traurig. Ob mich meine Kinder und Enkelkinder – wenn ich denn
welche bekommen hätte – wohl im Alter besucht hätten? Oder
wäre ich auch so einsam gewesen wie Hildegard?

Was Penny damals nicht wissen konnte

Deutschland galt im Jahre 1957 als das Wirtschaftswunderland. Die Goldreserven wuchsen an, die deutsche Handelsschifffahrt war im Aufschwung, die Preise, aber auch die Löhne stiegen.

Im Mai 1957 verabschiedete der Bundestag ein Gesetz über die Gleichberechtigung von Mann und Frau. Darin wurde die Zugewinngemeinschaft als gesetzlicher Güterstand in der Ehe eingeführt. Außerdem wurde entschieden, dass Männer weiterhin bei Uneinigkeit in Bezug auf die Kindererziehung einen "Stichentscheid" haben. Das hieß, dass Frauen zwar bei Familienangelegenheiten mitreden durften, bei Erziehungsfragen jedoch behielten die Männer das alleinige Entscheidungsrecht. Der gesetzliche Vertreter minderjähriger Kinder blieb allein der Vater. Selbst bei unehelichen Kindern war nicht die Mutter, sondern ein Amtsvormund zuständig. Diese Regelung ist heute glücklicherweise längst überholt.

Hildegard, die alte Dame, wurde im Jahre 1887 geboren. Sie hatte noch Zeiten erlebt, in denen den Frauen andere Rollen im Leben zugedacht und zugestanden wurden als in heutigen Zeiten.

Die Gleichberechtigung zwischen Mann und Frau war und ist ein langer schwieriger Weg. Was für Männer schon immer als selbstverständlich galt, mussten Frauen sich oftmals hart und lange erkämpfen. Eure Großmütter, wie zum Beispiel Hildegard, und auch noch manche Eurer Mütter hatten bis vor wenigen Jahren – selbst hier in Deutschland – fast keinerlei Rechte.

So war beispielsweise bis zum Jahre 1957 im Bürgerlichen Gesetzbuch geregelt, dass eine Frau nur mit der Erlaubnis ihres Ehemannes arbeiten gehen durfte. Der Ehemann hatte das alleinige Bestimmungsrecht über Frau und Kinder inne. Gelockert wurde diese Vorschrift erst durch das Gleichberechtigungsgesetz.

Doch sogar danach war das Arbeiten von Frauen nur in dem Fall gestattet, wenn es mit ihren Pflichten als Haus- und Ehefrau vereinbar war. War der Ehemann anderer Meinung, konnte er das Arbeitsverhältnis seiner Ehefrau auch deren Einverständnis kündigen.

"Dem Manne steht die Entscheidung in allen das gemeinschaftliche eheliche Leben betreffenden Angelegenheiten zu; er bestimmt insbesondere Wohnort und Wohnung." So lautete § 1354 des Bürgerlichen Gesetzbuches, der als sogenannter "Gehorsamsparagraph" dem Mann in einer Ehe das Recht zur Entscheidung aller gemeinsamen Angelegenheiten zusprach. Da der Paragraph nicht mit dem Gleichberechtigungsgrundsatz im Artikel 3 unseres Grundgesetzes vereinbar war, wurde er am 18. Juni 1957 ersatzlos gestrichen.

© Bildnachweis: Hulton Archive

Noch bis 1962 durften Frauen ohne Zustimmung ihres Ehemannes nicht einmal ein eigenes Bankkonto eröffnen. Erst nach 1969 galt eine verheiratete Frau als geschäftsfähig.

Erst seit der Einführung des Gleichberechtigungsgesetzes haben Frauen bei einer Scheidung Anspruch auf Unterhalt und dürfen nun selbst über ihr eigenes Geld verfügen. Vorher gehörte alles, was eine Frau mit in die Ehe brachte, automatisch ihrem Mann.

Hildegard hat im Übrigen für damalige Zeiten auch ein unglaublich hohes Alter erreicht. Sie starb erst im gesegneten Alter von 82 Jahren. Die durchschnittliche Lebenserwartung von Frauen ihres Geburtsjahres lag damals bei nur etwa 40 Jahren, bei Männern sogar nur bei rund 37 Jahren – nicht zuletzt auch bedingt durch die beiden Weltkriege.

Vergleicht man dies mit der Lebenserwartung von späteren Generationen, so ist diese heutzutage ungefähr doppelt so hoch. Frauen haben heutzutage eine durchschnittliche Lebenserwartung von etwa 83 Jahren, Männer von etwa 78 Jahren.

Hildegard, die nette alte Dame, lebte glücklicherweise noch ein paar Jährchen, und ich durfte solange bei ihr bleiben. So wurden wir beide zusammen alt. Es waren stille und gemütliche Jahre. Keine Aufregung, nichts Spektakuläres. Und ich vermisste auch nichts. Es war gut so.

Eines Morgens im Februar 1969 wachte Hildegard einfach nicht mehr auf. Sie war in der Nacht still und leise von mir gegangen. Nun war ich plötzlich ganz allein. Erst da bemerkte ich, wie sehr ich mich an die alte Dame und die stets fröhlichen

Klänge aus dem Radio gewöhnt hatte. Von der Trauerfeier und anschließenden Beerdigung habe ich nichts mitbekommen. Hildegards Zimmer wurde ausgeräumt, und ich verlor erneut ein vertrautes Zuhause. Zusammen mit all ihren Habseligkeiten, mit dem ihre Kinder und Enkelkinder nichts anfangen konnten, landete ich wieder einmal in einer Kiste.

All die alten Möbel und den übrigen altmodischen Kram aus Hildegards Nachlass hatte keines ihrer Kinder oder Enkelkinder haben wollen. Nur der Goldschmuck, ein paar wertvolle Münzen und das Rosenthal-Porzellan waren am nächsten Tag schon verschwunden. Ich hatte großes Glück, dass man mich nicht gleich zum Müll geworfen hatte. Zusammen mit ein paar anderen Sachen, die man vielleicht noch zu Geld machen konnte, wurde ich weggepackt und zum Trödelmarkt gebracht.

Ach Penny, was ist aus Dir geworden? Ein altes unscheinbares Ding. Nutzlos, hässlich und wertlos für Menschen. Was soll's? Das ist wohl der Lauf der Zeit. Vor vielen Jahren war ich schon einmal in einem Pfandhaus gelandet und hatte Glück. Vielleicht klappte es ja noch einmal, dass ich bei irgendjemandem ein neues Zuhause finden würde?

Auf dem Trödelmarkt

Als ich an einem nebligen, tristen Tag im Jahre 1969 so achtlos zwischen all den anderen ausgedienten Gegenständen auf einem klapprigen Tapeziertisch, den man neben vielen anderen auf einer matschigen Wiese platziert hatte, herumlag, wurde mir klar, dass meine Zeit abgelaufen war. Natürlich hatte ich im Laufe der Zeit an Schönheit und Wert verloren. Doch dass ich nun hier zwischen alten Klamotten, abgegriffenen Büchern, unechtem, hässlichen Schmuck, abgenutztem Hausrat und sonst allerlei unliebsamem altem Kram enden würde, das hätte ich mir niemals träumen lassen. Es war wirklich zum Heulen.

Ein paarmal nahm mich jemand in die Hand, sah mich prüfend an und beförderte mich dann recht unsanft wieder zurück auf den Tisch. Ohne jeglichen Respekt! Ich zauberte bei meinem Anblick längst schon kein Lächeln, keine Freude mehr in die Gesichter. Eher Stirnrunzeln, abschätzige Blicke oder skeptisches Kopfschütteln. Ich war rein gar nichts mehr wert. Es tat so weh.

Ein richtig ungepflegt aussehender junger Mann mit langen fettigen Haaren und schwarz verdreckten Fingernägeln begutachtete mich äußerst genau. Etwas zu lange für meinen Geschmack. Seinen Atem konnte ich nicht riechen. Aber allein der Anblick seines ungepflegten Stoppelbartes und seiner schmutzigen Kleidung bereiteten mir Unbehagen. Ich ekelte mich vor diesem schmutzigen Individuum. Welch ein Glück. Auch er hatte kein Interesse an mir. Unschlüssig legte der widerliche Kerl mich für einen Augenblick zur Seite. Diesen Moment nutzte eine recht sympathisch aussehende Frau, um mich zu inspizieren. Vielleicht konnte ich bei ihr ja noch ein wenig Eindruck schinden. Ich gab wirklich alles – und hatte Glück. Irgendetwas an mir muss ihr dann wohl gefallen haben. Nach kurzem Handeln einigte man sich auf einen Preis und ich verschwand zum Transport in der bunten Porzellanvase, die sie zuvor am Nebentisch erstanden hatte.

Grippe aus Hongkong

Cordula meine neue Besitzerin: knapp 50, Altenpflegerin, unverheiratet. Ein paar Kilos zu viel auf den Rippen, die sie unter bunter Schlabber-Kleidung zu verstecken suchte. In ihrer Freizeit lümmelte Cordula gerne auf ihrem gemütlichen Sofa herum, las kitschige Liebesromane oder werkelte mit Begeisterung in ihrem kleinen Gemüsegarten. Sie war lustig, ein wenig schusselig und sang gerne.

Und … Cordula hatte ein kleines Geheimnis. Etwas, das sie vielleicht vor anderen verbergen konnte, aber nicht vor mir. Da mich die meisten Menschen nicht einmal bemerken, ist ihnen natürlich auch nicht klar, was ich alles mitbekomme.

Cordula war nicht wie alle anderen Frauen, die ich bis dahin kennengelernt hatte. Sie interessierte sich nämlich in keinster Weise für Männer. Cordula lebte Tür an Tür mit ihrer besten Freundin Hanne. Was ja an sich nichts Außergewöhnliches wäre. Wäre da nicht der Umstand gewesen, dass die beiden ein richtiges Paar waren. Für die Öffentlichkeit nur beste Freundinnen, aber in Wahrheit ein Liebespaar.

Ich weiß noch, dass mich das anfangs ziemlich irritiert hatte. Wie konnte es sein, dass sich zwei Frauen lieben? War das nicht unnormal? Das hatte ich ja noch nie gehört. Doch je länger ich die beiden miteinander erlebte, desto mehr mochte und verstand ich sie. Es gefiel mir sehr, wie sie miteinander umgingen. Rücksichtvoll, liebevoll. Sie verstanden sich fast blind, hatten dieselben Interessen und waren auf einer Wellenlänge. Manchmal hatte ich das Gefühl, sie waren wie eins und konnten augenblicklich nachvollziehen, was die andere gerade dachte. Dass sich zwei Menschen so gut verstanden, hatte ich bis jetzt zwischen Mann und Frau noch nie erlebt. Aber bei diesen beiden Frauen klappte das. Irgendwie schien diese Beziehung auf einer ganz anderen Ebene abzulaufen. Das heißt nicht, dass es nicht auch hier zuweilen Streit gab. Auch in dieser Beziehung ging es das eine oder andere Mal um Eifersucht, Verlassensängste oder sexuelle Probleme. Aber irgendwie lösten die beiden diese Konflikte immer anständig und auf gleicher Augenhöhe. Das beeindruckte mich.

Kurz vor Weihnachten wurde Hanne plötzlich sehr krank. Am Nachmittag war ihr aus heiterem Himmel schwarz vor Augen geworden, ihre Hände zitterten und die Beine wurden ganz wackelig. Ihr war schwindelig und sie bekam sehr schlecht Luft. Sie musste sich hinlegen und war kaum noch fähig sich aufzurichten. Hinzu kamen Kopf-, Muskel- und Gliederschmerzen, die von Stunde zu Stunde heftiger wurden. Zum Arzt gehen wollte sie noch nicht, da sie glaubte, am nächsten Morgen würde es ihr schon besser gehen. Aber es wurde immer schlimmer. Gegen Abend hatte Hanne schon 40 Grad Fieber, einen schrecklichen Husten und lag völlig erschöpft und fast schon apathisch im Bett. Cordula gelang es anfangs noch, mit Wadenwickeln das Fieber zu bändigen. Noch glaubten sie beide an eine starke Erkältung, die sie schon irgendwie die nächsten Tage selbst in den Griff bekommen würden. Aber immer häufiger bekam Hanne schlimmen Schüttelfrost und Atemnot. Doch noch immer wollte sie – trotz Cordulas vehementer Einwände – keinen Arzt sehen. Sie war stur wie ein Esel.

Nach zwei Tagen intensiver Betreuung zeigte sich bei Hanne noch immer kaum eine Besserung. Cordula fühlte sich nun selbst so krank, dass auch sie das Haus nicht mehr verlassen konnte. Sie hatte sich angesteckt und zeigte dieselben Symptome wie Hanne. Wadenwickel, Schwitzkuren, Tee trinken und Hustenpillen allein nutzen nichts. Ein Arzt und richtige Medikamente mussten endlich her. Das war aber auch höchste Zeit. Ich hatte schon hin und her überlegt, wie ich es wohl anstellen könnte, den beiden Hilfe zukommen zu lassen. Aber wie hätte ich das tun sollen?

Hans, ein netter älterer Herr aus der Nachbarschaft, den ich zuvor schon öfters bei Cordula gesehen hatte, traf dann endlich die Entscheidung, einen Arzt zu holen. Er kümmerte sich um Cordula und Hanne und besorgte die Medikamente, die der Hausarzt verschrieben hatte. Für die Arznei musste Hans lange Wege in Kauf nehmen, da in der Stadt fast in keiner Apotheke noch welche zu bekommen waren. Fiebersenkende Mittel, Antibiotika und Hustensaft waren nahezu überall ausverkauft.

Cordula und Hanne waren nicht die einzigen, die so krank waren. In Radio und Fernsehen wurde fast täglich über eine heftige Grippewelle berichtet, an der inzwischen tausende von Menschen erkrankt waren. Die Ansteckungsfrist bei dieser sogenannten „Hongkong-Grippe" betrug 24 bis 72 Stunden. Gefährdet waren vor allem durch Altersschwäche, Asthma oder Bronchitis, Herz- und Kreislaufleiden oder Diabetes vorbelastete Menschen. Aber auch Kinder blieben nicht verschont. Diese Grippe war anscheinend aus dem Nichts aufgetaucht und verbreitete sich rasend schnell.

Nach zwei Wochen waren Cordula und Hanne glücklicherweise wieder auf den Beinen und völlig gesund. Sie hatten ein paar Kilos abgenommen, aber im Großen und Ganzen alles gut überstanden. Andere hatten nicht so viel Glück.

Im Laufe der nächsten Wochen vermeldeten die Nachrichten, dass die Kliniken mit Grippe-Kranken inzwischen randvoll belegt seien. In manchen Städten standen sogar schon Notbetten auf den Krankenhausfluren. Überall mangelte es an entsprechend geschultem Krankhauspersonal. Sogar ein Großteil der Krankenschwestern sei erkrankt und könne nicht arbeiten.

Ich wusste zwar, dass ich als Füllfederhalterdame vor dieser Krankheit nichts zu befürchten hatte. Sie konnte mir ja nichts anhaben. Aber die täglich neuen schrecklichen Nachrichten von der Ausbreitung dieser Grippe nahmen mich sehr mit. Jetzt herrschte schon kein Krieg, in dem die Menschen sich gegenseitig umbrachten. Aber dafür traf sie völlig unvorbereitet eine Krankheit und dieser gefährlicher Grippevirus raffte sie dahin. Ich muss schon sagen: Die Menschenwelt ist eine ganz schön gefährliche Welt, in der immer und überall irgendwelche Katastrophen lauern. Man muss wirklich stets auf der Hut sein.

Diese sogenannte Hongkong-Grippe verbreitete sich anscheinend schon um die ganze Welt. Aus sämtlichen Ländern erreichten uns Berichte von überfüllten Krankhäusern und unzähligen Toten. Bestatter mussten Überstunden machen, Leichenhallen waren mancherorts überfüllt. In Hamburg wurden Särge sogar in Gewächshäusern zwischengelagert. In Augsburg wurden Müllfahrer zum Gräber schaufeln eingesetzt, da sich jeder dritte Totengräber mit Grippe krank gemeldet hatte. Viele Betriebe in Deutschland mussten aufgrund der zahlreichen Krankmeldungen die Produktion herunterfahren. Um ein weiteres Ausbreiten des Virus zu verhindern, wurden in vielen Schulen die Weihnachtsferien verlängert. Es gab „Grippe-Ferien" für Schüler und Lehrer.

Was Penny damals nicht wissen konnte

Die Hongkong-Grippe war (vor COVID-19/Coronavirus SARS-CoV-2) die letzte große Grippepandemie, an der zwischen 1968 und 1970 weltweit schätzungsweise zwischen einer und vier Millionen Menschen verstarben.

Mao-Grippe schleicht ein

FRANKFURT. Die Hongkong-Grippe schleicht sich auch in die Bundesrepublik ein. In Niedersachsen wurden aus Furcht einige Schulen geschlossen. In einer Anstalt für geistig behinderte Kinder stellten Braunschweiger Ärzte einwandfrei das gefürchtete „A 2"-Virus fest. Vierzig Einwohner der Grenzgemeinde Twist (Kreis Meppen) sind von Holland aus infiziert worden.

In Warschau waren Anfang der Woche 250 000 Menschen erkrankt. Die Apotheken verkauften in den beiden letzten Wochen mehr Medikamente als sonst in einem Vierteljahr. In Schweden, der Sowjetunion, Großbritannien wurde längst Grippealarm gegeben. Auch die deutschen Ärzte fürchten die grassierende Krankheit. Wenn sich die Grippewelle verstärkt, reicht nach Ansicht des Nürnberger Gesundheitsamtes der Impfstoff nicht mehr aus. Die ASTA-Werke in Bielefeld und das Marburger Behringwerk, die einzigen Hersteller von Grippeimpfseren, sind nach eigenen Angaben ausverkauft. „Wir produzieren soviel, wie wir können", stöhnen die Unternehmen.

Das Bundesgesundheitsamt in Berlin rechnet nicht mit einer schweren Grippe-Epidemie in der Bundesrepublik. Aufgrund der am 28. Januar vorliegenden Meldungen sei die Influenza-Situation „weiterhin unauffällig und nirgends besorgniserregend", wurde betont.

Das Influenza-Virus A(H3N2), das diese Grippe-Pandemie verursacht hatte, brach im Juli 1968 in Hongkong aus und breitete sich durch Reisende schließlich weltweit aus. Die ersten Fälle in Deutschland gab es bereits Anfang 1969, aber erst im Winter 1969/70 spitzte sich die Lage dramatisch zu.

Bis zum Ende der Pandemie fielen allein in Deutschland 40.000 Menschen dieser Krankheit zum Opfer. Die genaue Zahl ist nicht bekannt, da es damals eine Erfassung und Analyse epidemiologischer Daten noch nicht gab.

Die Hongkong-Grippe war die dritte Influenza-Pandemie des 20. Jahrhunderts. Die spanische Grippe (1918 bis 1920) hatte mit Abstand die höchste Zahl an Todesfällen: geschätzte 27 bis 50 Millionen Menschen weltweit. Die Asiatische Grippe (1957/58) forderte eine bis zwei Millionen Todesopfer.

Hans, mein Glück

Hans, der Cordula und Hanne während ihrer Krankheit eine große Hilfe gewesen war, ging inzwischen täglich bei ihnen ein und aus. Er war der Einzige, der in ihr kleines Geheimnis eingeweiht war und völlig ohne Vorurteile mit der Situation umging.

Auch ich hatte mich in Laufe der Jahre verändert. Ich war dankbarer und stiller geworden, ließ mich nicht mehr durch Äußerlichkeiten blenden und Abenteuer konnten mir gestohlen bleiben. Ich muss zugeben, dieser Hans gefiel mir. Er war ein ausgeglichener, gemütlicher Mensch, den nichts aus der Ruhe bringen konnte. Er war nicht besonders hübsch, aber ehrlich und tiefgründig. Ein kleines rundes Bäuchlein forderte ganz offensichtlich zwei Löcher mehr in seinem Hosengürtel, und bei Licht schimmerte seine helle Kopfhaut durch die dünnen Haare, die es schon längst aufgegeben hatten, sich lockig um sein Gesicht zu kringeln.

Hans spielte Geige, las viel und, was mich besonders beglückte, er schrieb. Er verfasste Kurzgeschichten, die regelmäßig in einem Journal veröffentlicht wurden. Reiseberichte, kurze amüsante Anekdoten aus dem täglichen Leben, aber manchmal auch höchst interessante Lebensgeschichten von Menschen, denen er irgendwo begegnet war.

Hans hatte sich riesig gefreut, als er mich eines Tages bei Cordula entdeckte. Und ich hatte schon gedacht, er würde mich nie bemerken. Von diesen neumodischen Kugelschreibern hielt Hans anscheinend nicht viel. Welch ein Glück für mich. Da Hanne und Cordula keine Verwendung für mich hatten, überließen sie mich Hans. Auf meine alten Tage wurde ich also doch noch einmal gebraucht.

Zwar glitt ich nicht mehr ganz so flink und leicht wie früher über das Papier. Aber Hans war ja auch nicht mehr der Jüngste. Ihm kam es nicht darauf an, schnell zu schreiben. Vielmehr wählte er seine Worte mit Bedacht und schrieb sehr langsam und sorgfältig. Fast malte er die Buchstaben auf das Papier. Nur eines störte mich. Hans hatte eine äußerst unangenehme Eigenschaft. Er kaute in den Schreibpausen ständig auf mir herum. Nicht, dass er mich quälen wollte. Und ich verspürte dabei auch keinerlei Schmerz. Aber ich machte mir Sorgen um mein Aussehen. Welche Spuren würden wohl die Abdrücke seiner Zähne auf mir hinterlassen? War ich nicht schon alt und hässlich genug? Doch wie ich es schon gewohnt war – ich hatte keine Wahl und musste dies wohl oder übel über mich ergehen lassen.

Einmal hatte Hans bei seinem frühmorgendlichen Spaziergang einen Mann namens Uwe kennengelernt. Die beiden kamen ins Gespräch und waren sich auf Anhieb sehr sympathisch. Mit der Zeit entstand eine lose Männerfreundschaft und so blieb es nicht aus, dass sie sich bald mehr aus ihrem Leben erzählten. Eine Geschichte aus Uwes Vergangenheit hatte Hans so sehr beeindruckt, dass er sie zusammen mit ihm zur Veröffentlichung niedergeschrieben hat. Für mich war Uwes Erzählung richtig spannend.

Der geheimnisvolle Fra Stefano

„Diese alte Sache trage ich nun schon seit vielen Jahren mit mir herum. Doch jetzt, da ich von seinem Tode erfahren habe, ist es an der Zeit, die alte Geschichte noch einmal Revue passieren zu lassen. Ich möchte endlich meinen Frieden mit ihm schließen.

Schon als junger Mann frönte ich einer großen Leidenschaft. ‚Bella Italia‘. Warmes Klima, traumhafte Strände, reizvolle Städte und viele verträumte kleine Dörfer. Oliven, Wein, leckeres

Essen, die temperamentvolle Sprache, warmherzige Menschen und eben ‚dolce Vita‘. Ganz besonders hatte es mir die Region ‚Marken‘ angetan. Die Marken oder ‚Marche‘, wie die Italiener die Gegend nennen, sind eine herrliche Region in Mittelitalien zwischen Adria und Apennin. Weite Küstenebenen und dahinter Hügelland mit wunderschönen alten Städten wie Urbino und Ascoli Piceno.

Im Sommer 1951 war ich in den Semesterferien alleine per Anhalter nach Italien gereist. Ich wollte mich mit dem Rucksack quer durch die Marken schlagen. Zunächst verbrachte ich ein paar Tage in Ancona und Pesaro, genoss das quirlige Stadtleben, faulenzte am Strand und machte mich dann auf, das ruhigere Hinterland zu erkunden. Dort entdeckte ich bald das Kleinod Ascoli Piceno. Ein malerisches kleines Städtchen zwischen den Flüssen Tronto und Castellano gelegen. Die Piazza mit dem Rathaus fast so schön wie der Markusplatz in Venedig, eine alte Römerbrücke und viele Kirchen. Dies war der Ort, an dem ich mich sofort heimisch fühlte, und so blieb ich dort den ganzen Sommer.

Nach meinen ausgedehnten Wanderungen kam ich oft am Kloster des Ortes vorbei. Manchmal lag ich dort stundenlang faul im Schatten eines alten Olivenbaumes, betrachtete die dahinziehenden Wolken, hing meinen Gedanken nach und verlor mich im Anblick grandioser Sonnenuntergänge. Dieser Ort zog mich magisch an. Dort konnte ich so richtig meine „Seele baumeln lassen“. Meine Gedanken gingen neue Wege und meinen Träumereien waren keinerlei Grenzen gesetzt.

Dort lernte ich „ihn“ dann eines Tages kennen. Ich hatte ihn schon einige Male unauffällig beobachtet und war beeindruckt, mit welcher Sorgfalt, inneren Ruhe und Gelassenheit er die Gärten in der Klosteranlage pflegte. Alles, was er tat, hatte so etwas Fürsorgliches und Liebevolles an sich. Wir kamen ins Gespräch und es tat mir gut, mich mit ihm zu unterhalten.

Er muss damals schon ungefähr 70 Jahre alt gewesen sein. Sein Name war Fra Stefano, also Bruder Stefan. Er erzählte mir, dass er schon seit 15 Jahren im dritten Orden des heiligen Franziskus diene. Aber er war kein Geistlicher. Er arbeitete im Kloster als Gärtner und erledigte sonst noch etliche andere Tätigkeiten.

Es verging in diesem Sommer kein Tag, an dem ich Fra Stefano nicht wenigstens für ein halbes Stündchen besuchte und wir über Gott und die Welt sprachen. So entstand eine etwas ungewöhnliche Freundschaft, die viele Jahre andauern sollte. Ich, der junge idealistische Träumer, und der alte erfahrene Mann, der aber nie Privates von sich preisgab.

Viele Jahre lang führte mich mein Weg mindestens einmal im Sommer nach Ascoli Piceno und zu Fra Stefano. Bis zum Jahre 1961. In jenem Jahr war ich bereits im Mai nach Italien gereist und wie immer galt mein erster Besuch dem Kloster und dem alten Mann. Fra Stefano hatte mich wie jedes Jahr schon ungeduldig erwartet. Mit den Jahren war er etwas stiller und langsamer geworden, aber noch immer strahlte er diese sanfte Wärme aus.

Wir trafen uns fast jeden Tag. An meinem letzten Urlaubstag hatten wir uns zu einem Abendspaziergang verabredet, der wie so oft auf unserer Bank an der Klostermauer enden sollte. Fra Stefano war nach den langen Gesprächen müde geworden und hatte sich schon bald zur Nacht verabschiedet. Auch ich wollte gerade gehen, als ich auf der Bank seine kleine Lederumhängetasche, die er stets bei sich trug, liegen sah. Er hatte sie dort vergessen. Es war schon spät und so beschloss ich, sie ihm erst am nächsten Tag wieder zu bringen, da ich mich vor meiner Abreise ohnehin noch von ihm verabschieden wollte. Also nahm ich die Tasche an mich und kehrte in mein Hotel zurück.

In dieser Nacht konnte ich schlecht schlafen. Es war schwül

und ich war des Öfteren aufgestanden, um am Fenster frische Luft zu schnappen. Plötzlich fiel mein Blick auf ein Blatt Papier am Boden. Es musste aus Fra Stefanos Tasche gefallen sein. Erst wollte ich es gleich wieder zurückstecken, doch dann – welche Schande – übermannte mich die Neugier. Ich faltete das schon reichlich abgegriffene Papier auseinander und begann zu lesen.

Mein schlechtes Gewissen mahnte mich noch, das Blatt ungelesen zur Seite zu legen. Doch meine Neugier war zu groß. Schon beim ersten Hinsehen hatte ich italienische Worte gelesen, die übersetzt „Verbrecher und Gefängnis" bedeuteten. Ich musste es einfach lesen. Und so tat ich es.

Hatte ich das richtig verstanden? Mein Italienisch war nicht perfekt, aber gut genug, um langsam zu begreifen. Und doch zweifelte ich an dem, was ich soeben gelesen hatte. Das alles passte nicht zu diesen Mann, den ich kannte. Doch es war ohne Zweifel Fra Stefanos Handschrift und das Blatt war mit seinem Namen unterschrieben.

Was mich damals dazu verleitete und was ich mir dabei dachte, kann ich heute noch nicht erklären; doch ich nahm einen Stift zur Hand und begann, etwas holprig Wort für Wort Frau Stefanos Schreiben zu übersetzen:

„Ich bin fast 80 Jahre alt und bald kommt das Ende meiner Tage. Werfe ich einen Blick in die Vergangenheit, erkenne ich, dass ich in meiner frühen Jugend einen falschen Weg eingeschlagen habe: den Weg des Bösen, der mich ruinierte. Ich erkannte durch die Presse, die Darstellungen und die schlechten Beispiele, dass die Mehrheit der jungen Menschen diesem Weg folgte, ohne sich darüber Gedanken zu machen; und so war auch ich unbekümmert. Es gab gläubige und religiöse Menschen um mich, aber ich beachtete sie nicht. Eine brutale Kraft machte mich blind und zerrte mich auf den schlechten Weg.

Mit 20 Jahren wurde ich zum Sittenverbrecher, was mich jetzt entsetzt, wenn ich mich daran erinnere. Maria Goretti, heute eine Heilige, war der gute Engel, der von der göttlichen Vorsehung auf meinen Weg gestellt wurde, um mich zu retten. In meinem Herzen leben noch ihre Worte des Vorwurfs und der Vergebung. Sie betete für mich, sprach Fürbitte für ihren Mörder.

Es folgten 30 Jahre im Gefängnis. Wenn ich nicht minderjährig gewesen wäre, wäre ich zu lebenslanger Haft verurteilt worden. Ich nahm das verdiente Urteil an, resigniert bezahlte ich meine Schuld.

Die kleine Maria war wirklich mein Licht, meine Beschützerin; mit ihrer Hilfe benahm ich mich recht die 27 Jahre im Gefängnis und versuchte, ehrlich zu leben, als die Gemeinschaft mich wieder aufnahm. Die Söhne des heiligen Franziskus, Laienkapuziner der Marken, haben mich mit seraphischer Barmherzigkeit aufgenommen, nicht als Diener, sondern als Bruder. Mit ihnen lebe ich seit 24 Jahren. Und nun sehe ich ruhig dem Moment entgegen, an dem ich vor Gottes Angesicht erscheinen darf, um meine Lieben zu umarmen, meinem Schutzengel und ihrer lieben Mutter, Assunta nahe zu sein.

All jene, die diesen Brief lesen, sollen die glückliche Lehre daraus ziehen, das Böse zu meiden und von Kindheit an sich dem Guten zuzuwenden. Sie sollen daran denken, dass die Religion mit ihren Vorschriften nicht etwas ist, das man nicht braucht, sondern der wahre Trost ist, der einzig sichere Weg in allen Lebensumständen, auch in den schmerzhaftesten. „Pax et bonum!" Macerata, 5. Mai 1961 – Alessandro Serenelli "

Fassungslos und unfähig, auch nur einen klaren Gedanken zu fassen, las ich immer und immer wieder diese Zeilen. Hatte ich das richtig verstanden? Stand da wirklich, dass Fra Stefano einen Menschen umgebracht hatte? Ein kleines Mädchen namens

Maria? Fra Stefano ein gemeiner Mörder? Er war zu 30 Jahren Gefängnis verurteilt worden. Was war das für ein Mensch? Ich konnte es einfach nicht glauben. Nicht dieser alte, liebevolle Mann!

Wie sollte ich ihm nun in die Augen schauen? Ihm, meinem väterlichen Freund? Hatte er mir die ganzen Jahre nur etwas vorgemacht? Reue oder nicht, dieser Mann war in meinen Augen eine Bestie. Meine Gedanken überschlugen sich. Ein Wolf im Schafspelz? Ich wollte und konnte diesen Mann am nächsten Tag nicht wiedersehen. Nicht nach allem, was ich gerade über ihn erfahren hatte.

Heute weiß ich, dass es feige war, einfach so davonzulaufen. Ich habe einen Freund im Stich gelassen. Ohne ihm auch nur die geringste Chance zu geben, mir alles zu erklären.

Vielleicht war es der Schock, vielleicht die Enttäuschung, vielleicht einfach nur meine Feigheit.

Auf jeden Fall packte ich noch in derselben Nacht eilends all meine Sachen und reiste überstürzt im Morgengrauen ab. Die Tasche mit dem Brief gab ich an der Rezeption meines Hotels ab mit der Bitte, sie möglichst rasch zu Fra Stefano zu bringen. Man kannte ihn dort gut. Ohne einen Gruß, ohne ein Abschiedswort verließ ich Ascoli Piceno und kehrte auch später nie wieder dorthin zurück.

Zurück in Deutschland habe ich dann fast ein ganzes Jahr lang den Zettel mit der Übersetzung nicht angerührt und mich geweigert, an Fra Stefano zu denken. Doch die Sache ließ mich nicht los. Wie konnte ich mich nur so in einem Menschen getäuscht haben? Vielleicht war alles doch ganz anders?

Nachdem einige Zeit vergangen war, begann ich Nachforschungen anzustellen. Ich wollte mehr wissen. Wer war diese Maria, die Frau Stefano in seinem Brief erwähnt hatte? Ich staunte nicht schlecht, als ich bei meinen Recherchen immer wieder auf die Heilige Maria Goretti stieß. Konnte sie etwas mit Fra Stefano zu tun haben? Zeitlich schien alles zu passen:

Maria Goretti, Jungfrau und Märtyrerin, geboren am 16. Oktober 1890 in einem kleinen Ort, ca. 35 km von Ancona entfernt, und gestorben am 6. Juli 1902 in Le Ferriere bei Nettuno in Italien. Im Alter von elf Jahren wurde Maria Opfer eines brutalen Mordes. 1950 wurde sie heiliggesprochen.

Sollte etwa Fra Stefano der Mörder dieses kleinen Mädchens gewesen sein? Ich konnte und wollte mir so etwas nicht vorstellen. Nächtelang suchte ich alle Informationen zusammen, die mit dem Mord an Maria in Verbindung standen. Langsam wurde daraus ein Bild und die Geschichte nahm Gestalt an.

Maria Goretti war das dritte von sechs Kindern einer einfachen Bauernfamilie gewesen. Ihr Vater war früh an Malaria gestorben und so musste sie damals schon als junges Mädchen zusammen mit ihrer Mutter die Familie ernähren. Maria war ein einfaches, aber sehr frommes Kind gewesen.

Im selben Haus wie Marias Familie lebte damals der 20-jährige Sohn des Verpächters. Alessandro Serenelli, ein schüchterner und ruhiger junger Mann, hatte ein Auge auf Maria geworfen und schon mehrfach versucht, das unschuldige Mädchen zu verführen. Er war von Maria jedoch immer wieder abgewiesen worden, was seine Begierde letztlich nur noch mehr entfachte.

Weil Maria sich seinem Willen wiederholt standhaft widersetzte, hatte Alessandro sie schon mehrfach mit Morddrohungen terrorisiert. Sein einziges Ziel war es, ihre Keuschheit zu beflecken. Und wenn ihm dies nicht gelingen sollte, so hatte er sich entschlossen, dass er sich durch Marias Ermordung rächen wollte.

Am 5. Juli des Jahres 1902 war Maria alleine zu Haus. Endlich sah Alessandro seine Chance gekommen. Er betrat die Wohnung und versuchte das Mädchen zu vergewaltigen. Maria wehrte sich mit aller Kraft gegen Alessandro. "Nein, nein", soll sie geschrien haben, "das ist Sünde, Alessandro, du kommst in die Hölle." Wütend und gekränkt durch Marias Zurückweisung stach Alessandro daraufhin acht Mal wie von Sinnen mit einem Pfriem von 24 cm Länge in den Leib des wehrlosen Mädchens. Maria versuchte trotz ihrer schweren Verletzungen dem Angreifer zu entkommen und schleppte sich schwer verletzt und wimmernd zur Türe. Alessandro jedoch hatte keinerlei Mitleid und stach ihr noch weitere sechs Mal in den Rücken, um seine grausame Tat zu vollenden. Dann lief er davon und ließ das Mädchen sterbend liegen.

Alessandros Vater und Marias Mutter fanden Maria einige Zeit später blutüberströmt und kaum noch atmend. Schnell brachten sie Maria in das nächstgelegene Krankenhaus in Nettuno. Die Ärzte dort taten alles, um ihr Leben zu retten. Jedoch vergeblich. Am folgenden Tag verstarb die kleine Maria. Doch noch auf dem Sterbebett vergab das Mädchen ihrem Peiniger.

Mir wurde nun klar, dass Bruder Stefano ganz sicher dieser Alessandro Serenelli war. Alessandro Serenelli – Fra Stefano – Bruder Stefano – ein hinterhältiger Mörder! Warum hatte man ihn nicht gefasst und lebenslang hinter Gitter gebracht? Wie war dieser Mörder im Kloster gelandet? Wie konnte so ein Scheusal zu diesem sanften Menschen werden, den ich kennen gelernt hatte?

Fragen über Fragen. Es spielt keine Rolle mehr für mich. Mehr wollte ich nicht wissen. Fra Stefano oder Alessandro Serenelli oder wer auch immer dieser Mensch war, ist tot und ich möchte mit dieser Sache endlich abschließen. Ich werde ihn endgültig *aus meinem Leben und aus meiner Erinnerung verbannen. Doch niemals werde ich ihm verzeihen. Das kann und will ich nicht. Was er tat, ist durch nichts auf der Welt wieder gut zu machen. Vielleicht war er mit den Jahren wirklich ein besserer Mensch geworden. Doch das macht seine Tat nicht ungeschehen und die kleine Maria auch nicht wieder lebendig!"*

Was Penny damals nicht wissen konnte

Alessandro Serenelli war für den Mord an Maria zu 30 Jahren Haft verurteilt worden. Anfangs hatte er seine Tat vehement geleugnet. Bei seiner Verurteilung zeigte er kein schlechtes Gewissen und keinerlei Reue für sein schreckliches Verbrechen. Alessandro verbüßte seine Haft zunächst in Rom, dann an anderen Orten. Zeitweise musste er auch Zwangsarbeit leisten.

Der Überlieferung zufolge hatte Alessandro dann aber im Jahre 1908 eine Vision. Ihm erschien Maria, die in ein weißes Gewand gekleidet war, lächelnd und ohne Angst. Sie schien so echt und lebendig, dass er sich fürchtete und weglaufen wollte. Doch es gelang ihm nicht. In seiner Vision reichte Maria ihm nacheinander 14 weiße Lilien. Eine für jede Wunde, die er ihr zugefügt hatte. Sie sprach zu ihm die Worte: „Alessandro, so wie ich Dir versprochen habe, wird Deine Seele eines Tages bei mir im Himmel sein."

Von diesem Tage an erwies sich Alessandro als reumütiger Mustergefangener. Nach 27 Jahren Haft wurde er wegen guten Betragens vorzeitig aus dem Gefängnis entlassen. In den Folgejahren schlug sich Alessandro zunächst als Maurer durch. Schließlich, im Jahre 1936, wurde er als Klosterknecht und Gärtner im Kapuzinerkloster Ascoli Piceno aufgenommen. Dort führte er fortan ein Leben der Buße. Im Jahre 1937 entschloss sich Alessandro, Marias Mutter Assunta Goretti zu besuchen und diese um Vergebung zu bitten. Wie schon ihre Tochter Maria, so vergab auch Assunata dem Mörder Alessandro. Alessandro hat dann also doch noch einen großen Teil seines Lebens als frommer, demütiger Mann gelebt, der seine Tage damit verbrachte, wohltätig zu sein. Ihm war von allen vergeben worden. Sogar von seinem Opfer, der kleinen Maria.

Maria Goretti wurde im April 1947 von Papst Pius XII. selig- und im Juni 1950 heiliggesprochen. Sie wurde zur jüngsten Heiligen der römisch-katholischen Kirche. Ihre Heiligsprechung fand auf dem Petersplatz in Rom statt, was noch nie zuvor der Fall gewesen war. Etwa eine halbe Million Gläubige hatten sich zu diesem Anlass dort eingefunden.

Aus und vorbei

Früher wäre diese Geschichte so ganz nach meinem Geschmack gewesen. Aufregend. Aber nun? Im Laufe meines Lebens hatte ich ja mit einigen schlechten Menschen zu tun gehabt. Mit Huren, Hochstaplern, Dieben, Betrügern. Ganz zu schweigen von diesem Massenmörder Haarmann. Und die Geschichten hatten mich immer begeistert. Doch inzwischen hatte ich ein für alle Mal genug von solchen Schauergeschichten. Ich hoffte, von jetzt an nur noch über schöne Sachen schreiben zu dürfen.

Diese Geschichte, die Hans damals für Uwe niedergeschrieben hatte, war dann aber bedauerlicherweise auch die letzte Aufgabe, die mir zugedacht war. Hans war nämlich seit Neuestem dazu übergegangen, alles mit einer höchst merkwürdigen Maschine zu schreiben. Das schwere Ding stand auf seinem Tisch und machte beim Schreiben einen Höllenlärm. Klack, klack, klack. Hans hämmerte dann mit beiden Zeigefingern auf diesem seltsamen Apparat herum und nach einiger Zeit konnte er den Bogen Papier, auf dem alle Buchstaben und Wörter gleichmäßig und in unzähligen schnurgeraden Linien geschrieben waren, herausziehen.

Ich hatte ausgedient und wurde achtlos in die Schublade einer alten Kommode gelegt. Kein Danke, kein letzter Blick, kein Abschied, absolut nichts! In dieser Schublade bin ich dann auch schon bald in Vergessenheit geraten. Die Jahre vergingen, ohne dass irgendein Mensch noch Interesse an mir gehabt hätte. Ich wurde einfach vergessen. Die alte Kommode hatte man dann wohl irgendwann entsorgt und sie verrottet nun mitsamt mir an einem düsteren, menschenleeren, unwirtlichen Ort. So wird es nun also enden!

Ich bin nicht traurig. Wenn ich es recht bedenke, hatte ich ein wunderbares erfülltes Leben. Nicht so, wie ich es mir anfangs gewünscht hatte. Wie gerne wäre ich damals eine richtige Frau gewesen. Ein richtiger Mensch mit einem selbstbestimmten Leben. Doch wäre das wirklich die Erfüllung gewesen? Als Mensch wäre ich nie so alt geworden. Ich hätte wahrscheinlich niemals so viel erlebt. Wer außer mir kann schon von sich behaupten, Teil so vieler Geschichten gewesen zu sein? Nein, ich möchte nicht, dass mein „Leben" anders verlaufen wäre.

Ich habe so viele Menschen auf eine Art kennengelernt, wie sie kein anderer je gesehen hat. All ihre guten und schlechten Seiten. Hätte ich auch nur mit einem dieser Menschen tauschen wollen? Nein. Es war gut so. Ich konnte die guten Zeiten genießen, musste in schlechten Zeiten aber nie leiden wie ein richtiger Mensch.

Nun bin ich alt und schrecklich müde und ich habe keine Angst zu sterben. Denn eigentlich habe ich ja nie richtig gelebt.

Ich habe niemals eine falsche Entscheidung getroffen und nichts zu bereuen. Obwohl ich mir das eine oder andere Mal schon gewünscht hätte, nicht fremdbestimmt zu sein und wie jeder Mensch wenigstens eine Wahl zu haben.

Es gibt nur eines, das ich wirklich zu gerne selbst erlebt hätte. Wahre Liebe! Das angeblich schönste Gefühl der Welt. Etwas, das ich nur aus Beschreibungen kenne. Liebe, von der man sagt, sie sei etwas ganz tief im Herzen, das man mit allen Sinnen empfinden kann. Ein sehr, sehr gutes Gefühl und wirklich magisch. Vor allem, wenn man weiß, dass man auch selbst geliebt wird. Schwer zu beschreiben. Liebe kann man nicht erzwingen, aber man kann auch nichts dagegen tun, sie zu fühlen. Wie glücklich müssen Menschen sein, denen so etwas vergönnt ist.

Was soll's, man kann nicht alles haben.

Doch was ich in diesem Moment wirklich fühlen kann, sind Ruhe, Glück, Dankbarkeit und Zufriedenheit. Mit diesen Gefühlen kann ich nun getrost Lebewohl sagen.

Vielleicht das schönste Ende, das man sich wünschen kann!

Die Autorin

Sylvia Schneider-Schier

Geboren im Mai 1963 im Neckar-Odenwald-Kreis.

Studierte Betriebswirtschaftslehre und arbeitete 25 Jahre lang in einer Bildungseinrichtung mit jungen Menschen. Ihre wahre Leidenschaft jedoch sind wirklich alte Dinge. Ob zu Hause in der schönen Ortenau oder auf ihren vielen Reisen – der Besuch eines Antik- oder Flohmarktes gehört immer dazu.

Ihre Freude am Lesen und Schreiben entdeckte sie bereits in der frühen Schulzeit. Von da an schrieb sie regelmäßig fantasievolle Kurzgeschichten, die sie damals aber noch heimlich im Schrank versteckte. Inspiriert durch antike Gegenstände und deren Geschichte schrieb sie erst in fortgeschrittenem Alter ihren Debutroman über eine Füllfederhalterdame, die von ihren spannenden Erlebnissen erzählt.

Weitere Romane, basierend auf ihren „versteckten und wiederentdeckten" Kurzgeschichten, sind bereits in Entstehung.

Quellenverzeichnis

Dies ist ein Roman, der als Ausgangspunkt historische Ereignisse heranzieht und diese fiktiv weiterentwickelt.

Vor diesem Hintergrund werden – wie in diesem Genre üblich – nicht sämtliche Quellen, aus denen Informationen geschöpft wurden, explizit angeführt, sondern nur solche, auf die sich längere Passagen des Textes beziehen und dies in der Reihenfolge ihrer Verwendung.

o. V.: Berliner Gerichtszeitung, Nr. 89, Sonnabend, 1. August 1857.

Vallery-Radot, R.: Louis Pasteur – Sein Leben und Werk, Schwarzwald-Verlag Freudenstadt, Editions Neveu-Paris, 1948.

o. V.: Volks-Zeitung Berlin, Nr. 246, Abendblatt, Montag, 29. Mai 1899.

o. V.: Gründer des deutschen Films gestorben, Schwedter Tageblatt Nr. 283, 2. Dezember 1939.

o. V.: Volks-Zeitung, Berlin, Nr. 515, Beiblatt, 2. November 1895.

o. V.: Volks-Zeitung, Berlin, Nr. 518, Abendblatt, 4. November 1895.

o. V.: Fridericus (Berlin), Nr. 21, Mai 1934.

Wörterbuch des Rotwelschen Buske, H; Unveränderter Print-on-Demand-Nachdruck der Auflage von 1985 (1. Januar 1987), Seite 89.

o. V.: Berliner Tageblatt, Berlin, XXII. Jahrgang Nr. 166, 31. März 1893.

Reichs-Gesetzblatt Nr. 7 von 1893, Seite 93.

o. V.: Volks-Zeitung, Berlin, Nr. 425, Morgenblatt, 11. September 1898.

o. V.: Volks-Zeitung, Berlin, Nr. 47, Morgenblatt 28. Januar 1899.

o. V.: Berliner Volkszeitung, 24. September 1910, Nr. 447.

o. V.: Berliner Volkszeitung, 28. September 1910, Nr. 453.

o. V.: Berliner Tageblatt, Nr. 193, Abend-Ausgabe, 16. April 1912.

o. V.: Berliner Tageblatt, Nr. 191, Abend-Ausgabe, 15. April 1912.

o. V.: Berliner Volks-Zeitung, Nr. 178, Abend-Ausgabe, 16. April 1912.

o. V.: Berliner Volks-Zeitung, Nr. 297a vom 29. Juni 1914.

o. V.: Berliner Volks-Zeitung, Nr. 353 Morgenausgabe, 29. Juli 1914.

o. V.: Berliner Volks-Zeitung, Nr. 361 Morgenausgabe, 2. August 1914.

o. V.: Berliner Volkszeitung vom 9. August 1915, Nr. 402.

o. V.: Berliner Volkszeitung vom 29. Mai 1915, Nr. 269.

o. V.: Berliner Volkszeitung vom 9. August 1915, Nr. 403.

o. V.: Berliner Tageblatt und Handelszeitung, 19. Dezember 1924, Abendausgabe Nr. 602.

o. V.: Berliner Stadtblatt, 5. Dezember 1924, Nr. 263.

Muscheler, U.: Die Nutzlosigkeit des Eiffelturms: Eine etwas andere Architekturgeschichte, Beck 2008.

http://www.haz.de/Hannover/Aus-der-Stadt/Uebersicht/Fritz-Haarmann-nach-90-Jahren-beigesetzt

http://www.serienkillers.de/histor-serienm%C3%B6rder/a-k/haarmann-fritz/

http://www.parismalanders.com/10-unglaubliche-fakten-ueber-den-eiffelturm/

Maria Goretti – eine Märtyrerin der Reinheit, nach italienischen Quellen von Schw. Assumpta Volpert S.Sp.S., Steyler Missionsbuchhandlung, Kaldenkichen 1949.

Bildnachweise

Füllfederhalter: Fountain-pen-nib white2: https://commons.wikimedia.org/wiki/File:Fountain-pen-nib_white2.jpg; BenFrantz-Dale, Przykuta (talk) (modification), CC BY-SA 3.0 <http://creativecommons.org/licenses/by-sa/3.0/>, via Wikimedia Commons

Klara: StateLibQld 1 206469 Young woman posing for a studio portrait, 1880-1890; https://commons.wikimedia.org/wiki/ File: StateLibQld_1_ 206469_Young_woman_posing_for_a_studio_ portrait,_ 1880-1890.jpg; Contributor(s): A. Lomer & Co., Public domain, via Wikimedia Commons

Die Engelmacherin: https://commons.wikimedia.org/wiki/File: Engelmacherin_1.jpg; Karl Henckell, Public domain, via Wikimedia Commons

Joseph Meister: https://commons.wikimedia.org/wiki/ File:Joseph_Meister.jpg; Unknown author, Public domain, via Wikimedia Commons

Louis Pasteur: https://commons.wikimedia.org/wiki/File:Louis_ Pasteur,_foto_av_Paul_Nadar.jpg; Author: Paul Nadar, Public domain, via Wikimedia Commons

Hysteria: https://commons.wikimedia.org/wiki/File:Hysteria. jpg; Author: D.M. Bourneville and P. Régnard (montage by User:Damiens.rf, Public domain, via Wikimedia Commons

Pelvic douche: https://commons.wikimedia.org/wiki/File:Pelvic_douche.svg; Pelvicdouche.jpg: User:The Wednesday Island;derivative work: The Wednesday Island, Public domain, via Wikimedia Commons

Moulin Rouge: Ausschnitt aus einer alten Postkarte um 1900

Toulouse-Lautrec: https://commons.wikimedia.org/wiki/File:Photolautrec.jpg; Author: Paul Sescau, Public domain, via Wikimedia Commons

Advertisement about the Pétomane: https://commons.wikimedia.org/wiki/File:Advertisement_about_the_ P%C3%A9toane.Jpg; Author: Tangopaso, Public domain, via Wikimedia Commons

Uetersen Zeitumstellung Sonnenzeit 1893 01: https://commons.wikimedia.org/wiki/File:Uetersen_Zeitumstellung_Sonnenzeit_1893_01.jpg; Unknown author, Public domain, via Wikimedia Commons

Bundesarchiv Bild 183-R96755, Max und Eugen Skladanowsky https://commons.wikimedia.org/wiki/File:Bundesarchiv_Bild_183-R96755,_Max_und_Eugen_Skladanowsky.jpg; Bundesarchiv, Bild 183-R96755 / CC-BY-SA 3.0, CC BY-SA 3.0 DE <https://creativecommons.org/licenses/by-sa/3.0/de/deed.en>, via Wikimedia Commons

Bioskop Patenturkunde 1895: https://commons.wikimedia.org/wiki/File:Bioskop_Patenturkunde_1895.jpg; Max Skladanowsky, Public domain, via Wikimedia Commons

Neckarbridge in Heidelberg 1881: https://commons.wikimedia.org/wiki/File:Neckarbridge_in_Heidelberg_1881.jpg; Carl Curman, Public domain, via Wikimedia Commons

Kaiserin Elisabeth 1862: https://commons.wikimedia.org/wiki/File:Kaiserin_Elisabeth_1862.jpg; Ludwig Angerer, Public domain, via Wikimedia Commons

Fred Winters, New York, winner of the dumbbell competition at the 1904 Olympics https://commons.wikimedia.org/wiki/File:Fred_Winters,_New_York,_winner_of_the_dumbbell_competition_at_the_1904_Olympics.jpg; Jessie Tarbox Beals, Public domain, via Wikimedia Commons

Mata Hari (1905): https://commons.wikimedia.org/wiki/File:Mata_Hari_(1905).jpg; P. Boyer, Public domain, via Wikimedia Commons

Permanent wave (Nestle Dauerwelle): https://commons.wikimedia.org/wiki/File:Oldpermwavead.jpg; Pschemp at en.wikipedia, Public domain, via Wikimedia Commons

Karl Nessler: https://commons.wikimedia.org/wiki/File:Nestledadlondon1908.jpg#globalusagePublic domain

Geo Chavez: https://commons.wikimedia.org/wiki/File:Geo_Chavez.jpg; Unknown authorUnknown author, Public domain, via Wikimedia Commons

Bleriot: https://commons.wikimedia.org/wiki/File:Bleriot.png; De prins der geillustreerde bladen, Public domain, via Wikimedia Commons

RMS Titanic 1: https://commons.wikimidia.org/wiki/File:
RMS_Titanic_1.jpg: Unknown author, Public domain, via Wikimedia Commons

Titanic lifeboat: https://commons.wikimedia.org/wiki/File:Tita-
nic_lifeboat.jpg; Photographer: passenger of the Carpathia, the
ship that received the Titanic's distress signal and came to res-
cue the survivors, Public domain, via Wikimedia Commons

Sarajewo Attentat / DC-1914-27-d-Sarajevo-cropped: https://
commons.wikimedia.org/wiki/File:DC-1914-27-d-Sarajevo-
cropped.jpg; Achille Beltrame, Public domain, via Wikimedia
Commons

Zeppelin goedele: https://commons.wikimedia.org/wiki/File:
Zeppelin_goedele.jpg; AnonymousUnknown author, CC BY-SA
4.0 <https://creativecommons.org/licenses/by-sa/4.0>, via Wikimedia Commons

Fritz Haarmann (1879-1925): https://commons.wikimedia.
org/wiki/File:Fritz_Haarmann_(1879-1925).jpg; Unknown author, Public domain, via Wikimedia Commons

Victor Lustig: https://commons.wikimedia.org/wiki/File:Victor_
Lustig.jpg; Page from a 1935 Philadelphia newspaper, Public
domain, via Wikimedia Commons

Tour Eiffel 3c02660: https://commons.wikimedia.org/wiki/
File:Tour_Eiffel_3c02660.jpg; anonymous author, Public
domain, via Wikimedia Commons